再见，少年

I WILL BE THERE

秋微 著

湖南文艺出版社
HUNAN LITERATURE AND ART PUBLISHING HOUSE

博集天卷
CS-BOOKY

再见，少年

I WILL

BE THERE

目录

CONTENTS

1 /
漫长的念旧

再见，少年

I WILL

BE THERE

杨震宇是我初中时代的第二任班主任。

他在我们初中二年级的时候出现，只教了我们三个多学期，没等我们初中毕业，他就去了海南。

他走的时候，我们十四五岁，他不到三十岁，都在各自的好年华。

他走得很突然，一切都不在计划中。等过了很久，才渐渐看清，所有"突然"都是"必然"的结果。

从当时发生了一些事，到听说他的决定，到他真的离开，再到他走后我们面对的来自成人世界的报复，前后只有几周。快速的变数令少年们被迫快速地成长，大概长得太快，不得不用后来的很多年不断反刍，以"确定"那个成长，或是说，"安抚"那个成长。

杨震宇走的时候跟我们说他要去做地产了。大家也没问什么，说实在的，他说他决定做什么我们都不会感到奇怪。反正杨震宇从出现起就不按常理出牌，渐渐在我们之间奠定了一种调性，见怪不怪，好像只要他在，一切发生皆有可能，一切存在即是合理。

我记得在他任教期间，有一个假期，他去拍了电影。那个时候，电影是一个遥远的非常模糊的概念，只跟那些一辈子都不会有关系的只存在于影像中的名人有关。然而有那么一天，一个近在身边的人，竟然去拍了电影，我少年的心和那年流行歌里唱的一样，开始有点相信，世界上大概就是有"唱出你的热情，伸出你的双手，让我拥抱着你的梦"这种事。

杨震宇自己对亲历电影拍摄倒是没有太过激动。他跟我们说他在里面演一个土匪，角色在走投无路之后占山为王，从此快意恩仇，大口吃肉大碗喝酒，劫富济贫，只分财物不近女色，豪迈得特别单细胞，符合那个年代对"好汉"的定义。

"桌子上摆的其实是午餐肉，有时候同一盘，拍一天，端上端下十几次，回回都得真吃，到后来都快馊了，照样得吃！还得假装吃得特香！"

杨震宇这种零碎的幕后分享，在课堂上深受欢迎。好几次下课之前，他兴致来了，会应我们的央告讲一小段。好多电影制作的画面经他一描述，猛然时空交错，渗着一种狠呆呆的侠气，我听他说那些，脑子里出现的都是《水浒传》。

说真的，杨震宇干的那些事，就算是在今天，发生在一个小城的普通中学语文老师身上，也应当算新奇吧，何况那是二十年前，何况我们那个地方，在过去的二十年里，那么安然地无名着，没有山高水阔的著名景点，没有财政傲人的GDP，没有被掘地三尺挖出来的土特产，甚至都没有猛然出过名噪一时的选秀艺人。人们安居乐业，没什么人上过头条，没有事件上过热搜。我们也并未被教化去计较这些，所以常年保持着一种不经意的安于现世的骄傲。

对了，"骄傲"。

杨震宇常常鼓励"骄傲"。这看起来跟当时《中学生守则》里明文规定的"戒骄戒躁"背道而驰，我们也没想那么多，就知道杨震宇非常在意"骄傲"。

"得干点让自己感到骄傲的事！"是他常常挂在嘴边对我们说的话。

除了说，他自己也是这么示范的。不管他选择做什么，他总会把那件事弄得有那么几分值得骄傲。

杨震宇拍那个电影时想必入戏很深，他刚从剧组回来的头一个月，举手投足之间都还存留了一股不好描述的"气概"。

从我们教室到办公楼之间有几百米的距离。从教室窗户望出去，能准确观察到杨震宇的行踪。那阵子，他走在校园中，总爱半低着头，身体略微向前倾，样子特别专注，看起来每一步都踩得很实，好像脚掌跟地日久生了情，鞋底非得在石头地面上踩出脚印才对得起那些用了心的重复。那种不好描述的"气概"跟他的背影交织在一起，里面隐约闪动着的一股子劲儿，似乎就是他经常说的"骄傲"。

杨震宇也很在乎"自己"，上课的时候是老师，一下课就是他自己。他没这么说过，但用行为阐述得极清楚。他重"言传"，更重"身教"，他自己做不到的事绝不苛责我们。他重视"做自己"，他自己以身作则。当他宣布下课离开，走在校园中的时候，那个人就是他自己，好像瞬间就跟课本无关，跟校园无关，跟我们也无关，那一刻的他，是一个"人"而不只是"老师"。

他也是第一个对我们强调"做自己"的老师，鼓励我们成为"自己"而不仅仅是"学生"。他对我们是不是听话完全无所谓，他从来没有因为"听话"而赞扬过谁。他在的那几个学期，我们的天性释放得最彻底，大家都跟向日葵似的，应着阳光自在地疯长，放松并尽兴。他来，就上课，他一宣布下课，即刻集体放风，想干吗干吗。不像对待别的老师，还要留出至少五米的距离或三分钟的空隙才敢懈怠。我们在杨震宇面前不太讲规矩，他也不太在意。

他在意的是"他自己"和"我们自己"，以及这之间蓄意留出的距离。那个距离，让骄傲中又分明有种寂寞。

也或许，骄傲本身就是寂寞的吧。

那画面到今天还如此清晰：杨震宇独自在校园里走着，每一步都踩得很实，脚底跟地面惺惺相惜，天地间就只有他一个人，骄傲并寂寞。

也是夏天，傍晚的天光，被记忆加工过之后，那画面介于特别爱画云的外国古代人约翰·康斯太布尔[1]的笔触和特别爱画山的中

---

[1] 约翰·康斯太布尔（John Constable, 1776—1837）：19 世纪英国最伟大的风景画家之一。

国古代人米友仁[1]的画风之间，宁静悠远，又包裹着约略的不可说的深邃神秘，好像随时有一阵风吹过，就直通到宇宙的另一头，在那个画面中的杨震宇，总觉得，只要他愿意，随时可能"绝尘而去"。

有时候我在窗口看着他，铿锵有力地以绝尘而去的姿态，去了又回。

那时候以为，大概一辈子，都会是这样的吧——我们这些少年，被杨震宇领着，以绝尘而去之姿，自在于人世间，不管去了哪里，总会回去。

那时候夏天好像特别长，在回忆里，一直有特别好的阳光跟镶金边的云朵。空气里有种植物到盛年时释放的气息，特别欢喜，特别奔放，特别大方，特别容易让人产生错觉，仿佛果真是生如夏花，过去的都会静止在将来里，拥有过的就不会失去，时光气定神闲的，那么慢，那么好，真能永生永世不分离。

杨震宇拍电影染上了戏瘾，后来他给我们组了戏剧小组演小品，他写剧本，当导演，正式排练之前还特地请了一位话剧团的老演员来给我们上台词课。那个老演员相当认真，以至到现在我在练"腹式呼吸"的时候，都是吸气瘪肚子吐气的时候鼓肚子，腹部的起伏方向都跟正常人反着——据说只有职业演员才是那样。

像这一类的"后遗症"，我和我的同学们还有很多。

杨震宇只教了我们三个多学期，但每隔一阵，总有谁的某个

---

[1]米友仁（1074—1153）：北宋书画家米芾的长子。书法绘画皆承家学，父子皆称绝一世，故称"大小米"。米友仁承继并发展米芾的山水技法，奠定"米氏云山"的特殊表现方式，就是以表现雨后山水变幻空灵而见称。

"少年后遗症"跟他有关。仔细一想，似乎那些"结果"，都对应出杨震宇当年有意无意的安排。

杨震宇出现在我们少年时代的时间并不算长。只是，一个人是否重要，终究跟出现的时长无关，只有拿不出像样情义的旷夫怨女才以年头长短拼感情论交道。

情义宝贵不宝贵，不在于在一起多长久，而在于在一起多用心。

因着杨震宇当初的用心，我们成了一群念旧的少年。

这个旧，一念就念了许多年。

杨震宇那年说来就来，另一年又说走就走。他的离开没有拖泥带水，他的离开也没给我们机会好好做个准备。

他自己恐怕也没想到，他那么走了之后，竟被我们絮絮叨叨，断续怀念了快二十年，这个延绵，如此漫长，漫长得很无解。

我特别钦佩的强悍女人苏珊·桑塔格[1]说："念旧是为了弃旧。"我很向往这句话，因为做不到。强悍如桑塔格也许有能力想弃什么就弃什么。大部分人凡人如你我，凡人的念旧就是念旧，就是感怀，就是放不下。

趋前一步，念旧又多基于两种缘由，一个是"现在"过得不好，一个是旧事的"好"被过度放大。

---

[1] 苏珊·桑塔格（Susan Sontag，1933—2004）：生卒于纽约，是美国著名的作家和评论家，著名女权主义者，她被认为是近代西方最引人注目、最有争议性的女作家及评论家。她的写作领域广泛，以其才华、敏锐的洞察力和广博的知识著称。

之于我们，或二者兼有。

杨震宇在的那一年多留了太多素材让我们有旧可念，他除了是一个称职的班主任之外用大量精力做了很多其他的事，拍完电影，他跟别人合伙开了个小饭馆，有阵子我们放了学会结伴去那个小饭馆吃面条。周末杨震宇会去"镇店"，通常他都坐在门口的桌旁，一只手捧着一本书另一只手拎着个苍蝇拍，架势端正的劲儿倒像在刮骨疗伤的关公。他总是看书看得入神，旁边的脚底下有时候堆着一捆大葱，有时候堆着半袋子土豆。

记忆里，杨震宇碰上什么事都应对从容，他行事果断，但不急。有次我看学者梁文道[1]写的一个故事，说以前匈牙利有位贵族，酷爱读书，生性幽默，革命期间因政治斗争的结果最终被推上断头台，赴死的路上依然镇定自若，等脖子被架在台上，他还趁砍头刀落下来之前，在刚刚读到的句子下面画线做记号。

我先是为外国人杀人而不绑手还能让他拿着书大为感动，继而，在脑补这个外国贵族的时候，不知为什么，出现的形象就是杨震宇那样的。如果人类到今天可以统一"贵族"的标准，那么，不论血统、背景、地位，打心底里决定一个人是否贵族，应当是不论遭遇，都凡事从容。

---

[1] 梁文道（1970— ）：香港文化人、传媒人。毕业于香港中文大学崇基学院哲学系。从 1998 年开始不断活跃于香港文化界、知识界，足迹范畴从大学讲师、自由撰稿人，到电视电台节目主持人、电影创作人、剧评家、作家、书评家、乐评家、文化推广研究学者等等。

杨震宇是我少年记忆中"从容"的典范。

还是夏天，苍蝇从大葱或土豆旁边飞到书旁边，杨震宇偶尔兴致来了，顺手抄起苍蝇拍，看都不看，只一挥手，"啪"的一声，一只苍蝇就此毙命，有时候甚至一下拍死两只。他的技艺娴熟，很少失手。每每也用同样的果决拒收我们的面条钱，他手执苍蝇拍站在收银台旁边轰我们，真诚和威严各半，我们吃了蹭，满心欢喜，肃然起敬，谁都不敢造次。

那画面，晕染了辣椒油的香气，沁人心脾。有好几次，我站在小饭馆门口，借吃撑之后饱足的眩晕感，眯着眼发呆。空气干净到能看见风的层次，眼前才刚目睹了苍蝇的殉难，杨震宇一挥手卷起了滚滚微尘，它们在风中流转，让人忽然明白了什么是"遗世独立"，仿佛，一花，一书，一恩师，一苍蝇，无不如此。瞬间，感动得想哭。

世间的点化原本就无处不在。

不论多伟大多普通，都得行路。走得多困难也不要忘了往前看，经历再苦难也尽量不让自己心陷其中。

就是那样地走下去，走下去，走下去。不论顺境逆流，尽可能静默单纯。

实则金戈铁马终有时，凡是拼命追的通通追不到，凡是执着等的总是等不及。一切的期许不过是返璞归真，每个遇见只为兑现前世的承诺。时光轮转，此生有幸，心里放着如此回忆如此人，看遍红树青山后，原来在的还在，原来爱的，从未离开。

2 / 诡异的重逢

再见，少年

I WILL

BE THERE

后来，我们去看过杨震宇一次。

为什么只有一次？

想不起为什么了。

记忆会提供多少"真实"？

谁知道。

然而，我又异常清楚地记得那次跟他重逢的场景。

事情缘起于大学三年级暑假，我们一群初中同学纷纷回到原籍，组织了初中同学聚会。

跟故旧聚会主要是满足吹牛欲——人总是要吹牛的。跟太熟悉的人吹容易露馅，跟太陌生的人吹没有快感，而一群又熟悉又不真的了解的人，最能聚合出恰到好处的吹牛氛围。

那天我们三十几个人占领了一个街边大排档，大家很亢奋，抢着说自己。

几个小时之后，吹牛吹累了，开始聊未来。

这个世界上，多数不开心的人通常都热衷于跳过现在幻想未来。

我们是过得不开心的大多数，"未来"这两个字，从种种流行音乐和心灵鸡汤里跳出来，成了需要真枪实弹应对的现实场面，烦恼很蓬勃，理想很浩荡，同时前路茫茫一时调不准焦距。

大家推杯换盏地喝了几十瓶冰啤酒吃了一堆烧烤。因着对世事的一知半解，每个人都特在乎，又都想显得特别不在乎——只有心里装着在乎的人才会蓄意于表面的豪迈，凡是叫嚣"人生得意须尽欢"的人，一定是当时没有真的"得意"，没有真的"尽欢"。

路灯亮起来之后忽然下了一场雷阵雨。那场雨从电闪雷鸣的前奏到大雨倾盆再到淅淅沥沥的收尾，一共不过二十来分钟，好像一个捞钱的明星忙着赶场一样，阵仗很夸张，来去很匆忙。

我们的畅谈在大排档里的塑料顶棚下面被这场雨打断。等雨停了，大家回神似的望着天，有点不知道怎么接回刚才的对话，这时候，不知道谁说了句："唉，要是杨震宇在就好了。"

大家又一阵沉默，这一次，沉默里弥漫着知己之感，仿佛终于找到心病的病根，又仿佛"杨震宇"是一剂良药，能平息一切令我们不安的世事消长。

一个人的成长中，可以拿另一个人当成"观想"目标，是莫大的运气。

那晚的聚会成了一个节点，在之后很长的一段时间里，杨震宇都承担着一个神话般的重要角色：既是我们观想中的仰仗对象，也是我们依赖那段纯真时代的情感纽带。大家纷纷搜肠刮肚把当年跟杨震宇相关的段子找出来讲了一遍。

有的是真的，有的是诌的。

我对"真相"没有太多洁癖。

记忆如果存在偏差，那么，决定那部分偏差的是什么？难道不是另一部分的记忆？

因此，记忆与真相之间，可以不存在关联。

"真相"只需要对"当时当刻"负责，但凡与"记忆"有关的，无所谓"真相"的多寡，只有"情义"的多寡。

那晚，那个聚会成了一个"范本"。

之后二十年，类似的聚会，我们又重复了十几次，不管多少人参加，都有个固定的保留节目：争相讲述跟杨震宇有关的段子，真假参半。愉快地念旧，放心地吹牛。

成为范本的聚会持续了很久，我们从下午见面，一直聊到接近午夜。大排档老板实在撑不住，软硬兼施了几次终于收了饭钱，看我们还赖着不走，他不知从哪儿弄了条狗来企图吓唬人，然而狗不争气，一来先忙着吃地上遗落的烧烤，老板一阵懊恼，抄起炒菜铲子追着狗打，大家眼看一条饿狗无辜受牵连，才勉强纷纷起身。

一行人离开大排档，游荡在盛夏午夜的街头，下过雨的天清晰地错落着满天星斗，清澈着一番那个年代的诗意。

我们借酒装疯，横行在没有车的马路中间，班里最会唱歌的武锦程同学走在队伍前面起了个头，大家兴致高昂，跟他一起唱起了《国际歌》，唐朝乐队的那个版本。

正唱得来劲儿，路边一个居民楼上飞下来一只玻璃瓶，狠狠碎在我们附近，伴着大声的谩骂。

有几个男同学立刻急了——被扫兴事小，才吹过牛的人最不能被伤面子。维护尊严的少年们比武似的争相捡起地上的碎玻璃，奋力朝谩骂传来的方向丢回去，居民楼上的窗户丁零当啷响成一片，在夏天的夜里那响声清脆极了，带着种不容分说的决绝。

我们这群少年，正陷于渴望被了解的不满足。内心不满足的人最容易暴躁，那个丢下来的空瓶子成了导火索，少年们像集体发病一样同仇敌忾反击陌生居民楼里对晚间睡眠有正常需求的人民群众。

巷战持续了一阵，同一栋楼上在陆续丢下来玻璃瓶和不明杂物之后，呈现出几秒钟弹尽粮绝的寂静。我们正要庆祝胜利，不知哪个不认输的住户负隅顽抗，又从窗口扔出半个西瓜。

西瓜在离我们几米远的地方闷声落在地上，鞠躬尽瘁地碎成好几瓣。

这时，我们班个头最高的女同学冯小若喊了一句："别扔了！你们知不知道西瓜皮多难扫啊？！"

楼上捍卫睡眠尊严的人们没回答这个问题。

我那几个正准备继续还击的男同学则应声停下来，任由楼上的大人又乱扔乱骂了一通直至消了气。

大家在激战之后的疲惫中就地坐在马路边，因刚才的半个西瓜，再次回忆起杨震宇。有一年暑假他带我们这班同学一起勤工俭学，集体当了半个月清洁工。

那十几天，班里几十个同学每人每天都在午夜的街头清理过不少于几十斤的西瓜残骸。以至我一辈子都不喝西瓜汁，也从不在户外乱丢垃圾。

"不乱丢垃圾"是那次勤工俭学之后我们集体许下的诺言。

我们在回忆中被善念唤醒，纷纷起身清理现场，大部分人都身手敏捷，保持了练习过的熟练，简直像真正的清洁工。

一切收拾停当之后，忘了是谁说了句："要不，我们去找杨震宇吧！"

意犹未尽的一群人纷纷热烈响应，七嘴八舌地勾画着跟杨震宇久别重逢的场面，有种恨不得拔腿就走的架势。

即便如此，第二天，在一群人信誓旦旦说好要集合的时间地点，就只来了高冠、小五、李健、姚继勇和我。我们五个人四处张望，最终也没有等到别的同学。

在后来的聚会中，提及此事，大部分人都不以为意地像个天生的小无赖，大家顾左右而言他，似乎多数时候，我们只想徜徉"Somewhere over the rainbow"（在彩虹之上）而并不需要真的到那儿，简单地说，就是"喝醉了"。

我们五个宿醉的少年在车站都困得没力气聊天，高冠拎着一兜子水果外加几个水果罐头，在车站的大喇叭宣布"列车马上就要出发"的时候，突然把他手里那一兜吃的往李健手里一塞，说了句："我就是来送送你们。"说完，没等我们反应和对话，掉头走了。

小五扭头对着高冠快速钻进人群的背影喊了句："嘿！孙子！"

姚继勇往地上吐了一口唾沫，跟了句："这帮孙子！"

站台上的大喇叭响起齐秦的歌："火车快开，请你赶快……"似乎敦促人必须更加果决。

李健对着前后左右四个方向又眺望了一遍，认命地说："算了，没他们我们也照样走！"

然后我们四个人愤然上了车。

两夜两天之后的清晨，火车停在了终点站——那个传说是杨震宇落脚的南方城市。我们四个人都没吃饱没睡醒也没机会大便，每个人一身臭汗地被人流推搡着狼狈地下了火车。

车站外是一个陌生城市，脚下是没规则地胡乱纵横着的各种小路，耳边则是比地形更复杂的异乡方言，我们集体迷失方向，再次认识到世界上到处都是单靠热情应付不了的难题。

在各种住宿黑车等推销的簇拥下，李健自语似的，说："要不咱们先往前走走，反正，我听说他就在这个城市。"

小五被一个背大包行李的人撞了个趔趄，听到李健的话，没好气地反问："往前？哪儿才是'前'啊？！你这简直就是一句屁话！"

小五这句呵斥外，自行免责，仿佛我们对杨震宇的确切地址没做任何深究，都成了李健一个人的错。

我倒没有特别的担心或怨言，那时候我正失恋，只是单纯自私地想让自己"走出去"。"走"是我当时能够对失恋之痛做出的唯一应对。

一切熟悉的环境或是停滞的状态都让我的失恋情绪见缝插针地肆虐出现，而我对它在我心脏上细碎的啃噬全无招架之力。所以，只要是离开，只要换话题，就好。至于说，去哪儿，见谁，对于当时的我并没有太多实质的不同。对于活在这个世界上的诸多苦，那年，我的见识尚且刚刚停留在初尝"生离"的地步。

就是那样，我带着一腔的内伤，披头散发地跟在三个男同学后面，深一脚浅一脚地游荡在那个陌生的南方城市的街头。

不过，别看前缀如此冗长，最终找到杨震宇的情景倒是干净利落，那痛快劲儿出乎所有人的预料。

一个人一辈子经历的诸多"出人意料"，会让人对"活着"不断地生出神圣感。

经历日后多次的回忆，和杨震宇重逢的情景已逐渐被我美化出一番类似宫崎骏[1]漫画的调调，且自心头还能自动涌动出久石让[2]的配乐。

记忆确实是会有很多"再塑"的能力，我们凭借着自己对某一个人或某一系列事件的情感故意丑化或故意美化或故意忘记些什么，我们的生命有如此多被"爱恨"左右着的"故意"。

那天，到中午时分，我们一行四人已经彻底迷失在陌生的城市。

过程的最后一个环节相当老套：我们被一个黑车司机骗了一些

[1] 宫崎骏（Miyazaki Hayao, 1941— ）：日本著名动画导演、动画师、漫画家。
[2] 久石让（Joe Hisaishi, 1950— ）：日本著名音乐人、作曲家、钢琴家。

钱，毫不意外，发生了口角。在被他轰下车之前我们四个人和他展开了激烈的对骂，各自都说着自己家乡的方言用恶毒的形容词以多次提及生殖器官的方式诅咒了对方的家人。

由于骂得太过投入，加速了大家的筋疲力尽，又是午饭时刻，生物钟作祟，在紧张愤怒等几重高亢情绪集中爆发后，剩下单调的饥饿感，快速消灭了我们心底仅存的斗志。

我们被轰下车的路边有一个海鲜大排档，门口摆着一排颜色不一的塑料盆，每个脏兮兮的盆里面都是各种鲜活丰美的水产。我们这些北方孩子对海鲜的认识有限，加上饿，出于本能，四个人并排蹲在了塑料盆前面。小五伸手逗弄盆里的鱼虾时我看见他的喉结鼓了鼓。他初具规模的喉结提醒我，我们已不再是少年，这令我再次陷入伤感。我对着海鲜掉了两滴眼泪。他们仨一路上已经看我掉过十几次眼泪，懒得理会。我们都没说话，像陷进了被海鲜下了咒的沼泽一样谁也不肯再站起来。

店家经过观察，发现我们不是有能力消费的客人，态度变坏，初见时还努力说了两句普通话应酬，瞬间又恢复成方言，即使听不懂具体文字也能从语气里感受到他明确的反感。

那年头"大学生"受到明确反感的机会并不太多，我们不常接受挑战的自尊受到刺激，互相对了几个白眼之后做出"士可饿不可辱"的决定，用尽最后一分力气，站起来走开，努力地昂首挺胸。

没走出几步，小五悲愤难当，在连续吐了好几口唾沫都还不解气之后，站在没几个行人的马路中央，仰起头，闭上眼睛，直着脖子对着正午陌生城市的虚空呐喊出三个字："杨——震——宇！！！"

夏天的昆虫，没理会小五内心压抑的呐喊，依旧照本宣科着它们毫无新意的争鸣。世界在昆虫的争鸣中仿佛陷入停滞，时光的延续在那一刻显得苍白而没意义。

谁知，就在没意义的停滞持续了五六秒之后，忽然，有一个声音从七八米高的斜上方出现：

"谁啊？谁叫我？"

我们错愕地抬头寻找那个声音的来源，发现海鲜大排档背后的一个居民楼上有一个打开的窗户，从窗户里探出一个发型凌乱的脑袋。

即使隔着楼前繁茂的树叶，我们也还是迅速识别出那人正是杨震宇。

嗯，这就是我们在时隔多年之后再次找到他的过程。

是啊，其实这世界上没有任何事情的发生是"偶然"的，一切表象的偶然之下都有被看清或故意忽略的缘由。

我跟好多人讲起过这个画面，讲起我们跟杨震宇的重逢，每次讲的时候，都会根据围观听众的特点，略微调整侧重点。

最近一次讲起此事，是三年前。

那时候我开始跟一个极有成就的老师学禅修。心情复杂，感受丰富，内心因受到非常规的撞击而迅速地重组。那个状态，像史铁生[1]一部作品的名字——《昼信基督夜信佛》。对于跟杨震宇的重

---

[1] 史铁生（1951—2010）：当代著名小说家、散文家。

逢，那一回，我的分享变成："所有遇见之人都可能是来帮你的，包括那个跟我们吵架的黑车司机。"这是由衷的分享。三十岁以后，人生的努力，为了杀出积习的重围，规避沉闷和成见。

当一个人开始试着取悦自己而同时不让他人烦恼时，他的拥有，即是自由。

就在小五对着天空喊出杨震宇名字的几分钟后，我们师徒五人，异地重逢。

当时我不知道，那次见面，既是重逢，也是永诀。

这话说的，煞有介事，然而有矫情之嫌。矫情在于，就算我当时知道那既是重逢又是永诀，我又会有什么不一样的卓越表现吗？

未必。

"永诀"听起来隆重，实际上是一件多么稀松平常的事。

是的，"永诀"。

不论它被那些掘地三尺非要伤春悲秋的职业文艺青年给粉饰成什么样，都无法改变它朴实且多发的本质。

这个世界上，还有比"永诀"更"朴实"更"多发"的吗？

永诀的意思就是不会再见。

不会再见，在所有人的人生的每一天，都在平静、频繁而坚定地发生着。

三年前那次吵架，跟你分手的前任可能是永诀；你两个月之前发了条催账的短信，跟借了你钱演消失的朋友可能是永诀；去年春节回家你给隔壁王奶奶送饺子，她问你什么时候结婚，你尴尬一笑匆匆而逃的那一面，跟她，可能是永诀；你刚才翻微信发现单恋过你好几年的那个"备胎"终于成了别人的另一半，你才恍然发现今年情人节他半夜捧着花在你家楼下徘徊的背影，跟你，原来是永诀。

永诀就是这么随意地，随时随地在发生着。

永诀自己没特别矫情，矫情的是我们看待永诀的方式。

如同那个年轻时代的草莽的见面，那个跟杨震宇既是重逢也是永诀的见面。

我不太记得杨震宇那天从楼上下来之后跟我们相认的过程。我只记得接下来他就地在那个大排档请我们吃了好多海鲜，让刚羞辱过我们的小老板端茶倒酒，我们填饱肚子并挽回了颜面。

一直到现在，如果特别使劲儿地想，我还能回想起那桌子菜。那些海鲜在被烹煮之后仰面八叉的样子是那么放荡不羁，姿态撩人。它们冲撞了我对审美的认识，有点摇滚精神似的激起了我隐匿的征服欲，似乎必须马上抖擞精神狠狠地厮杀才对得起这场热辣的会面。

女人对世界最大的贡献是她们承揽了制造"诗意"的任务。其中，小部分卓越的女人会以角色之姿成为"诗意"本身，海伦之于特洛伊，杨贵妃之于马嵬坡，小龙女之于金庸小说，都是这样。

而剩下大部分普通女人，没命成为诗意的一部分，就有责任把重要的记忆诗意化。如我。

杨震宇带我们吃海鲜的那次被我列入诗情记忆，由于投入地吃海鲜，我忘了我的失恋。那是我在"初失恋"的头三个月里暂离悲苦时间最长的一次——长达整整一顿饭的时间。

甚而在小五问都没问就拿走最后半个不知道叫什么贝的时候，我几乎要生气了。

久违的"计较"带来畅快，我为再次清楚地感到生气而忍不住一阵高兴。

俗话说"可怜之人必有可恨之处"。如果是，那么可怜之人唯一的可恨之处即是太过执着于自己的可怜。

海鲜是带我暂离"可怜"的救命稻草。之后的几天，杨震宇丰富的安排巩固了这棵救命稻草。我们在杨震宇那儿流连了四五天。

因我们的到来，杨震宇很少处理公务，想各种方法安排游玩。他是我认识的成年人中第一个有私家车的，我们对此感到相当新奇。有一次，在一个盘山路上，小五太过激动，摇下车窗，对着窗外的湖光山色大喊了一声："I love my motherland.（我爱我的祖国。）"——那是《庐山恋》里的台词，那个电影像个雕塑一样树立在我们整个的童年记忆中。

杨震宇听完大笑，我们也不知道他在笑什么，就跟着他一起大笑。路上还因为别的事他又带着我们大笑了数次。

我们还跟杨震宇一起爬了山，参观了山里的寺院，还去过有很多树的林区以及没有沙滩的海边。杨震宇一路都在给我们讲跟那些地方有关的地理、人文逸事、传说什么的，对他讲的内容，我早已想不起半个字，但我记得那里空气的味道，也记得路上听过的歌，还记得美食刺激味蕾后的欢愉感。有一天杨震宇给我们买了几个杧果。那时，南方水果还没有像现在这样有组织有纪律地被贩卖到北方，所以那是我人生第一次吃到杧果。杨震宇问我们喜不喜欢，姚继勇一边大口地吮着手里的杧果，一边皱着眉回答说："好吃，但是有股汽油味儿！"杨震宇听了又大笑。直到现在，每次吃杧果，我还是会想起汽油。

杨震宇常常大笑，他当我们班主任的时候就那样，似乎很多理由都能引发他大笑。等我成了一个成年人之后，才明白开怀大笑需要一个重要的情绪元素，叫作心无旁骛。

而又唯有心无旁骛，才令人忘却悲伤。

我想不起跟杨震宇告别的画面，女人在情伤的时候内心比较柔软而敏感，情伤痊愈的征兆则是开始变得粗心和强势。

又经历几年颠沛之后，在忙得一片混沌的某一天，我接到初中同桌高冠的电话。在千里之外的电话另一端，他告诉了我杨震宇的死讯。

自听到他那句话的那一刻起，我的心头难以扼制地起了一层又一层的鸡皮疙瘩，然而，它又只能起在心头。

我说不清那种感觉。

想哭，可哭不出来。

有那么两个小时，我被眼泪逼迫得简直要吐。

那天全部的场合都像事先写好的剧本一样需要我自始至终强颜欢笑。

成年人的生活排斥临时的发生和临时的发挥。我分别跟不同的人开会，谈生意，聊艺术，论情爱，讲义气，预计天气变化。我悉心营造的生活里容不下一个突如其来的死讯。

或者应该说，因为高冠的这个电话，我被从自己编织的忙碌的假象中叫醒，重新面对"永诀"随时会到来的简单真理。

那之前的大部分时间，我都跟大部分人一样，对"死"持有讳莫如深的奇怪的嫌弃，就好像它是一种特别的瘟疫，只要"不谈"就能有效预防似的。

如果可以真诚地面对自己，也许我会选择哭、喊，或起码以足够的分贝随便嚷嚷点什么。

如果允许我加演再多的戏码，说不定我会捶胸顿足，揪自己的头发，把家里的鱼缸砸烂，或飞起一脚踢我最爱的猫咪之类的，总之气势要超过一切国产电视剧里被第三者插足的妇女。

然而，在那个当下，我就是什么都做不到。

事后这个未能抒发的情绪拧成了一个心底的结。我想找一个出口把它解开，因此历经回忆，那些画面是那么固执，一次次跨越千山万水而来，漫长的重复还原出质朴，在那儿，有那些久违的笑声，那些笑着的哭着的少年的脸，和那个晨光熹微、如花似玉的季节。

3 /
杨震宇来了

再见，少年

I WILL

BE THERE

杨震宇来的那天，上午十点，我们正在迷茫。

在那之前，我们已经成功荒废了一节没人管的早读和一节没人管的英语课。

荒废也需要一把子力气，就算一个班的人齐心协力也有玩儿到山穷水尽的时候，表面上持续的胡闹到后来纯粹是为了掩饰内心的慌张。

那一年，我们上初中二年级，大部分的少年都十三岁。

人活到十三岁的时候特别容易愤世嫉俗。

一个人一旦掌握了什么新手艺，总是忍不住拿出来操练。

开学还不到一个月，一群十三岁的少年，集体愤世嫉俗，经过不懈练习，几乎要集体失学。

那一个月，我们已亲历十三岁可能制造的各种大风大浪。

比方说，有同学在班里跟班主任范芳老师一个跑一个追持续二十多分钟，最终以范芳认输结束。

比方说，班上有一个叫施宁的男同学发明了一种专门应付抄写的笔——把两支笔绑成一排，写一次出两行，大大提高了抄写效率，班里的同学因此欢欣雀跃地惹怒老师，盼着挨罚，以便使用新发明。

比方说，不知道谁吹了几个气球模样的东西放进实验室的抽屉里，教生物的年轻女老师拉开抽屉看见之后，又气又羞，掩面哭着走了。同学们因此被普及了保险套的长相。

比方说，生物老师来实验室上课的时候带了一只腹部被切开的青蛙。当生物老师看到被吹成气球状的保险套之后，又气又羞，掩面哭着走了。有几个男同学就把那只被生物老师落在实验室的青蛙带回来，放在了教室讲桌上，上面盖了一张纸，教历史的女老师一来，掀开讲桌上的纸，看见一只被开了膛的青蛙，又气又惊，"啊呀"一声，也捂着脸走了。

就这样，各种事件之后，我们的班主任范芳宣称辞任班主任。大家听说消息后，不仅没有害怕，反而有种战胜权威的快感。

在没有班主任的前三天，同学们都很亢奋，就像历史书上写的那些历代农民闹革命的故事，我们"取得了胜利"。

同学们沉浸在混乱的激动情绪里，由于没有经验，只好乱来。亢奋到第三天，早上的英语课范芳没来，同学们追跑打闹吃喝玩乐闹了一节课。

第二节语文课，教语文的李茜老师按时出现。上一节课意犹未尽的胡闹，在各个角落都潜伏着躁动。

上课后不久，那位美丽恬静的李老师正在写板书，后座的男同学邓分明拿弹弓夹着小石子往前一弹，小石子打中了毛玻璃黑板，另外几个男同学表示捧场，发出了夸张而难听的尖笑。李老师没理会，继续写板书。邓分明在同党难听的笑声中获得鼓励，再次拿起弹弓，又蹦出去一个小石子。

这回，这颗小石子打中了李老师的后脑勺。

年轻的语文老师放下粉笔，用手捂着后脑勺，过了好几秒才转过身，她转过来的时候脸憋得通红，低垂着眼皮，尽量想控制面部表情，然而她的脸颊还是微微颤抖，看起来很疼。这个老师很爱面子，没有更激烈的反应，也没有捂脸，只是用不大的音量颤抖着说了句："你们，你们怎么这样啊？"说完收拾了讲桌上的书，走了。

李老师走出门口前还拢了拢头发，努力保持着她的发型和尊严。

她这一走也是再没回来。

其实，平常大家都挺喜欢李老师的。她人长得美，对人友善，考试打分也比较宽松，在她手下得 80 分以上的比例普遍偏高。如果不是被古怪的亢奋冲昏了头脑，才不会有人哄笑着助长邓分明欺负她。

在我们都成人之后，有一次聚会，邓分明酒后坦白说，有整整一个多学期，他都在暗恋那个清秀的语文老师。

"就是因为喜欢她我才拿弹弓打她的啊！"

有几个男同学表示理解邓分明，据说男的在找不到其他更好办法的时候就是有可能选择以暴力方式表达爱慕。

无辜的语文老师没有机会知道，她后脑勺无端地挨那一个石子竟然来自鲁莽的少年无法消解的爱慕。

反正，接下来，我们的英语和语文都暂时需要"自习"。

事情往往是这样，"取得胜利"并不是一个结果，而仅仅是一个开端。擅长取得胜利的人又并不见得是懂得建立新秩序的人。多数人的本事有限，在破了旧之后，只会胡来。

不断制造事端的亢奋又持续了一周，大家渐渐感觉力不从心。

我们讨厌上课，可真不让上了，更讨厌"不知道该干吗"这种感觉。

不知道校方是确实没找到解决方法，还是以"保持沉默"当作解决方法。反正那两周，既没像以前有个类似教务主任这样的人物来骂我们，也没有让任何一个代课老师上演一下被托孤的戏码姑且安抚我们两句。

没有，什么都没有。

这很可怕。

那是难熬的两周。

真是万万没想到，最令人惶恐的，竟然是大人们的"无为"。

"无为"当然不是大结局。

据说校方经过多方协调，终于有人愿意接任我们的班主任，继续教我们这些已然恶名在外的少年。

就是这样，杨震宇来了。

在他出现之前的十五秒钟，靠窗坐着的男同学白永涛，忽然高声说了一句："哎哟，你们看，这么大太阳，那个人，怎么穿了双雨鞋！"

就这样，当那个青年男子走进教室时，大家整齐地对着他的鞋"噢"了一声。

这个走进来的人是杨震宇，就是白永涛说的那个穿雨鞋的人，确切地说，他穿的是一双马丁靴。

即便是今天，一个中学教师在校园里穿着一双马丁靴去上课大概也会引人侧目，何况，那是在二十年前。

到今天为止我都还记得杨震宇的那一"亮相"，除了他那双被误认为是雨鞋的马丁靴之外，这个穿着合身的黑色衬衫，时年不到三十岁的男子进来时还戴着墨镜，那墨镜很像汤姆·克鲁斯在其成名作《壮志凌云》中戴的那副。

千万不要以为"合身"是理所应当的，在那个"合身"并未全面普及的年代，对"合身"的在意几乎能泄露出一个人内心里的教养和对生活的热爱程度。

杨震宇穿得很合身，且他常常穿黑色。

我们那个年代教师的着装以白色和灰蓝色为主，且没肩没腰。杨震宇穿着有型有款的黑色，在老师们颜色灰蒙形态恍惚的背景里特别显眼。

我喜欢的设计师山本耀司先生[1]对黑色有过一个精准的诠释，他说："黑色有种特质，那种特质好像在说'我不烦你，你也别来烦我'。"

---

[1] 山本耀司（Yohji Yamamoto, 1943—　）：世界时装日本浪潮的设计师和新掌门人。他以简洁而富有韵味，线条流畅，反时尚的设计风格著称，是20世纪80年代闯入巴黎时装舞台的先锋派人物之一。

杨震宇准确地诠释了黑色的特质，他的行头让我们这帮还没怎么见过外面世界的小城少年集体倒吸一口凉气。

杨震宇没理会我们的凉气，他走进教室，走上讲台，摘下墨镜放在一边，打开书本，扫视了一圈，说了句："各位好，我叫杨震宇，木易杨，震撼的震，宇宙的宇。从今天起，我是你们的班主任，教你们语文。现在请大家把课本打开，翻到第45页。"

然后，他就开始讲课了。

他那种笃定的态度好像他原本就站在那儿，对那个环境和环境中的我们都尽在掌握，不需要多余的寒暄。

这比他的那身行头还让我们感到意外。

本来我们已做好了心理准备等着新老师的慷慨陈词。甭管说什么，我们都打算用鄙视来回应。这不能怪我们，我们对待世界的态度都是从我们受到的对待那儿学来的。

在我们有限的经验中，一个新上任的班主任不可能不用一大堆废话抖搂一下威严。

然而就是没有。

杨震宇直接开始讲课。大家相当纳闷，像鼻子痒了半天而没打成喷嚏。一帮被骂惯了的少年，猛然没有挨骂，当即困惑。

幸亏这时候，有人迟到，在门口喊了一声"报告"。

杨震宇放下书和粉笔，走到门口，打开教室门，对门口的人说了句"请进吧"。

"报告"是以前学校里的常用词。那时候，上课迟到的同学都得站在门外喊"报告",等老师说"进来",才能进来,大家对此习以为常。

门口迟到的人是璐璐。

璐璐总是迟到。

璐璐看见陌生的杨震宇,条件反射地往后退了半步,抬头看了看挂在门口的班级牌,再小心地往教室里迅速扫视了两眼,确认里头的同学没错,才又看回杨震宇。她的眼神中充满了初见杨震宇的震撼,张了张嘴,像是要开口说出迟到的理由。

杨震宇没等璐璐说话,问了句:"你是这个班的?"

璐璐赶紧半低了头哼出一声:"嗯。"

杨震宇侧了一下身,示意璐璐进来,说:"请回座位。"

等璐璐坐好,杨震宇颁布了他担任我们班主任之后的第一个规定:"以后这样好吗?我的课,如果有同学迟到,请直接推门进来,不必站在门外喊'报告'。"好像怕我们听不懂,又语气平缓地解释说:"你喊了'报告',我就得给你开门或起码停下来说'请进'。这样耽误别的同学听课,不如你就直接进来,开门关门动静别太大。再说,迟到必然有'理由'。如果迟到不是故意的,下次注意就是了,我不需要听那么多理由,你们也不需要给自己找那么多理由。理由不重要,重要的是既成事实,重要的是别忘了自己来这儿是干吗的。"

杨震宇说完,就接着讲课了。

这对少年们来说是一个全新的逻辑,大家一时都听蒙了,最蒙的是璐璐。

对了，璐璐。

先说说璐璐吧。

璐璐总是在大课间之后迟到。

等后来璐璐休学了，我们才知道她迟到的原因。

大课间是同学们吃早饭的时间，也是一天当中重要的"社交时段"。璐璐很少参与，然而也没有谁特别注意到她的长期缺席。

杨震宇接任我们班班主任之后没过多长时间璐璐就辍学了，又过了两个月，她开始做小买卖，成了我们班第一个自己赚钱的人。几年之后的一个春节，我们从各自上学的大学放假回来，璐璐豪迈地邀请我们一群同学去她开的第一家火锅店吃火锅。

我们吃得正欢，璐璐忽然站起来，表情严肃地给自己斟满一杯二锅头，举起来问我们："以前上学的时候，你们，有谁见过我吃东西？"

大家一听，想了想，确实没有，一时无言以对，赶紧放下筷子，忙着把嘴里正嚼着的赶紧咽下去，挺直腰板地等着听璐璐的后话。

就在那天，我们才知道初中时候谁也没见过璐璐吃东西和她为什么总是迟到这两件事里的关系。

璐璐家很穷。

我们上初中的时候，璐璐她妈每天早上都差遣璐璐到早市上去捡卖菜的摊贩周边散落下来的菜叶。捡回去之后璐璐妈做如下分配：整片儿的略齐整的菜叶，切碎，跟小部分大米和大部分杂米一起，煮粥，人吃；不完整的有溃烂的菜叶，也切碎，跟剩饭或是糠一起，搅拌，喂鸡。

璐璐家养了几只芦花鸡，鸡们遵守道德操守，就算吃那么差，照样顺应自然生理发展，该打鸣的打鸣，该下蛋的下蛋，尽忠职守。鸡下的鸡蛋轮流给璐璐的奶奶和璐璐的弟弟吃。璐璐则常年以捡来的菜熬的菜叶粥果腹，粥不便携带，她就只能在大课间慌忙地跑回家去吃。这是她没办法带出来当着大家面吃早饭的原因，当然就更别说这东西怎么跟同学分享了。

"那时候我每天最多的感觉就是饿，最大的理想就是吃饱。所以我璐璐一路咬着牙，咬到今天我开了饭馆，想吃多少吃多少！"璐璐在席间说道，叙述中持续着对自己的鼓舞。

璐璐的爸爸当时是他们家唯一工作挣钱的，所以脾气大，绝不干家务活。璐璐妈有点残疾，行动不便，瘦小，无业，没脾气，对生活也已放弃最后的希望。

之所以得出璐璐妈"放弃最后希望"的结论，是因为璐璐总是穿得邋里邋遢的——一个女人，如果放任自己穿得邋里邋遢，那她对生活大概失去了一半的希望；如果放任自己的小孩也穿得邋里邋遢，一般就是对生活已经失去了全部的希望。

除了父母，璐璐家还有两个家庭成员：她奶奶，她弟弟。璐璐的奶奶信佛，每天除了大声念经之外就是默默念经，根据自己的体力情况随时发挥，没有规律可循，基本对世态炎凉半睁一只眼，尽量不理人间烟火，间或吃个鸡蛋。

璐璐的弟弟还没上学，不会干活，但比其他家庭成员都容易高兴，吃得饱睡得香，每天最开心的游戏是玩儿鸡和偷鸡蛋，间或挨打。年幼的他似乎认清了自己挨打是全家唯一的娱乐项目，因此回回动静都很大，必须搞得街知巷闻。

有一回我跟璐璐一起回家，快走到她家巷口，老远就听见一个孩子连哭带喊地自巷内奔跑而来，哭喊声由远而近，被脚步震荡出了一串有律动的节奏，那串"啊啊啊"哭得有口无心，暴露了他干号的基本事实。等那孩子跑到我们面前，我看到他的鼻涕经过一路颠簸已顺利跨过嘴巴贯穿了下半张脸。鼻涕很黏稠，白里透黄，从两个鼻孔流出来，一长一短颤颤悠悠地悬挂着，他的眼睛下面则一撇一捺分别有两道白色的小印记，应该是泪痕干了留下的证据。他看见璐璐的时候停止了哭喊，咧开嘴叫了一声"姐"，在鼻涕顺势滑落进他嘴巴里的一瞬，他笑了。

璐璐好像不太好意思似的，回头快速看了我一眼，再转回去骂了她弟弟一句："又哭个屁啊？你个脏猪！"璐璐的弟弟完全不介意被骂，继续笑着，像是为了要讨好璐璐似的，猛然用力一吸气，那两道鼻涕竟然起死回生，生生被他吸回去半寸，显得身手不凡，以行动证明一切都是"熟能生巧"。

我当场就服了，此后对那个画面久久难以忘怀，并且那几周都不怎么吃炖菜里的粉条。

喏，璐璐一家的情况大概就是这样。

家务事多半都成了璐璐一个人的事。她每天早上一起来就得忙着干活，从捡菜叶到收拾菜叶，再到给人煮粥给鸡拌饭，还得及时收鸡蛋防备邻居顺手牵羊或她弟弟饿极了趁乱生吃。

一个少年一大早干了那么多活，当然饿，因此一到大课间璐璐就奔跑着回去喝粥，再奔跑着返回学校。她家离学校不算太近，所以她总迟到，总挨骂，又为饿所迫，不能不回去。在我记忆中，璐璐在学校体跑 3000 米拿过两次年级第一，也没人一探究竟。

唉，人们总是对别人的缺点更敏感些。

我们班以范芳为首的各科老师都因为璐璐迟到骂过她，骂的内容也大同小异：

"怎么你就不能养成准时的好习惯？"

"这是上课不是玩儿，想几点来就几点来？"

"屡教不改，你这辈子算是完了！"

没有人关切"为什么"，也没有人问过她"饿不饿"——在我们这个以问人"吃了吗？"蔚然成风的国度，竟然从来没有人用这句"国问"去关心一下璐璐同学。

直到那天，我们这帮同学听完璐璐举着酒杯的背景描述后才纷纷愕然，像小时候挨了老师批评一样低头对着面前四十五度角的方向默默发呆，一个字的辩解都说不出来。

火锅兀自热腾腾地继续翻滚着，里面各种烫熟的食物随着辣油一拨一拨若隐若现，大家对食物都没了兴趣，惭愧的时候特容易觉得腹胀。

最惭愧的应该是我。

从初一入校一直到璐璐辍学，这期间我是跟她行踪最密切的同学。

039

好像所有中学女生都有一两个最要好的女同学。女孩子们因为各种原因成为好朋友：家住得近，学习成绩互补，长相互补，跟男同学的关系互补之类的。

璐璐家境不好，长得一般，学习成绩中下，好像没什么能"补"我的地方。

我呢，家境勉强比璐璐好一点，穿得勉强比璐璐好一点，功课也是勉强比璐璐好那么一点。只不过，我的好也乏善可陈，是那种连显著的"不好"都没有的中不溜学生，混迹在学校里，过着我可有可无的少年人生。

想起十年前，有一次搬家，收拾旧物的时候我给新婚的丈夫看我学生时期的相册，翻开第1页，他看了半天，问："哪个是你？"我饶有兴致地指给他看："这个这个！"然后，翻到第2页，他又问："这张里面哪个是你？"我只好继续指着小小的自己说："在这儿啊！"接下去，在翻到第3页第4页的时候他都问了同样的问题："哪个是你啊？"我烦了，没让他有机会看到第5页，并赌气把相册藏了起来。

那个相册再次有机会面世的时候，我已经步入了第二次婚姻，而我们的小孩已经接近学龄，那年又是刚搬家，在缓慢地布置新居的过程中，我从箱子底发现了那个相册，内心顿时涌动出对岁月流逝的敬畏和对自己的时断时续的自怜。

我拿起相册，抚了抚表面的尘土，把我的儿子趴趴抱在腿上一起看相册。

没想到，趴趴这个孩子，在"认不出我"这一点上竟然像极了我的前夫,尽管他们俩之间一毛钱关系也没有。趴趴从第 1 页到最后 1 页重复的唯一问题就是:"妈妈,哪个是你呀?"

生生把我给问惆怅了。

某天看探索频道,说有一种病叫"脸盲症",又叫"面孔遗忘症",得了这种病的患者,很难分清脸跟脸之间的差别。

我首任丈夫和首任儿子在看我少年时期照片的时候,都像是突发了这个病。

也或者,从另一个角度解读,如果连我至亲的人在人群中都无法准确地辨别出哪个是我,说明当时的我在班里确实属于不会引起太多注意的同学。

这大概也是我和璐璐之间友情的基础,我们两个,都是会迅速"融化"在人群中的普通少年,好像样子被晕染过了一样,没有其他人愿意特别搭理,稀里糊涂,惺惺相惜,彼此凑合成了一组朋友。

这友谊听起来的确含金量不高。就算是那样,少年狭隘的我偶尔还会轻飘飘地觉得,给璐璐友谊,已经是我彼时做的好事。毕竟我是班里唯一自愿接近她的女同学。

我不知道我的骄傲来自哪里。实则,每一份感情中都有核心的供需关系。我跟璐璐的供需关系也一目了然。对璐璐来说,不管在学校还是在家里,主动跟她说话的人不多;而我,不管在学校还是在家里,愿意听我说话的人不多。就这样,需要说和需要听,成了我们俩主要的交集。

我和很多普通少女一样,不知何故地偷偷藏着怀才不遇的愤慨,又没有任何改变和自省的能力,坚决地认定一切的不快乐都来自周围人的偏袒、眼拙，或别人过于命好。

我就是这样没节制地把随时滋生的负能量随意地倒给璐璐，璐璐则表现得像个专业垃圾桶，从来没有明确地表示过她对我那些一亩三分地的琐事究竟有没有兴趣。

抑或，准确地说，我不曾看到过璐璐对任何事表现出明显的没有兴趣。说起来残忍，这个生活在困顿中的少女，并没有太多选择的余地。在许多人的人生中，"兴趣"都是一个奢侈品，总是要拥有基本温饱之后才谈得上选择。

我跟璐璐的友情，破破烂烂，持续了一年，我兀自认为和璐璐之间那种互相需要是一种情义。

近代著名高僧宣化上人[1]在讲解《法华经》的时候讲过一个寓言故事，说有一个善良的老妇人，被阎王误判，死后去了她不该去的地狱。在受苦的初期，托梦给她仍活在世上的儿子。那儿子是个孝子，获知这个消息之后，历经上下求索，帮他往生的妈妈到处申冤。最终儿子的孝心打动了阎王，阎王一查，果然是冤假错案。和人间的多数昏君不同，阎王知错即改，立刻遣人把老妇人从地狱带出来，准备送到别的舒适的去处。

哪知，由于这个申诉的过程经历了一些时日，老妇人业已适应了地狱的生活，被带走之时，居然两眼清泪，一步三回头，跟狱友们颇有些依依不舍。

---

[1] 宣化上人（1918—1995）：黑龙江省双城人，俗姓白，名玉书，法号宣化，为沩仰宗第九代接法人。

这则寓言的核心意思是说，再不堪的所在，也有可能因"习惯"生情。

我和璐璐之间的友情基本也是这种"习惯"出来的，就算不够好，没了也还是会不舍。

从得知璐璐她爸决定让她辍学那天开始，我们俩就被一种离别在即的惶惑笼罩了。

等到了她在学校的最后一天，大课间，璐璐破例牺牲了那天的早饭，留在校园跟我告别。我把她拉到学校操场边上的一个没人的地方，从口袋里拿出一块钱，那是我那时候能够拥有的最大面值的纸币。

我郑重其事地把一块钱仔细地对折，撕成整齐的两半，把其中一半递给璐璐，自己手里攥着另外一半，然后低着头沉痛地说："如果以后我们失散了，一定记着拿着这个钱相认。"

说完我就哭了，要知道，为了准备这个告别仪式，我省吃俭用牺牲了整整两周的零食才凑够数额，还特地避开我哥的窥探偷偷找了个小卖部把一堆钢镚儿换成一张整钱，绝对的来之不易。

璐璐接过那半张钱，如我所料，被我竟然愿意为她撕掉这么大一笔巨款而感动。她晃了晃神，手抖了抖，捏着钱，红着眼圈儿抬头问我："你以后，万一考上大学了，不会不跟我对了吧？"

然后我们一人捏着半张钱，心里翻腾着无法言说的情绪，咧开嘴哭了。

哭了十几秒，我们俩又先后闭了嘴，哭得有点虎头蛇尾。

我不知道璐璐在哭什么，我哭的原因有二：一是想到璐璐走了之后，忽然冒出来那么多无所事事的课余时光，这真让人烦恼；二是，她提到"考大学"，像一个咒语，让我在对与她分别的悲伤中走神，捏着把冷汗地顿觉人生真无聊。

有一个很有哲学气质的词叫作"愚悲"。我不知道什么是真正的"愚悲"，但和璐璐告别而泣的那个瞬间，应该就是差不多的意思。

后来，我们不算失散，只是，再也没有在心底真正重逢。

我在璐璐辍学之初还会去她摆的摊儿上找她玩耍。

没过多久，我有了新朋友米微微，跟璐璐的共同话题又停滞在她离开我们班的那个瞬间，我们不再有共同的新经历，不再有共同的新话题，很自然地，渐渐失去了彼此的友情。

在我们一堆人纷纷考上大学或技校的那年，有人看见璐璐挺着个大肚子在菜市场买菜，她是我们班第一个当妈妈的女同学。

据说她买菜总是买得很慢，几乎每一棵菜都精挑细选。

"不是因为我挑剔，也不是因为我是孕妇身子重行动慢，而是因为，我终于买菜了。你懂吗？不是'捡菜'，是'买菜'！我要让市场上的人都给我看看，看清楚了，我璐璐有钱了！我璐璐再也不用低头捡你们不要的烂菜了，再也不用接受你们居高临下的施舍了，再也不用看你们今儿高兴明儿不高兴的眼色了！我璐璐自己拿钱买菜！明白吗？我有钱了！我想买什么就买什么！"璐璐举着酒杯说了以上的这番话。

我们一个个又都无言以对。

那个时候，我们还小，不懂得抬眼看别人的悲伤，等到长大以

后，懂了要审视悲伤的时候，不知不觉中发现，生命早已和悲伤融
为一体。

　　传说非洲有一种红蚂蚁，为了防止被淹死，在大水来临时就会
自动地一头一尾彼此衔在一起，形成一个由无数红蚂蚁组成的蚂蚁
球，这样它们就能够漂浮在水面上，集体地活着，靠此起彼伏不停
地喘息保持漂浮，真正的相濡以沫。

　　而我们的人生，很多的时候，没有抱团的本能，活得人不如蚁。

　　有很多年，只要我在电视里看见用第三人称叫自己名字的明星
或是艺人，我都自然而然地想到璐璐。

　　我不喜欢在说话的时候不断叫自己名字的那种人，但，因为璐
璐，我原谅了他们。

　　后来又见到璐璐是大家一起去参加同学施宁的婚礼。

　　她全然地成了一个体态结实的妇人。她的胸和屁股在紧绷着的
衣服里有种喷薄欲出的气势，让她在路过我们的时候都能搅乱周围
的空气，我人生第一次亲眼见识了"气场"这种东西的物理存在。

　　她在施宁伉俪给所有人敬完酒之后也挨个儿地给我们每个同学
敬酒，彼时璐璐身边还带着她十岁的儿子，那孩子梳着二八开的分
头还抹了发蜡，边走边不时地冒出几句场面话，其娴熟世故的程度
不亚于璐璐。只是不论扮相还是语气都没有他那个年纪的小孩应该
有的童稚。

　　璐璐母子走到我跟前的时候璐璐推了她儿子一把，那孩子像个
说书人一样指着我刚挑染的头发说道："这位阿姨，看您这头发，典

型的红运当头！祝福您青春常在，永远年轻！人海茫茫，沧海一粟，我们由陌路成朋友，相遇相知都是缘。老话说得好'人生得意须尽欢，莫等闲白了少年头''朝辞白帝彩云间，半斤八两只等闲'。千言万语比不上我这一杯对您的祝福——先干为敬！"

说完男孩和璐璐一起齐刷刷把手里端着的酒一饮而尽，然后母子二人一边此起彼伏地咂嘴，一边老到地同时向我展示了空杯子底儿。整个过程流畅连贯一气呵成，但，就是听不出任何感情。

我被这母子二人的气势震慑，也赶紧把自己的酒喝完，也许是被酒呛的，我咳出了眼泪，可是对璐璐什么都没说出来。

我在璐璐的儿子背诵敬酒词的时候，一晃神，想起当年璐璐那个拖着鼻涕到处奔逃的弟弟。他过得很差，吃不饱穿不暖，但那些困境并没有阻止他活得像个真正的孩子。

璐璐从走到我面前干杯一直到转身离开带着儿子去别桌敬酒的几分钟里，没有对我说任何特别的话，甚至眼神也没有特别的交集。

她一视同仁的客套，一时间让我有点怀疑初中阶段我们俩是不是真的有过那么一段形影不离的友情。

我更没机会告诉她。在见到她之前，想象着跟她的久别重逢，我默默练习了许多想对她说的话。为了应对时过境迁可能发生的变化，我还准备了多个版本。哪知，璐璐的变化，还是超出了我的任何准备。那些话，不管是哪一段，怎么说，放在我们短暂的见面中，放在她儿子出口成章的敬酒词前后，都显得那么格格不入。

因此，一直没有机会告诉璐璐，有时候，我真的很想念她，想念那时候的我们，想念我们彼此颤颤巍巍的支持。

璐璐辍学在杨震宇成为我们班主任后不久，那阵子她那位本来就多病的妈妈在某一个黄昏跌进了家门口一个刚挖开的树坑里，折了一条腿，因此璐璐不得不中途辍学了。

听说杨震宇在璐璐辍学之前曾多次到她家试图说服璐璐的父母让璐璐留在学校，他一共去过璐璐家三次，第一次没见到璐璐她爸，第二次没说服璐璐她爸。

在最后一次的家访中，璐璐的爸爸终于失去耐性冲杨震宇发了脾气："你说得轻巧！是我不想让她上学吗？！她上学去了家里这些活谁干？！再说她又不是没上过，这也白白上了这么多年了！也没上出什么名堂！我支持她？我倒是想呢！你看看这一家老弱病残！坐着的，躺着的，念经的，哼唧的。几张嘴等着吃饭，光吃饭不说，吃完饭又闹着花样吃药！这不是作孽吗？！难不成是嫌吃饭不够饱的，还非得糟蹋钱弄药往肚子里填！你说说这左一哼唧右一哼唧的，我一个人弄得过来吗？你非让她上学也行！这家人你养！这几张嘴你填！这条断腿你给接上！我倒看看你是有挣饭的本事还是挣药的本事！"

杨震宇听傻了，没敢认领璐璐家的任务。

说服工作以彻底失败告终之后，杨震宇临走留给璐璐一本书和一个信封。

璐璐遵照杨震宇的要求，在他走后才打开那个信封，里面有一封信和五百块现金。那个年代尚没有百元的钞票，所以五百块现金看起来还是有分量的一沓。在跟钱叠在一起的那封信里，杨震宇给璐璐写道："虽然我和同学们都希望你能继续留下来，但如果家里实在需要你，也请你不要为此气馁。我希望你知道，世界上有很多了不起的人都没上完中学，世界上有很多过得快乐的人也没上完中学。你为你的家庭付出了很多，可能还要付出更多，你是一个了不起的女孩。就算你不能继续留在学校，也希望你不要放弃梦想，不要放弃努力，不要放弃快乐。学校不是唯一能实现理想的地方，但你是那个决定自己是否过得快乐的人。"

杨震宇在最后一次造访璐璐家之前大概已经悲观地预见到无法保护她继续上学的可能，所以做了另外的准备。

据璐璐说那五百块钱她分作两份，其中的三百交给了她爸爸当作给她妈妈的医药补贴，剩下的两百成了她第一个小买卖的本钱。

在20世纪80年代末，对一个小城市的中学教师来说，五百块不算一笔小钱。对一个全家享受"五保户"待遇的璐璐来说，五百块不仅是一笔她从来没有过的巨额现金，也代表了一种她之前从未领受过的信任和诚意。

当一个人认为钱不能代表什么的时候，只能说明他还拥有其他丰富的选择。然而对一个陷入窘境的人或家庭来说，钱就可以产生影响和力量。

听说杨震宇过世那年，我们去参加他的追思会。追思会是璐璐组织安排的，现场布置得相当豪华，软件硬件的配备都不输任何一个二线城市地头蛇的葬礼。

仪式开始时，几个身着黑色中山装的演奏人员先行步入现场。他们几位都是璐璐特地从另一个城市请来的，据说其中吹唢呐的那位是红白喜丧界的一哥，其在丧礼活动中的地位不亚于周立波之于海派清口。

就是这样，当"一哥"皱着眉头吹起唢呐名曲《一枝花》的时候，不知道哪个同学，开始笑，然后那个笑就像传染病一样，一个接一个，等整首《一枝花》吹完，现场已东倒西歪笑成一片。

唢呐演奏家本来特别投入，闭眼皱眉鼓腮帮子，正吹得五官错位，听见有笑声，破功，等一睁眼再看我们笑到纷纷擦眼泪的德行，把他给气的，立刻愤然离场。璐璐赶忙追出去挽留他，唢呐演奏家先是果决地收了出场费，然后强烈批评了我们，说在他的演艺生涯中从来没有碰上过对逝者和对他如此双重不敬的追思场面。

唢呐演奏家不明白，其实我们的笑里面没有任何的不敬。甚至可以确定，如果杨震宇在，他也会跟我们一起笑，准确地说，是他带着我们一起开怀大笑，像他曾经陪伴我们左右的那些时候一样。

那个追思会的氛围，悲情和喜感参半，缅怀与感谢参半。恰是因为有《一枝花》这么民粹的背景做中和，我们心里保存的那些有关杨震宇的略微摩登的记忆，才安然落地。

璐璐承担了活动和纪念品所需要的全部费用。有同学提出分摊的时候，被璐璐拒绝了。"我这辈子，在有钱之前，从没有人跟我说过'你是一个了不起的女孩'，虽然杨震宇就当过我一段时间的老师，但我觉得他是唯一理解我的人，他也是唯一在我没钱的时候就尊重我的人。他给我写的那封信我一直都留着，一遇到难事我就拿出来看。我跟自己说：璐璐你看看，你得对得起这个看得起你的老师！杨老师那些话让我觉得我璐璐必须活得有尊严，我璐璐必须要有梦想，我璐璐的梦想就是有钱！我璐璐必须快乐！因为我心里答应过这个看得起我的人了！我当时就想过了，以后等我有钱了，只要是杨震宇需要，什么情况我都拿钱，让拿多少我就拿多少！他给我的你们都不懂，那封信里写的，多少钱都换不来！"说到这儿，她抹了一把脸上的眼泪，顿了顿，又说，"没想到，终于有机会还他这个情了，结果还是在丧礼上。你们说说，你们谁还要跟我抢？你们谁有资格跟我抢？"

不知道杨震宇当时给璐璐写那封信和留那五百块钱的时候是怎样的心情，也不知道，倘若杨老师知道璐璐执意为他的追思会付钱，他又是怎样的心情。

回忆和妄想都敌不过"无常"本身的变幻莫测。

我们常常高估了自我，我们常常低估了命运。

写到这儿，碰巧看到这样的一段话："无论遇见谁，他都是你生命中应该出现的人。无论发生什么，都是唯一会发生的。不管事情开始于哪个时刻，那都是对的时刻。已经结束的就是结束，因为因缘成熟，没有任何一片雪花会意外落在'错'的地方。"

嗯，实则，也没有任何"错"或"意外"，只有我们情愿接受或未被接受的发生。

如果说，我还有什么话想要跟璐璐说，那么，也就是以上这几句。

　　把它献给璐璐，和所有仍在努力的少年：后来，我们终将会知道，人生全部的快乐不过就来自这三件事——还有什么令人敬畏，还有谁让你牵绊，还有哪些被视作梦想。

4/『贱人』米微微

再见，少年

I WILL

BE THERE

　　有多少中学女生，从来没有跟一个自己眼中的"贱人"或"病人"做过朋友？

　　反正我有。

　　长久以来，米微微就是我心里标准的"贱人"兼"病人"。

　　自打璐璐离开学校之后，从表面上看起来，米微微是我初中时代过从最密切的女同学。

　　尽管如此，在我内心深处，从来没有停止过讨厌米微微。

　　也是，女人之间任何表面上的过从密切都可能蕴含着悠长的彼此讨厌。

　　令到女人对友谊的记忆无限绵长的，往往不是记忆着对方的好，而是记忆着对方有多讨厌。

　　在离开中学，不见米微微的好多年里，每隔一阵子，我都会想到她。在那些回忆里，一边是我和她情同手足的画面，一边是心底里一些按捺不住的"不怀好意"的念头，且那念头仿佛野火烧不尽

的离离原上草，不论我如何努力，它总能因各种缘由被刺激出新一
轮的滋生。

我试图分析过自己内心反感的根源，得出以下结论。

米微微是那样的一个人：她长得没有很美，功课也没有很好，
家里也没什么背景，穿戴也不过尔尔。除了会弹一点点钢琴，似乎
也没掌握其他什么能算得上是"一技之长"的事。

总之就是一切都中等。

在我们受到的教育中，中等的人就有义务死气沉沉。

如果和我一样中等的米微微也和我一样甘于中等，以懦弱的姿
态保持沉默，大概我就不会那么讨厌她了。

然而，她不。

她偏要置中等于不顾，任着性子活得一惊一乍，想方设法地就
是要表现得"我跟你们不一样"。

从我认识米微微那一刻起，她就事事处处都拿捏着一种通常只
属于美女的招摇的做派，时刻渴望被关注的热忱毫不逊色于任何一
个好看的女孩。

如果我们那个时代就流行朋友圈自拍神器这些东西，米微微一
定是那种一天到晚嘟嘴比剪刀手玩儿命自拍并炫耀名牌和名人关系，
以各种方式坚持不懈求关注刷存在感的自恋狂。

一个长相平平的人太执迷于被关注简直如同 A 货，应当被列入
被打假的行列。

可不是嘛，A 货的存在，不一定让"正牌奢侈品"反感，但一

定会让"正牌平价品"反感，因为它危及了"正牌"的自我认知。女人之间的较量往往是这样，一旦实力失衡，就会自动搬出"道德感"给自己加码。

米微微完全无视代表正牌们的道德感，她除了玩儿命自恋，还长期坚持使用两个强调存在感的法宝：一是笑；二是没完没了地演热心肠。

米微微特别爱笑。

在对整个中学的"有声记忆"里，有两个人的笑声最频繁，一个是杨震宇，一个就是米微微。

不同在于，杨震宇的笑，出于纯粹止于纯粹，从不故意，可是因恰到好处才特别有力量感。而米微微的笑，就好像随时随地都基于某个蓄谋。她总是笑得夸张、突发、持续且凌乱，总觉得她是用笑在隐藏什么别的企图。

然而，这个世界的荒谬即是在于，一切既有的秩序都无法对抗一个死乞白赖的"持之以恒"。

米微微就是那么奋力地笑着，笑到后来，真的笑出一条血路，获得了她在乎的、被关注的结果。

或许，每一个容不下别人的心房里，总是默默对应着一个对自己的不满，有时，讨厌是因为嫉妒；有时，反感是因为类同。虽然少年时候的我不愿意承认，然而，当她每每成为受关注的焦点时，我都暗自希望那个位置偶尔也能属于我。

除了笑，米微微还持续奋力地演出各种热心桥段，那些桥段又总是跟我们身边的男同学男老师有关。

米微微从小就毫不掩饰对异性的热爱，这和我们大部分女生受到的"人前演矜持"的教育再次背道而驰。

初中时期，米微微热爱男同学的方式是随时零障碍地拜托他们登高爬低地帮她干这干那：她抱不动她的书了，她的沙包被踢到实验室屋顶了，她的丝巾被一阵风刮树上了，她的自行车车把歪了，她的作业两小时以前落在了阶梯教室需要翻墙进去拿……

对于自己的言行搅动起了多少其他女同学的白眼和流言，米微微毫不在意，她的兴致从来不会因为任何的反感而收敛，她只会在逆境中越挫越勇。

问题是，她那一套在我们认识有限的男性世界里似乎很受欢迎。

我们刚上初一的时候，有一回，女音乐老师请假，临时换了个年轻的男音乐老师。男老师很腼腆，不知如何应付我们，只好用手风琴自拉自唱一首歌作为开场，刚唱完，老师都还没张嘴说话，只听角落传来一阵抽泣。不用回头我就知道是米微微，在那个颇有几分姿色的男音乐老师踏进教室的瞬间我就预感到米微微可能会有所作为。

果不其然，米微微哭了，且哭的动静越来越大。男音乐老师很讶异，红着脸问这是为何啊？米微微一边抹眼泪一边一字一哽咽地说："我被老师您的音乐感动了。"

在接下来信口胡诌被感动的原因时，米微微又装作不经意地把她会弹钢琴这事告诉了音乐老师。果不其然，我们再次被迫听了米微微弹钢琴，她以浮夸的姿态和拙劣的技术弹了让人糟心的理查德·克莱德曼。男老师在旁边嘴巴时张时闭地演陶醉，还两只胳膊一上一下笨拙地打着拍子，一副琴瑟和鸣的德行，身心早熟的女同学米微微，瞬间让我们这群知行合一的傻孩子沦为可有可无的背景。

那个男老师只带了我们一节课，但在十几年之后的一次同学聚会上，米微微还拿出那个老师寄给她的圣诞卡给大家看，装作有一搭没一搭地问我们还记不记得有这么个老师。

我心里说，我倒是想不记得呢，架不住您每年显摆一回啊。

另一次，上体育课，最后二十分钟老师让自由活动，男同学们去踢球，女同学们分成几组有的跳皮筋，有的玩沙包。米微微没参加任何女同学的游戏，蹦跳着到操场边上去看男同学踢球。

班上有一个叫张继业的男同学，踢到兴头上，没看清眼前就一脚长传，不仅踢到了足球也踢到了足球后面的石头，球没飞出太远，张继业的球鞋应声而裂，同时裂开的还有他右脚的大脚趾。

围观的米微微立即冲到受伤的张继业面前，毫不介意地把张继业的脚捧到眼前，亲自给张继业脱了鞋，并且当着其他看傻眼的男同学的面把绑马尾辫的一条丝质的小方巾解开，用那条方巾包扎了张继业的大脚趾。

等大家刚要为米微微的壮举赞叹，她又把事件推向另一高潮：她放下张继业的脚之后就晕倒了，且体育老师冲过来拍了她脸好多下她都没醒。

她倒下去的时候头发散落在脸侧，不知为什么，我总觉得那是她故意为之——一个正常的中学女生不可能晕倒的时候还成功把头发散出电视剧里的病态造型。

就这样，大家的焦点立刻从张继业变成了米微微，体育老师甚至没管张继业继续流血的脚指头，抱起米微微就冲向医务室。

据说等到了医务室米微微就醒了，羞涩地撩了撩额前的头发，对刚刚一路抱着她狂奔的体育老师说了句："对不起啊老师，听我爸爸说，我晕血。哦对了，我爸爸是市医院的主治大夫。"

我心想，得什么样的妖孽，才能在这种情形下，还保持斗志不忘给自己加码。

时年二十六岁的体育老师，果然中计，不仅没有恼怒，还脸一红。其后，他在课上把米微微那天的行为定义为"勇敢，善良，细心"。那年期末考试，米微微跑 800 米明明没达标，体育老师也让她过了，还慈眉善目地走到正在夸张地气喘吁吁的米微微面前拍了拍她的头说："我知道你努力了，就这样吧，再跑你该晕倒了。"

此后大家再提起张继业受伤一事的时候，很少人关心张继业的大脚趾，倒是米微微"晕倒"成了主要记忆点。

我本来很为张继业不值，白受了伤，还受到不公正冷落，伤口还可能被米微微的丝巾给耽搁了。

谁知道当事人张继业也是糊涂，不仅到处说米微微仗义，还给米微微买了一条新丝巾，从此成为米微微的死党，对米微微的要求随时有求必应。

有着这样一些男同学男老师的世界，真是令人气馁。

是啊，很多时候，最令女人气馁的，不是男人粗心，而是他们认不清个别女人的别有用心。

米微微长此以往，对她看不惯的也不止我一个人，就在各种事端之后，终于有人忍不了了。

话说有那么一阵子，米微微忽然爱上了京腔，只要有机会她就抢着说话，满教室四散着米微微面无愧色滥用儿化音的大嗓门。

"口音"是一个特别的东西，有时候从一个人的口音可以听出他对这个世界的认同方式。

在我后来对米微微长达近四分之一世纪的认识中，见识过她各个阶段的不同口音。不论那是京腔、台湾腔、纽约英语、伦敦英语，还是华侨般的故意口齿不清，都是米微微当时的生活缩影。

谁的成长过程都有几种谄媚世界的私房秘籍，要说这也没什么，但得确保自己谄媚的时候别招惹了别人。

"你给我把舌头捋直了好好说话！"

终于爆发的是范芳老师，她嚷出这句的时候一脸都是"我忍你很久了"的愤怒表情。

范芳喝止米微微的同时把她随身带的一本教案举起一尺多高，然后狠狠地摔向讲台。

那是范芳的招牌动作，她每次表达愤慨都把教案举起来再使劲儿摔下去，好像猛然就得跟讲台不共戴天，必须使劲儿摔教案才足以表达她的态度。

坐第一排的刘青同学初中没毕业就得了呼吸道疾病，我一度怀疑她是常年吸范芳老师从讲台上拍起来的粉尘给闹的。

米微微正在兴头上，脸上的表情一个没刹住，借惯性不知好歹地问了句："嘿嘿，我怎么了？"

"你怎么了？你还问？！你还笑！啧啧！你给我站起来！你一个学生我一个老师，你跟我说话你坐着我站着，你这是哪门子规矩？啊？啧啧，你个没规矩的！你一个女同学怎么脸皮这么厚！"

米微微一时面子上过不去，缓慢地站起来，半垂着头低声又问了句："我，我怎么就脸皮厚了？"

"你就是脸皮厚！你这不是脸皮厚是什么？你脸皮不厚你会好意思问？！"

范老师用一个肯定句一个设问句和一个反问句彻底消灭了米微微的最后一丝气焰。

"老师说你，你不好好听着好好反省，你还问我！我让你问！"范芳说"你"的时候扫视着全班，强调着她杀一儆百的决心，"都给我听好了！一个女同学，就！得！要！脸！！"

范芳的盖棺论定，像一个定海神针，被定义"脸皮厚"的米微微终于暂不争辩。

那之后，米微微不仅放慢了追随京腔的步伐，也暂且放慢了"我跟你们不一样"的步伐。

对于这个局面，我心情很矛盾，我不喜欢米微微的招摇，但我也不喜欢范芳老师的霸权。在两种不喜欢的摇摆和夹缝中，我还每天跟米微微手牵手肩并肩，面无愧色地继续跟她当好朋友。

不过，话说回来，也不是我主动要跟米微微当朋友的，我跟米微微形影不离的起因基本上跟友谊无关。

有那么一阵子，学校高班有一个女孩，也不知怎么了，忽然放话要打米微微。

中学校园里常常会有这种事发生，总有些人，像长青春痘一样心底时常生出一些不明来路的疙瘩，必须得打几个人方能止痒。

米微微一度成了诱因，放话说要打她的那个人，是高班的一个女同学。

那个名叫杨晶的女同学是高班一霸，她并不认识米微微。据说就是因为米微微有一天穿了一件形态夸张颜色夺目的棒针衫，穿了就穿了，她还在校园里到处瞎逛，逛就逛了吧，她还大声用京腔说话掺杂着大声的笑，以上多重因素，引发了杨晶的打意。

杨晶具备在学校里横行称霸的先决条件：身形高，嗓门大，有胸，没家教。且成绩不好，性情豪迈，蔑视校规校纪同时又恪守一些自定规则，总是在欺负一些人的同时又帮助另一些人。

"拉一个打一个"是经过几百年验证好用的古老江湖土方，沿袭了这个古老土方的杨晶，四处生事，然而人缘不错。

就在杨晶想打米微微想得最难忍的那几天，我跟米微微因这个缘由成了朋友。

那天，轮到我所在的那个组打扫教室。

打扫进入尾声，我端着一簸箕垃圾准备做最后的收尾，走出教室的时候，看到了我哥梁小飞。

和往常一样，他孤傲地斜站在我们班门口几米以外的喷水池旁边不时左右换着边地抖腿，以频次越来越快作为等我等得不耐烦的内心写照。

我跟梁小飞在一个中学，我初一，他高三。他被我妈要求每天放学必须等我一起回家，对此他颇有怨气。

那天也一样，他看见我去倒垃圾，立刻顺嘴责备。我一边惯性地跟他斗嘴，一边端着一簸箕垃圾快步奔向学校的垃圾站。

等奔到垃圾站，看到有一个人正站在垃圾站边缘扒住学校围墙企图翻越。我的脚步声引起翻墙人的注意，她一回头，我一看，那人竟然是米微微。

学校垃圾站在学校公共厕所男厕的一边，紧挨着学校西侧的围墙。围墙后边是男同学偷偷聚集抽烟的地方。女同学如果不是倒垃圾，一般不会去那儿待着。

米微微一看是我，两只手没处搁似的胡乱伸了伸。

"你怎么还没走？"她站在垃圾站边上，神色慌张地问了句本该我问她的话。

我把手里的簸箕往垃圾站里一掀，隔着刚被我扬起来的半米多高的尘埃回答说："今天我们组值日。"

"哦，真的呀。"米微微没在意尘埃，就地蹲下，心不在焉地又接了一句。

我跟米微微在班里原本不属于同一个"阶级"，所以尽管同学了近一年，对话没超过三次。

我不习惯让比我阶级高的人冷场，答非所问地又硬说了句："我倒完垃圾就走了，我哥已经来接我了。"

"你哥？"米微微似乎被"哥"这个词勾起了兴致，从垃圾站边上跳下来飞快走到我旁边。

"嗯，是啊，我哥在高三二班。"米微微对我哥表现出的兴致让我感到有些自豪。

"真的呀。"米微微说这句话的时候，已经走到我身边相当自然地挽住了我一条胳膊，要知道这是只有特别要好的女同学之间才有的亲昵举动。她突如其来的亲昵让我既局促又自豪，我赶紧把簸箕换另一个手拿，特别希望有熟悉的同学路过能看见米微微挽着我的画面。

就这样，拜我妈我爸先生出了梁小飞所赐，"哥"成了我和米微微友谊的契机。

那天的后续是米微微挽我回到教室，又用另一只胳膊挽着梁小飞三个人一起出了校门。米微微一路都蹦蹦跳跳的，显得那么开心，故作轻快"哥"长"哥"短地问了梁小飞很多问题，她表现出的热情令我陷入一种介于"肉麻"和"受用"之间的奇怪感受中。

在之后一次我跟我哥的"例行兄妹交心会"上，关于米微微对我突发的友谊，梁小飞是这么分析的："米微微听说杨晶放话要打她之后，一直在寻求各种躲避方式，那天是企图爬墙，爬半天没成功，碰上了你，听你说起我，她顺势把我当成了临时的救星。"

"你别傻了，她不是想跟你当朋友，她是想跟我当朋友！有我这种朋友，在学校谁还敢呲呲？"梁小飞对自己的分析很满意，但他并没有当着米微微的面揭穿过。事实是，他对米微微比对我有耐性多了，基本只要米微微在，他就鞍前马后，宠辱不惊地殷勤着，和我的其他那些憨蠢的男同学也没太大差别。

我和米微微也是从那时候变成了密友，有将近半学期，她每天早上热情地去我家跟我们兄妹会合一起上学，晚上再跟我们兄妹结伴一起放学。其间我奶奶突然中风，米微微还让她爸爸帮我奶奶安排了我们那个城市最好的医院里最难约的大夫。

"您是悠悠的奶奶，您就是我的奶奶。"米微微在医院的病床前握着我奶奶的手说出这么一句。我奶奶抽搐着半张脸竟硬是挤出了明显的笑容。

与此同时，我则站在我父母身后远远地旁观，若以常人说的"人之常情"衡量，我跟米微微完全不在同一境界。说不清为什么，我就是无法像米微微一样没有障碍地随时表达感情，或是把表达弄得听起来像是感情。

我的家长们都是"常人"，他们念米微微的好念了长达十几年。

"那姑娘，从小就懂事，特别会做人！不像你！"我妈每次表扬米微微的时候都不忘最后落在对我的否定上。

而大家各奔东西多年之后，米微微仍旧保持着她对一切旺盛的关注力，每隔几年都会忽然出现一次，用一些举动更新她的"会做人"：我爸妈结婚三十周年纪念日她在电台点了歌，我奶奶过世她送了花圈，我哥的小孩满月她送了一个金手镯。

我试过几次想跟我的家人们敞开心扉："她那就是场面，就是让你觉得跟你近，其实她对谁都一样好，没什么真心。"

"我们这种八竿子打不着的，有人愿意对你使场面就够了，你这个人最有意思了，你听听你自己说的话，'她对谁都一样好'，这有什么问题吗？你在意的是'一样'，我在意的是'好'！再说了，人这辈子有场面就不错了，哪里需要那么多真心！"我妈的话，把我问进了墙角。

是啊，我在鄙视米微微的"场面"时，我自己对她又何曾有过什么"真心"。

那半年，米微微和我形影不离，或是说，米微微上学放学跟我哥形影不离。我在上学放学之间，作为我哥的吉祥物，存在于米微微左右。

半年后，范芳走了，杨震宇来了。差不多同一时间，我哥高中毕业了，杨晶因威胁要打另一个班的另一个女同学被学校劝退。那个受到威胁的女同学的爸爸，在我们那个城市很有威望，是比米微微的爸爸更厉害的人物。

导致米微微跟我形影不离的原因陆续终结，我们形影不离的即成惯性，尴尬地又持续了一阵。

少年时期总是糊里糊涂伤害和被伤害。少年时期也总是糊里糊涂交友和被交友。

我们表面上依旧形影不离，我们内心都默许着一个规则：什么样的形影不离也阻挡不了女人内心风起云涌的互相讨厌，反过来也一样，什么样风起云涌的互相讨厌也阻止不了女人表面上的形影不离。

杨震宇接任班主任之后，范芳对米微微的制约消失了。我一直在揣测杨震宇对米微微的态度。我能确定的是，米微微这么不安分，一定能激起杨震宇的表态，但像杨震宇这么不按常理出牌的人会怎么处置米微微，我不知道。

揣测令我产生些许不安，不过也没不安太久。一天，米微微上语文课吃爆米花被杨震宇发现了。

那个时代，在有限的几样零食中，爆米花尤其受欢迎。

每隔几天，就会有人背着一个带风箱的铸铁滚筒走街串巷到处吆喝，所到之处就有人应声端出各种粮食排队换爆米花。小孩子们喜欢一惊一乍地等着听米花出炉那一刻的爆破声，那个动静好像干杯，让米花香喷喷出炉带着种仪式感。

喜欢吃爆米花是常情，然而喜欢到非要上课吃就是矫情。况且，喜欢吃和喜欢"偷吃"不可同日而语。当多数人都为了服从纪律而克制需要时，破坏纪律的人就特别面目可憎。

综合上述，米微微是个矫情的面目可憎的纪律破坏者。

我的座位位于米微微斜后方不到五米处，经常能清楚地看见她从座位中的塑料袋里抓出一把爆米花，攥着，等老师写板书的时候迅速放进嘴里。如果老师回头快，她就用一只手捂着半张脸假装思考，等老师再写板书或低头，她就开始咀嚼，咀嚼的动静刚好能干扰到方圆五米之内的其他同学。

我总觉得米微微满嘴爆米花腮帮子一鼓一鼓地偷吃时掺杂着有种近乎挑逗的表演。她像强迫症一样上课偷吃爆米花，我像强迫症一样观察她偷吃爆米花。有时候我希望米微微的偷吃被发现。有时候，我又觉得米微微自己好像也希望被发现，这么一想，我又希望她不要得逞。这些矛盾的心情，此消彼长，郁郁葱葱地在我心头形成了一股没什么重点的愤愤不平。

据说人只要认真动了什么念头，就会产生气场。

在我愤愤不平地想象米微微"被抓现行"过百次之后，这一幕终于实现。

"拿上来吃。"

杨震宇说这句话的时候正背对着我们写一句古文。

大部分同学不解其意。

杨震宇从容地继续写板书，书完，转过身，跟平常一样，脸上没什么表情。

看没人主动承认，杨震宇冲着米微微的方向示意了一下："说你呢，米微微，拿上来吧。"

我心跳加速，全身攒动着好戏即将上场的刺激感。

米微微没有像我期待的那样乱了阵脚，她在大家的注视下保持匀速地把她盛爆米花的塑料袋从抽屉里拿出来，放在了课桌上，然后抬头看杨震宇，还略仰了仰脸，好像在找四目相对的最佳角度。

她那副处乱不惊的样子让她看起来简直像是为偷吃而生的。

"嗯，吃吧。"杨震宇看着米微微，冲她点了点头，然后继续转身写板书。

我从他的语气里听不出那到底是个表达允许的陈述句，还是一个表达讽刺的反义句。

就在我陷入揣测时，米微微竟然真从塑料袋里抓出一把爆米花，放进嘴里，开始咀嚼。

"你真吃啊你！"坐在米微微后面的曹映辉压低嗓门喝止她，同时踢了她凳子一下。

"你干吗呀你，杨老师不是让我吃了吗？！"米微微当场高声回应，皱着眉撇着嘴，嘴里还含着一口没吞咽的爆米花，语气里充满受到迫害的委屈。

事态到了这个地步，很难不了了之了，我低头假装看书，全身的力气都放在耳朵上等着听杨老师训斥米微微。

训斥是我唯一期待的"公平"。

如果可以，谁不愿意上课吃爆米花，可是我们不敢啊。人性不就是这样嘛，多数时候我们认为的所谓"公平"，不过是期待外力打击那些比我们更强的人，好让我们借此忽略自己的软弱。

然而杨震宇连头都没回。

等那天快下课，他才再次转过身，把课本放下，正色道："把这段笔记抄完。留几分钟，我们来说说刚才的事。"

等大家都抬头，坐好，杨震宇说："刚才，我允许米微微在课上吃爆米花。她这也不是第一次，她也不是唯一的，我同意了，因为我不想让她因为惦记着吃而耽误了笔记。现在我想了解一下，你们对吃东西有多迫切？要不这么说吧，你们谁特想上课吃东西，请举手。"

看大家神色窘迫，杨震宇又补充道："不用担心，我从来不责罚诚实的人。"

杨震宇说完，米微微率先举了手。

"嗯，你说说你为什么非得上课吃东西？"杨震宇问。

"我爸爸说，早上七点到九点之间人应该吃早饭。可是我们早上七点到学校，跑步，上早自习，根本没时机吃早饭。如果第一节课不吃，就错过了吃早饭的最佳时间。"

米微微说得扬扬得意，好像她上课偷吃东西完全是为了尊重科学。

米微微的爸爸是医生，在我们整个的初中时代，米微微一半以上的开场白都是以"我爸爸说"起头，差不多等同于"如是我闻"，带着不容争辩的神圣权威。

杨震宇笑了笑说："这个说法也有一定道理，那你回去问问你爸爸，有什么办法能让当老师的少吸点粉尘。"

有几个同学笑了。

"笑什么？"杨震宇正色问，"我确实想知道有什么有效方法能防止老师吸粉尘，我总不能戴口罩给你们上课吧。一样的，我让米微微拿出来吃，是陈述句，意思就是让她拿出来吃。除了米微微，还有谁上课特别想吃东西忍都忍不住。"

这一次，陆续有十几个同学举手。

杨震宇数完人数又说："好，那反对上课吃东西的也请举一下手。"

杨震宇问这句的时候，我很想举手，可刚好米微微回头，我跟她对视了一下，放弃了举手。米微微或许只是出于习惯，平时她也会不停地左顾右盼。然而我在她看到我的一瞬间失去了表达自己的勇气。

杨震宇又数了这一轮举手的人数，然后把赞成的"26人"和反对的"12人"分别写在黑板上。写完，转身说道："这两次都没举手的同学请注意，不管你们是'无所谓'，还是'弃权'，反正就是没表达，根据刚才两次举手的人数得出的结论，同意的比不同意的人多，且已经超过班里同学的半数，所以，以后在我的课上，如果实在想吃东西，可以吃。不过有两个规矩：一不许吧唧嘴，二不许耽误听课记笔记。如果惦记着吃会让一个人'分心'，那还不如干脆就吃，我要的是'专心'，不是口是心非。"

杨震宇说到这儿，米微微得寸进尺，从装爆米花的塑料袋里掏出一把，放在了同桌的面前。

"收回去！"杨震宇说，"同意你们在我的课上吃东西是怕你们惦记吃的耽误课，没打算让你们开茶话会。另外，这个破例只允许发生在我的课上，不许胡乱破坏别的老师的规矩，都记清楚了。"

看到米微微把掏出来的爆米花收回去，我心里才好受了一点点。

杨震宇又说："请记住，这是你们自己投票的结果，如果这个结果和你希望的不一样，就要想想，你为你希望的事，做过多少努力？是不是足够努力？今天的结果是那些想上课吃东西的同学为他们的希望努力了，起码米微微告诉我们最好早上七点到九点得吃早饭。她为她认为对的事情做了争取，她也争取到了。"

杨震宇说完这番话，下课铃响了，他拿起教案转身走了。

米微微下课之后难掩得意地穿行在同学们之间，嬉笑打闹，像得了什么奖似的。我的那些同学，真有骑墙的，庆功一般围着米微微有说有笑，欢乐的场面像隔天就要放暑假一样。

杨震宇用一种我从来没听说过的逻辑，让米微微的违规演变成她引发了一场"民主投票"的结果。

我迷茫了。

我在没人留意的角落里默默用门牙咬着下嘴唇，思考着需不需要重新思考一下我的人生。

嗯。这是一个问题。

一辈子的很多时刻，都要面临类似选择：究竟忠于常规，还是忠于自己。以及，当一些人习惯低眉顺眼忠于常规，而另一些人眉飞色舞忠于自己，且毫不掩饰地得意时，"忠于"到底意义何在？

对此，我至今也没有确切的答案。

十几年前，我二十岁，有一天独自在三里屯的一个咖啡店里虚耗。

虚耗的时候，我面前摆着一个橘色的笔记本电脑，什么都没写，什么也都没看。只是开着，摆在面前。

我摆的那款是那年苹果的主打产品，长得跟小提包一样。2011年乔布斯过世，我在纪念他的短片里看着他意气风发的样子，有几个镜头，他手里举着一模一样的橘色笔记本电脑。我忍不住鼻子一酸眼眶一紧，很想哭一会儿。这并不是对乔布斯有多少突如其来的追思，而是，透过他经历的无常，再次提醒我时光之紧迫。

作为一个禅修大师，乔布斯对声色犬马有种看透之后的善用，好东西和好人的真谛一样，即是他的存在令你感到自在。

那个下午，灵魂属于乔布斯先生的橘色半透明苹果电脑正是我不可分割的一部分，与之配套的还有我染成金色的指甲，紧身V领白 T 恤，低腰破洞牛仔裤和发髻边用彩色丝巾系的一朵大花。那扮相，摆明了要使足全身力气区隔于正常人。

我在那儿坐了一阵子之后，进来了三个中年女性，拎着刚扫完假货的各种尺寸的纸口袋，坐在我隔壁桌。不久，我就听到她们时断时续的不友善的评论，针对的都是我的行头和做派。

二十分钟后，我还是被她们一浪强似一浪的议论给说走了。

回去的路上，有一些我不愿承认的挫败感令我刹那间十分孤独，我的心情，由内而外，一阵悲凉，从"女人怎么这样啊"过渡到"人类怎么这样啊"的喟叹。三个陌生女性无聊嚼舌根的伤害，让我忽然明白，当一个人用穿着宣告出"我跟你们不一样"的傲慢时，就是有可能招致攻讦。

就在那一瞬间，我忽然理解了米微微，理解了她时时刻刻地以各种举动在塑造着"我跟你们不一样"的人生原来如此艰辛。这个世界总会教人知道，对于一切未曾真正拥有过的东西都不可妄作评价，那些属于别人的，看似信手拈来的选择，无一不是反复练习的结果。

就是这样吧，一些在当时看起来不过是小事的发生，被翻出来又放回去，次数多了之后，好像发酵似的，渐渐透出些新意思。

因着自己的遭遇，我终于在心底和米微微和解，在她对这个过程一无所知的情况下，我懂了她那个重似梦想一般的对"不一样"的捍卫。

我终于挣脱成见的枷锁，对着记忆中的米微微微笑，看她像一个唱着歌的小兽，花里胡哨地奔跑在我生活的斜前方。在抽离了一切偏见和批判之后，仿佛才能隔着山高水低的岁月，去拥抱少年时代的那个心事重重的寂寞着的小小的自己。

5 /
插班生武锦程

再见，少年

I WILL

BE THERE

我和米微微之间少年友谊的质变是因为武锦程。

武锦程是插班生。

杨震宇成为班主任的一个月之后，武锦程来了。

有一天上午，杨震宇走进教室时，身后跟着一个少年。

那个少年就是武锦程。

在抬起头看到武锦程的一瞬间，我独自，不为人知地愣住了。

空气和时光纵横在一处，瞬间隔绝出一个空间，与任何人都无关。在那个画面里，只有我和武锦程，好似契阔相逢。

我能想到的唯一对白，是他转身看我，随即我们四目相对，在愣了许久之后，他缓缓地自语般地说出那句："这位妹妹，我曾见过的。"

而我则娇羞地低下头。

现实中的武锦程什么都没说，甚至根本没特意看我或任何人。

他微低着头，微皱着眉，按照杨震宇的分配坐在了比较靠后的一个空着的座位上，始终一副虎落平阳的孤傲劲儿。显然他不止引起了我一个人的注意，很多女同学一路目送他坐下还久久不肯转回身，直到杨震宇说了句："差不多得了，上课吧。"

武锦程是一个好看的少年。他的好看，除了有一套构图上乘的五官之外，还带着一种距离感，好像受过伤，又特地为了掩饰受伤而伪装出来的幽幽的冷峻。

一般情况下，女人一生当中都会被两种男生吸引，一种是似曾受伤的，一种是伪装冷峻的。如果有谁刚好把这两种特征有机地融合，基本上这个人就能在女人的世界中所向披靡。

这个世界上大多数的一见钟情都是因为对方好看。

这个世界上大多数忧伤的一见钟情都是因为对方好看而自己一般。

因着这样的天理，在看到武锦程的时候，我开始了人生首次的忧伤。

那种感觉，就好像立刻有一百只蚂蚁排着整齐的队伍，迈着整齐的步伐从我的心头铿锵有力地走过。走着走着，不小心掉进骨髓，顺着骨头继续排着整齐的队伍，迈着整齐的步伐在那儿继续走，再跌进更深的缝隙，还继续走。

我的心头，就这样，被走得久了，走出心疼，走出了沧桑，沧桑在每天都像盛夏的少年时代。

武锦程对我的暗恋一无所知，就算知道他大概也无所谓。好看的少年通常都对相貌平平的女同学的暗恋司空见惯。另外，那段时间，武锦程所有的心力都牵扯在他自己的家事上。

武锦程在来我们班之前，在北京上过三年小学外加一年半中学。在北京读书是因为当年他父母离婚，他的妈妈是北京人，带着他回了原籍。

我们那个城市，因为那场举世闻名的人类浩劫，在 20 世纪六七十年代囤积了一大帮"支边"的青年。他们年纪轻轻就背井离乡到了陌生的地方，到适婚年龄，前路茫茫，大部分就地婚配，生了一堆"支二代"。

武锦程的妈妈是从北京来的知青，爸爸是我们当地人，武锦程是独子。

一家人安居乐业到武锦程上小学。天南地北的人，才刚互相适应得差不多了，哪知支边的人又有机会回原籍了。

变故因此纷至沓来。

武锦程的爸爸是本地人，在一家工厂当工人，对这个世界没太多理想也没太多愤怒，既不积极也不消极。业余爱好是各种体育项目，能跑的时候绝对不走。由于精力过剩加上天生五官端正，武爸爸在婚姻中出轨过三五次，常年受到广大家庭妇女的议论。妇女们说起他的时候总是又翻白眼又咂嘴，那些议论，表面上是假道德之名的批判，然而微词里又透着微妙的青睐，武爸爸因此活跃于很多人的议论中，在城中小有名气。

武锦程第一次去我家写作业，我父母照例打听他的家庭情况。在听到武爸爸的名字时，他们齐声说了句："哦？你就是他……的儿子啊！"

我爸和我妈在说到"哦""他"的时候都停顿了一两秒，且都用了延长音，但他们俩的语调分别拐向了不同方向，听起来各自意味深长。

等武锦程从我家离开之后，我妈把我拽到她面前，略俯身，脸凑到离我的脸只有三十厘米左右的地方压低嗓门语气决绝地说："以后，不要再跟这个男孩来往！听见没？！"

我为了把脸挪远一点，赶忙敷衍地点了头，她的命令瞬间巩固了我单恋武锦程的决心。

武锦程是个敏感的小孩，我妈在对我下达命令的时候，他已经走出我家至少三千米了。但不知道为什么，那之后他就再也没有来过我家，即使那天他跟我父母告别的时候，我妈还假装热情地问他要不要留下来吃她包的汤圆。

武锦程对大人们的风言风语敏感且心存芥蒂，所以他对遗传了他爸爸的好看全无感谢，小小年纪就喜欢皱着眉，好像铁了心跟自己遗传的容貌一决胜负。

我父母之后好几次饶有兴致地议论帮我把武锦程的家务事拼凑出了完整的版本。

据说他的妈妈出生于北京的一个知识分子家庭。

"这种人那会儿最遭殃。"这话是我妈说的，语气中听不出同情惋惜还是幸灾乐祸。

因着这样的出身，武妈妈一生最大的爱好就是离群索居，对她来说，离群索居的最便宜的方式就是专心读书然后埋头教书。

这样的两个人，志不同道不合，还是成了夫妻。

据我父母的分析，武爸爸年轻的时候人长得帅又爱玩儿，而武妈妈则任何年龄都没有特别好看过但内心丰富。人总是容易被自己不太具备的特质吸引。

然而相爱容易相处难。

武家爸妈离婚之初，出于对独子前途的考虑，武锦程被分给了他妈。就这样，时念小学三年级的武锦程从我们所在的城市转学到了北京。

武锦程在北京的那几年小学生涯并不太愉快。一个远道而来，有口音没背景，有脾气没特长的孤独小学生，能指望受到什么样的礼遇呢。

小孩子在逼仄的环境中只有两个可能，要么软弱，自暴自弃，要么掩藏内心的脆弱表面上装得特别坚强。武锦程是后者。为了自我保护，他让自己变得越来越难相处，能不说话就不说话，非要语言表达的时候就皱眉哼歌。

歌词是少年武锦程屏蔽他人的工具，也几乎是他那个时候全部的人生对白。

"外面的世界很精彩，外面的世界很无奈。"

单这十六个字，就能反复使用一年。

　　武锦程升入中学之后，比他更适应北京生活的妈妈找到了再婚对象。

　　那位四十多岁的男士是武锦程他妈妈回京后任教的那个中学的政治老师。

　　武锦程不肯接受："我看着他就难受！你想想啊，一个教政治的，让谁看谁不难受？在学校就到处是老师，回家还是老师！我简直掉老师窝里了！"

　　中年男政治老师不具备博取少年欢心的经验，对武锦程的厌恶完全没有对策。

　　武锦程他妈在多次试着以德服人未果之后，决心用既成事实逼迫武锦程接受。

　　那年五一，武锦程参加完学校组织的游园活动，傍晚回来，发现家里多了几样物件，那些东西，皱巴扭捏，散发出年久失修的酸味儿，几乎瞬间道尽政治老师单身几十年的凄凉。

　　武妈妈为正视听，在一进门正对面墙上挂了一张她和政治老师的合影。在合影中，尽管笑容僵硬，但两个人的头向一处偏成一个A字形，头发连着头发糊出一个难舍难分，看得出决心已定。

　　武锦程进门之后，武妈妈跟她的新任丈夫从各自坐着的椅子上站起来，队形整齐地站在离武锦程三米外的餐桌旁，像两个等待被罚点球的球员一样双手交叉保护在丹田偏下的位置，看起来严阵以待。

在不大的客厅正中的饭桌上已经摆好了三菜一汤和三套碗筷。在主菜，一条红烧鱼旁边，平放着两份结婚证，带着一种经由法律承认的威仪。在这个尚未建立起和谐气氛的屋檐下，那个合法的证明，像个企图镇宅的法器。

武锦程一看这阵势，二话没说，穿过这对相爱不容易的长辈，进了他自己的小房间，快速翻出几件衣服和几本书塞进书包，又从抽屉深处拿出平时攒的零用钱放进口袋，回到客厅，再次穿过那对确实相爱不容易的长辈，还是二话没说，开门，走了。

武妈妈在武锦程身后呜咽着追出二里地，傍晚的斜阳里，这个看了很多书的女性嘴里重复着一句毫无华丽辞藻的大实话："程程，你别这样，你别这样行吗？妈妈也不容易啊！"

武锦程心里难受，可是他也不知道如何收场，只好继续往前走，好像只要走下去，就可以离心里的难受，远一点。

武妈妈劝不回儿子，那位新科丈夫追上来劝自己的太太："孩子要是愿意出去玩儿会儿，咱们也别勉强孩子。"

武锦程一听急了，猛然停下脚步，一回头，几处的恶气迅速汇合统一爆发："你少跟这儿'孩子孩子'的，老子死都不会是你的孩子！×！"

这是武锦程第一次跟政治老师说完整的句子，也是他长到十三岁第一次说脏话，第一次以"老子"自称。

武妈没见过这阵势，一时蒙了，再扭头看初婚的丈夫，左右为难，为了不让政治老师感觉她偏袒，她只好停止追儿子，抹了抹脸上的泪痕对扭身要走的武锦程说道:"程程,你要心里不痛快就去同学家玩儿会儿,别在外头过夜。饭给你留桌子上,妈妈特地做了你爱吃的红烧鱼,你郑叔叔去买的鱼。"——政治老师姓郑。

武锦程没应,独自埋头又往前走了几百米。渐渐,那些跟着他的,他妈妈的味道和声音,淡了,没了。

等到一个路口,武锦程放慢脚步,借转弯的时候偷偷地回头,路上稀疏地散布着几个路人,武妈妈没有继续尾随,武锦程心头不禁一阵悲凉。

他也无法解释那样的心情,他不想接受的,也是他不愿意舍弃的。

那天,离家的路的尽头是一轮初夏深橘色的落日,那种颜色里有一种隐匿着容纳的深邃的善意,似乎能在一个时辰盛下全世界所有的悲欢离合,不仅盛得下,也似乎能融化它们,仿佛那些悲欢离合,会因为碰上它的容纳而不好意思再特立独行。

武锦程看见自己的影子在落日里被印成了橘色,心头忽然升起几分庄严,就像贾宝玉最后一次见到贾政,武锦程对着他母亲远去的方向,深深地鞠了躬。在他心里,那是少年的他首次正式地向他的母亲告别。

"外面的世界很精彩,外面的世界很无奈。"

对一个孩子来说,"外面的世界",唯一的含义,即是离开父母保护的世界。

武锦程当晚在火车站过了夜,第二天一早登上了驶向我们那个城市的列车。武锦程对那个车次非常熟悉,在那之前,每年的寒暑假,他都会登上那趟列车,心情雀跃地回去和儿时玩伴见面。

一天一夜又半天之后，武锦程回到了故乡。不过，当他饥寒交迫地赶回自己家，才发现他爸已经搬家了。

等他又费了一番周折好不容易在天黑之前找到他爸爸的新居时，给他开门的是一个陌生的年轻女人。

"我当然没指望他独守空房，但他怎么连说都不跟我说一声呢。"武锦程没有太多评价爸爸的家庭成员，对政治老师，他至少表达了厌恶，对爸爸的新欢，他什么都没说。

那次的见面，加剧了武锦程的受伤。据说他爸爸见到他丝毫没有惊喜，只是连续问了好几遍："你妈知道你回来吗？"

武锦程很气馁。他从一对初相爱的长辈那儿逃离，投奔到了另一对初相爱的长辈身边，两边都让他成了多余的人。更糟的是，他爸爸的这位准伴侣可没打算像他妈的政治老师丈夫那样讨好巴结他。

从他一进门，那个打定主意要独占武爸的女子就一边假装热情地端茶炒菜，一边话里话外地问武锦程什么时候回去。

"北京多好啊，我们这样的人想去还去不成呢，是吧大武？嘻嘻。"

"在北京受过教育的人就是不一样啊，你现在觉得大武啊，我啊，我们这些人都特别粗俗吧！嘻嘻嘻。"

那个女人将头抵在武锦程他爸的肩膀上，像行使主权似的不断对武爸爸做出各种武锦程闻所未闻的亲昵动作，且每个动作都配了"大武"的呼唤或"嘻嘻"的笑声，简直像一个志在必得的运动员，还自己给自己当啦啦队。

她的声势快速有效地熄灭了武锦程对他爸爸的期待。

之后几天，几个大人开了个电话会议，就武锦程的未来安排做了几轮讨论。由于武锦程强烈拒绝回北京，他被允许暂时转学回武爸的城市，等读高中再回北京。又由于武爸新女友的强烈拒绝，武锦程最终寄居在他爷爷奶奶家。

对于这个结果，武家爷爷奶奶相当高兴。他们是这个世界上所有夫妻中最愿意跟武锦程无条件厮守的那一对。武锦程的归去来兮，不仅实现了老两口的梦想，还无意间统一了老夫妻在信仰上的分歧。

武奶奶信基督，每天看《圣经》，每周日都去老街坊组织的家庭教会做礼拜。武爷爷嘴上说是信佛，实际有口无心，如果被催眠问真话，也是迷茫得什么都不信。只不过人到了一定年龄之后，就没资格再说自己迷茫。

虔诚的武老太太多少年都矢志不渝游说丈夫跟她信教。

"你哪怕就当它是解闷也好啊！"奶奶说。

"我不闷！有什么好解的！"武爷爷答得很有原则，被劝烦了放出一句，"有本事你让你的耶稣把我孙子给弄回来，我就信！"

武奶奶被点了痛处，摸着十字架到耶稣像前面抹泪去了。

头两年，武奶奶每天的例行祈祷中都拜托过圣父圣子圣灵，请他们安排武锦程回到他们身边。不过，扪心自问，她也没敢真的相信这一幕会实现。很多人的信仰到后来都只是出于"惯性"，如耶稣所说"你们这小信的人哪"。没几个人真的坚信他们口中念着的神明真比自己高明到哪里去。

武奶奶就是这样，祈祷不代表她对神明真有多少信心，她边祈祷边不请自来地替耶稣找托词："可能您老也没什么好办法能让小程程回来呀？""您老觉得，小程程真回来了，对他是不是也不好吧？""您老要是想不出什么偏方，那您就照顾好小程程，也行。"

就在武奶奶差不多快要对耶稣绝望的时候，这么寸，武锦程去了三年多，还真回来了，不但回来，还跟他们一起住，一切都跟武奶奶期望的祈祷的一模一样。

耶稣用实际行动一扫武奶奶的怀疑和顾虑。

武爷爷虽然之前并没有信仰，但对个人道德相当有要求，有侠义风范，特别注重说话算数。孙子一回来，武爷爷二话不说，周日跟着一群老头老太太齐唱《赞美诗》，唱得荒腔走板，然而态度坚定，脖子上十字架一戴，也算信上基督了。

其实这算是一个还不错的阶段性结局，但武锦程依然有很多很多的理由感到忧伤。

很多小孩会夸大家长的感情问题给自己带来的负面影响，好像大人就有义务至死不渝地让自己舒坦。

从武锦程的视角望去，他有一个怕孤独的妈和一个乖张的继父，还有一个对亲情麻木的爹和他那个处心积虑的女友。

他们在自顾不暇的时候，都选择模糊了对他的爱。

唯一明确表达爱他的爷爷奶奶，还是一对搞不清人世间的之乎者也只好投奔虚无的迷信分子。

他向往"外面的世界"，然而，他的世界，走来走去，不论逃离、躲避、收留或被嫌弃，从来也不算是"外面的世界"。

　　一个人在不愿面对问题或不知道怎么解决问题的时候都会试着给自己找个冠冕的借口，然后活在借口里。

　　那年的武锦程，活在自己的借口里忧伤着，十四岁的他，也只能如此。

　　这世界上的事，有多少残缺，就有多少成全。

　　武锦程很忧伤，忧伤得很忙。他沉浸在自己的忧伤里，无暇顾及来自女同学们的青睐。他也不知道，有多少女同学，等了不知道多久，才因他的出现，借着他周身袅袅升腾的繁茂的忧伤，乌泱泱地开出一片又一片爱之初徜徉的花朵。

6
/
初恋

再见，少年

I WILL

BE THERE

"喜欢上一个人"，发生在十四岁，还是被禁止的，忽然之间，我有很多要忙，忙着忧郁，同时忙着掩饰忧郁。

就在这种心事重重无法自处的阶段，幸而，杨震宇的一个特殊的作文训练，制造了一个情绪的出口，延缓了内伤。

杨震宇有很多自创的教学方式，他常常带一些道具来上课。

有一次，他带了一台老式留声机。

那天课本上是都德的《最后一课》。杨震宇讲完课文之后，给我们听了法国作曲家德彪西的《牧神午后》。

那个黑胶唱片吱吱呀呀地转动，像一个刀工了得的工匠，把德彪西的那部作品浮雕似的刻在我心头，细腻、有力、持久。

"每个人都会认为自己的母语是天下最美的语言。我们听不懂法文，无从知道法语的美。但至少可以听听法国音乐家写的音乐——音乐不会因为语言而受到限制。"

我到今天为止也不确定我有没有真的明白都德，但因为德彪西，我的记忆里始终有一隅存在着一个想象的法兰西。

还有一次，杨震宇讲陶渊明，讲之前，他燃了一支他自己带来的线香，又在香烟缭绕之下带着我们大家静默了大概十分钟。说是"心不定听什么都是瞎掰"。等讲完陶渊明的文章，他用卡带放了一首古琴曲，音量很小，似乎需要彻底放松后的全情集中才能听到。我依稀记得那期间好像有一只蓝绿相间的鹦鹉从开着的窗户飞进来，在教室里盘旋了一阵，落在窗户上，然后飞走了。不知从哪儿来，到哪儿去，但它出现在有古琴曲和斜阳的教室里，毫不唐突。后来有几次，我们回忆起这个画面，关于有没有一只鹦鹉飞过这事，少年们记忆不同，说到后来，我也有点怀疑自己，是不是猛然产生了梦境，在大白天，也说不定。

阵仗最大的一次是杨震宇带了一个投影仪到教室，让我们集体把座位转了个方向，他对着教室侧面完整的白墙用投影仪放电影。那是一节课外阅读课，杨震宇推荐的是《牛虻》。讲析之后，他在教室里放映了电影《牛虻》的片段。

不久有几个家长到校领导那儿反映，说语文老师不好好上课给同学们放电影。校方对杨震宇独特的教学方法表示关注，特地派了代表来听了几次课，也没听出个所以然，只是在最后一次代表们撤离之前，校领导郑重其事地当着我们全班同学的面跟杨震宇说还是要注重升学率。

"升学率"这三个字，害得少年们顿时陷入现实的郁闷。

杨震宇没郁闷，继续兴致勃勃按照他自己的风格带着他想带的各种道具来给我们上课。

我有一天晚饭吃得高兴，一时忘了人物立场，把杨震宇的事迹当八卦在饭桌上分享了一下。结果我妈陈萍当场驳斥道："他当然无所谓，你以后考不上重点高中，他还照样当他的老师。你呢？你就完了你！"

我妈常在各种驳斥之后以"你完了"结尾。在我多次收到同一信号之后，也基本认为自己接近"完了"。

那一次，我妈说完我"完了"，我的恐惧从对高考的恐惧中偏离，直接奔向"别离"。一想到初中毕业，不管去哪儿，都可能离开武锦程，我顿时悲从中来，感觉人生确实要"完了"。

我带着这样的灰色心情每天沉浸在面对武锦程而无所适从，直到有一天，杨震宇在作文课上又有创新。

那次作文课杨震宇带来一个画架和几张图片。

杨震宇把那几张图钉在画架上，图片内容分别是人物、静物和风景。

他让我们随便选一张自己有感觉的图片写一篇作文。

"如果看不清可以走过来看仔细，文章写成什么样都行，散文、议论文、小故事，随你们便，字数也不限。我就只有两个要求，一发掘观察能力，二发挥想象力。"

杨震宇总是这样，他有很多时候都"随我们的便"。我因为在暗恋中，情感特别丰沛，特别需要借题发挥，随便选了那张风景，洋洋洒洒写了篇以"伤离别"为主题的文章。

隔周，我的作文被当作范文在作文课上朗读。

那是我人生第一次听到别人念我写的字。在杨震宇的声音里，我全身至少 80% 的细胞都像受到电击一样猛然苏醒，让我清楚地感受到它们的存在。

下课之后，杨震宇收拾好他的教案，临离开教室之前，沉吟了几秒，转头叫我的名字，示意我跟他走。

若干年后，得知我的中学要迁址，暑假里，我和我初中的同桌高冠一起，回去看了看那个即将被拆掉的校园。

我惊异地发现，从当时的教室，到杨震宇办公室之间不过就几百米距离。

可不知道为什么，在我的记忆中，那天，我跟在杨震宇身后，那条路，我好像走了很久很久。

以之前的经验，"被叫去办公室"十之八九不会是什么好事，剩下来十之一二可能是好事的，也只可能属于那些所谓的"天之骄子"。

学生中的分类，分"学生"和"天之骄子"两种，表面上共处一个空间，其实根本就存在于两个宇宙。

即使杨震宇一次次在我面前打破常规，我也还是没想过，那些不同凡响的事，有一天，会跟我有关。

有时候卑微是一种惯性，一个卑微的人生，是没有胆量架设对好的想象的。

我跟在杨震宇身后，带着一身的胆怯，跟着他走进办公室。

杨震宇带着我穿过其他老师,没有特别寒暄,径直走到他办公桌旁,放下教案之后在旁边的书架上查找了一阵,抽出一本书,转身递给我。

"你可以看看这个,说不定有一天,你也写出这样的东西,也出成书。"

我接过那本书,是一本三毛的散文集。因为后来读了太多三毛,因此记忆有点模糊,想不起来那天杨震宇给我的那本,是《撒哈拉的故事》还是《哭泣的骆驼》。

从那天开始,我基本看了所有能找到的三毛的书。

不久之后,我们那个城市的一个给青少年看的报纸举办了一个作文比赛,题目大概类似《我的理想》之类的。

杨震宇鼓励我写一篇作文参加比赛。我写了,把包括我自己在内的几个同学写成有所作为的成人,用了倒叙的方式,开篇是"我七十三岁那年,初春,在辞去报社总编辑的第二天,我和一个来自上海的年轻记者,约在台北的一家咖啡店见面"。

那个时代,我们的课余,读余光中,听罗大佑,看三毛,喜欢林青霞。当时,在我们的语境中,"台北"象征着文化和文艺。

只不过这种文化和文艺,跟我们在学校接受的主流教育没什么交集,而我在作文里荷枪实弹地叙述着这样的向往,让那篇文章和那个时代大多数出自学生手笔的文章风格不太一样。杨震宇似乎很喜欢那篇文章,他手里捧着我的稿子,有几秒钟,脸上露出了一种接近"俏皮"的表情,像一个收藏爱好者偶然得到了某个限量版的物件。

他嘱咐我字迹工整地誊写一遍，那天放学之后，他亲自带着我到邮局，把誊好的文章放在信封里，又看着我一笔一画地按照作文比赛列明的地址写好信封，邮寄投稿。

等那篇文章被塞进邮筒之后，杨震宇俯身对我说："如果，这篇文章不获奖，那绝对不是你的问题，是他们有问题。"

我不知道"他们"是谁，但杨震宇的语气里，是一种背水一战的严肃。

在热切等待了一个多月之后，收到结果，我的文章，果然没获奖。

并且，二十多年之后，我也没有如杨震宇当年所期望的那样，写出三毛那样的文章。

我对此并不意外。

等时光抽打掉所有的妄想，留下的只有真实到让人惶恐的钢筋铁骨的荒芜，起初的梦，不管有多瑰丽或多虚幻，就都已无所谓了。或说，经过各种生活经验的折磨，才有可能发现生命的真谛，那就是，比得奖、出书和认清"他们"更重要的是，一个人一辈子要适时地发现"我"这个东西的存在。一个怯懦的或昏惑的人生，是没有"我"的。

杨震宇是适时帮助我发现"我"的那个人。

如无意外，每个人一生当中都会或多或少地思考一下"我是谁"这个问题。

在作文两度受到杨震宇郑重肯定之后，我忽然有个灵感跳在半空，对着自己想要问上一句"我是谁"。

发现"我"并不是为了自大，而是为了谦逊。像西方技术与东方哲学完美结合的电影 LUCY（《超体》）里说的那样："知识不会令世界混乱，无知才会。"一样的："认识自我不会令一个人的世界混乱，不认识自我才会。"

画面闪回杨震宇递给我三毛作品的那天，我手里捧着那本书，手臂微微抖了抖，无言以对。

我抖是因为我没有收到老师赠予礼物的经验。

杨震宇没理会我的局促，继续道："我喜欢的作家杰克·伦敦有一个特别的写作训练，他会随时随地把他认为有意思的东西记录下来。通过这个练习观察能力和叙述能力，我个人认为灵感都是熟能生巧的结果。如果你对写作文有足够的热情，我建议你试试这个方法。"

就是从那天开始，我开始写"观察日记"。杨震宇的要求是"一定要仔细观察，认真体会，把你观察到的都如实记录下来。'如实'特别重要，既不夸大，也不回避，就是尽量看尽量记录尽量思考。时间长了，有可能，你会发现，你的观察力越来越敏锐"。

一周之后，我把第一次写的观察日记交给杨震宇。那一周我观察的是阳光的变化。

杨震宇把那个本子还给我的时候，在这句话下面写了一个很大的"好"——"今天的光线强烈，我抬头看了太阳一眼，再低头，看到了世界的底片"。

尽管只有一个字，然而正是它启蒙了我对爱的认知。之后一辈子，每当谈论"爱"，我都认为，所有真正的爱，都必须基于对一个人的了解和欣赏。

我的观察日记又持续了几周，从阳光转向植物再转向每天趴在学校门口卖炸糕摊子旁边的流浪狗。第一个本子快写满的时候，杨震宇在给评语的时候又给了一个新的本子，同时作业升了级："从这本开始，写一个你感兴趣的人。"

至此，我从杨震宇那儿得到了一个"偏方"，那些堵在我心里的单恋，伴着对武锦程无法克制的"观察"，被我一字一句写了出来。

我妈看到我经常奋笔疾书很高兴，偶尔拿一两样零食进来问我："写什么呢？"

我说："我们老师留的作业。"

她探身过来，刚好看到我正在引用的一个词"宠辱不惊"，成语总是能起到瞬间深奥一个句子的作用。

我妈很满意，说了句："哦，好好写。"就没再深究。

无从知道杨震宇在念我的作文，递给我三毛，建议我写观察日记的时候是不是真的对我有任何写作方面的期望。我只知道，我对自己，还没敢有太切实的期望。

　　或是说，三毛和未来，对那个时候的我还太高大太遥远太模糊，我眼前亟待解决的唯一问题，就是把内心拥挤着的情绪，尽快释放出来。

　　不久之后，我从最初只能写出"今天 J 迟到了，没参加晨跑"，到后来，在杨震宇的种种启发式的评语中，已经能把武锦程一个课间十分钟之内的动态写得跌宕起伏。

　　我越来越喜欢这个写字的训练，除了一些看得到的成就感之外，还有就是，当我抽离出来以旁观者的角度观察武锦程的时候，会暂时放下对他的期许。

　　出于对杨震宇品格的信任，我对武锦程的单恋，在文字训练中一览无余。

　　杨震宇对那点单恋本身保持着距离，从未过问，只就事论事地在每篇文章上圈圈点点，指出他认为好的部分和有待商榷的部分。

　　"有待商榷"这四个字，是我从杨震宇给的评语里学到的。"商榷"这个概念，在我的人生中出现，也是从杨震宇开始，他是第一个不用"批判"和"否定"来对待我们的大人。

　　在他的商榷中，我紧绷的内心渐渐舒展，人只有以舒展为前提，才可能对自己诚实。

　　一个少年，在十三四岁，有幸把对这个世界的诚实化作文字，练就一种技能，不管是否以此为谋生的手段，它都是珍贵的礼物。

　　杨震宇始终对文字之外的八卦保持着旁观。他的旁观和有控制的建议，让我渐渐懂得了克制。那个过程早早教会我一个道理：懂得距离和克制的人，不论境遇，都不至于让自己活得太难看。

杨震宇的距离和克制又并非冷漠。

没多久之后，因着一些发生，武锦程和米微微成了我们班唯一一对公然出双入对的少年恋人。因米微微毫不掩饰的高调，他们在那两天瞬间成为全班热议的焦点，杨震宇对此没有任何表态，但不久后有一天他把我叫到他的另一个办公室。

彼时杨震宇除了当我们班主任，还在负责学校学生会的工作，因此他有另外一间独立的办公室，那个办公室常年窗明几净，只有两个座位，除了杨震宇处理学生课外活动的时候需要用那儿，平常基本闲置。

那天也是自习，杨震宇走到我的座位旁边，轻轻拍了拍我的肩膀，轻轻说了一声"来"。

我又是那样，低着头，跟在他身后，穿过校园，跟着他走进那个独立的办公室。

杨震宇示意我坐下，他从柜子里拿出一个干净的茶杯，沏了一杯热茶，放在我面前。

然后他隔着桌子坐在我对面，略停顿，说："要是最近不想写，可以先停停。要是想写点别的，随时可以问我。"

我像被打开了泪闸的开关一样，开始对着那杯茶掉眼泪。

杨震宇在我面前不远的地方，看着我的眼泪时疾时徐地掉进茶杯。他没对事情本身有任何具体的议论，更没有任何肉麻的肢体语言，他的关切，自成气场，很淡，可是显而易见。

少年的容身之所其实非常有限。当成长推挤着少年们在父母面前掩藏真实的自己时，学校就成了最重要的阵地。一旦在学校也要背负另外的伪装，时光就会变得难挨。

我的单恋，就有那种在两重伪装裹挟之下的难。

自武锦程出现，我想尽办法拉长了从学校到家之间的距离，最大可能地在不是家也不是学校的地方消磨，即使这样会被我妈猜疑和叫骂也不管。比起无人能说的难过，听陈萍的批评就简单多了。

其实我从来也没有真的喜欢过商场、电影院、录像厅、公园和没秩序的街道，我之所以坚持在它们之间穿游，被迫接受陌生人用陌生的气息制造的不安，是因为，我需要独自面对自己。伪装的累，令人心力交瘁。

还好，在一个进退两难的孤寂时刻，杨震宇给了我一个没有批评的了解，好像一个人失足落水后及时出现的救生衣。

很多时候，支撑一个人度过人生中诸多困境的，就是"了解"。

而那些在少年的你受伤时没有假以任何道德的指摘和批评的大人，是真君子。

杨震宇在任由我掉了一阵眼泪之后，转身从他身后的书架里抽出一本书，给我讲了一个他喜欢的作品。

他讲的是杰克·伦敦的《热爱生命》。

我记得那天他最后说："上天有时候会给我们一些礼物，有可能是和颜悦色地给，有可能是风驰电掣地给，有时候是快乐的，有时候是痛苦的。怎么给不要紧，要紧的是你要发现礼物，还要尽力接到礼物。那些礼物，你不接住，或是不及时接住，就错过了，就是暴殄天物，礼物是不会等你的。"

我听他的话，暂时从伤感中抽离，为他如此自如地使用各种成语折服。

而他说到"上天",令我陷入思考。

从小到大,"上天"跟我们的关系很说不清。没人特别正式地给我介绍过"上天"。这个名词不陌生,但多半用于街坊四邻的吵架骂人,用法也很单一,要么起誓要么诅咒。久了,"上天"在我印象中具备某种随时可能滥杀无辜的暴君特质。是杨震宇第一次把"上天"跟"礼物"联系在一起,恍若为一个历史冤案平反昭雪。

那是我少年时代的运气,在我的单恋像触礁一样独自于心底的孤岛旁边撕裂沉没之时,杨震宇以君子之姿,告诉我"礼物可能是痛苦的",这一剂及时的"了解",送我回到可能痊愈的归途。也是这个痛苦的过程带来一个重要的领悟:每个人这辈子对自己最大的负责,就是你要发现自己的那个"我",继而,为了这个"我",必须完成一个使命,那似乎也是此生此世唯一的使命,即是让这个"我",于茫茫人世中,清明、独立、勇敢地走出来,走下去,不论面对何种境遇都不要退缩,直至走到天尽头。

7 / 泼妇当道

再见，少年

I WILL

BE THERE

　　好吧，还是要返回去说说米微微和武锦程公然出双入对的始末。

　　我清楚地记得那天。

　　那天的天特别晴朗。

　　不知道为什么我对那时候白天的记忆总是特别长，都到了下午放学时分，阳光还是肆无忌惮大大咧咧地照得哪儿哪儿都是。那气度，像极了《红楼梦》里的王熙凤，有些粗鄙，但因本是大户人家出身，粗鄙的自信，就成了挥洒自如。表面上看起来热辣辣的，然而又分明是明察秋毫，带着掌控一切的自负和狂野。

　　大部分同学都回家了，我没走，假装抄笔记，因为武锦程还在。

　　那阵子，只要武锦程不走，我就找各种理由留下，表面上若无其事地在乎着他的每一个动静。

　　听说，人到了"仙人"的境界，欲望不再狰狞，就不会再有饮食的需求，凡好的食物，闻闻就成。

如果真是这样，那么，喜欢着另一个人的时候，应该最接近"仙"境吧。

我就是那样，默默地，守着仙境似的守在武锦程不远处，心里半甜微酸，对那个求之不得的局面也没有太多不满，并不知道，它在几个小时之后，就要被米微微强行截断并改写。

当时是放学之后，武锦程自行挪开讲桌，对着黑板打乒乓球。

他自从到我们班之后就保持着"不党不群"的清高模样，对谁都没有特别亲近热情，基本上每天都独来独往。

男人之间的搭讪比较容易，成年男人只要抽支烟借个火就能认识，未成年的则可以一起踢球或打球，再次还可以一起打架。

但武锦程好像决心要特立独行，对谁都保持距离。起初还有男同学约他一起踢球，约过几次被他婉拒之后，也就罢了。

他也不跟女生玩儿，想必他早就有应对女孩的经验，因此进出教室的时候多半都低着头微微皱着眉，像一个对粉丝的热情业已厌倦的职业明星。

在我有限的人生当中，武锦程是第一个如此肆意当众演孤独的人。

"孤独"好像"吃素"一样，当它不再出于迫不得已，就会摇身一变成为一种"态度"。

包括我在内的一众女同学，对武锦程的单恋，在他泛滥的孤独面前，一厢情愿地花枝招展。

那天也是那样，当武锦程开始正对着黑板打乒乓球，陆续凑过来一帮围观的女同学。

武锦程那阵子迷上打乒乓球,隔三岔五就挪开讲桌对着黑板乒乒乓乓地打球,旁边还总围着一圈以女生为主的闲人。

闲人们几乎对他的每一次击球都报以夸张的反应,又鼓掌又欢呼,谄媚溢于言表。

凭良心说,他的那些击球,不过尔尔,然而粉丝的热情通常跟偶像的水平无关。

武锦程很习惯被关注,对闲人们的动静也置若罔闻,自顾自认真地击球,好像屏蔽掉了所有动静。

我远远地偷瞄着那个画面,忧伤着自己毫无建树的蹉跎。

这时候,米微微出现了。

米微微走进教室的时候手里拎着一个水桶,是我熟悉的样子。

米微微每次做值日的时候都主动承包洒水这项任务。

"我快被呛死啦!"只要有人开始扫地,米微微都会说这么一句,然后捂着鼻子拎着水桶飞快地冲出去,直到教室里"尘埃落定",她才会回来。

没有人给过米微微不用扫地的特权。

只是,在她坚持多次重复"被呛死",多次重复及时出走,多次重复只负责洒水之后,就获得了"不扫地"的特权。所以说,有时候"特权"也不见得非得要有过硬的后台,只要把同一件事重复足够多的次数,也能获得特权。

像往常一样,米微微开始在教室里洒水。

不知道为什么，米微微洒水的样子总能让我联想到动画片《大闹天宫》里那几个摘桃的仙女。

这不是赞美。

我小时候还不知道"矫情"这个词的存在，只能用一个跟"矫情"对应的画面指代。

那几个摘桃的，别提多矫情了，不仅把"桃"太当回事，也把"摘桃"太当回事。问题是，桃跟她们有关系吗？没有。那桃摘完了跟她们有关系吗？也没有。

既然从头到尾都没有关系，干吗非得摘得那么煞有介事？那姿态，好像完全搞不清楚究竟桃才是桃，还是她们自己本身就是桃。

所以，所谓矫情，即是太把自己当回事，也太把自己那一亩三分地当回事。

米微微就是一个常常能无限放大自我直至"人桃不分"的女同学。每每她洒水的阵势至少能制造出两种错觉，要么这个教室是蟠桃园，要么那一桶水是她的直系亲属。

米微微就那么自我沉醉地开始洒水，我依稀都能感觉到她每次把手伸进水桶然后带着一捧水出桶的瞬间她的手型一定自恋地做了许多只有她自己才会注意到的变化。为了那些变化，她一边洒水还一边哼着歌，谁也听不出她哼的是什么，因为她戴着耳机。戴耳机也是米微微的固定表演项目，每当她特别沉浸于自己在干的那点事的时候，她就会戴上耳机，好像这样就能即刻与世隔绝，她所有的扭捏作态也就有了合理的解释。她戴着耳机，跟着耳机里不知道什么内容就忽然在公共空间公然拥有了独自的节奏，仿佛开始了一个独立的表演，她熟练于自封一种与众不同，耳机是她每每给自己的加冕仪式。

等把大半个教室的地都洒上水之后，米微微略微出了戏，在武锦程舞动着打乒乓球的身影后迟疑了一下。

武锦程还在对着黑板专注着他的乒乓球，没在意在他身后以仙女之姿洒了半天水的米微微。

那真是应当被收录在班级史册中的一幕，这两个都习惯了自己才是被关注的焦点的人，在那个未经设计的傍晚，狭路相逢。

武锦程对米微微的忽视令她严阵以待，她摘下耳机，一边观察着，一边拎着剩下的半桶水朝武锦程所在的方向洒过去。

围观的闲人没敢忽略米微微的存在，大家逐个给她让出一条通道。

武锦程依旧专注着他的乒乓球，像漠视其他人一样漠视离他越来越近的米微微。

米微微在距离武锦程不到两米的地方停下来，好像很不情愿地把水桶放在地上，然后对武锦程说了句："哎，麻烦你让一下。"

武锦程没让，继续前后左右地移动步伐，对着墙专注地击球接球。

米微微向左右看了看，闲人们暗自在内心迅速评估了一下这两个焦点人物的实力，随即表明立场，大部分都选择跟随武锦程一起冷落米微微，继续表现得像一群在戏园子捧角儿的纨绔子弟。

米微微从来也不是一个逆来顺受的人，她看武锦程没给她让路，也没打算退缩，把水桶重新拎起来又即刻就地一摔，在水花四溅的同时提高嗓门又重复了一次："哎，听见了吗？你！我说麻烦你让一下！"

水桶和米微微的动静都很夸张，这一次武锦程用手接住乒乓球，回头看了米微微一眼，又看了一眼地上的水桶，然后就像什么都没发生一样，抬起胳膊抹了抹脑门上的汗，再把手里的乒乓球往上一抛，对着墙发了个自己为难自己的旋转球，继续在闲人们的起哄中玩儿他的去了。

米微微和她的水桶并排在武锦程左侧斜后方的两三米之外站了大概五秒钟，那真是相当有质量的五秒钟。在那短短的五秒钟里，我不但立刻脑补了米微微一转头哭泣着跑开的样子，甚至还想象到了她和武锦程从此势不两立，而我为了表面上的友情和内心的暗恋不得不在两难中挣扎。

米微微不愧是一贯的行动派，我的想象还没收尾，她就开始了那天最为人称道的一组动作。

她先是用眼神在闲人中给自己清出一小块空地，那块空地好像比武场，她的面前只有跑动着的武锦程。米微微又迅速目测了一下距离，看准时机，从容地把水桶再次拎起来，一只手扶着桶边，另一只手托起桶底，往后一回旋，再一使劲儿，就把剩下的半桶水准确地泼在了武锦程身上。

时间在那时好像被意外唬住了似的忽然停滞，让人觉得以往匀速地流淌根本是错觉。

意识又一阵磕磕绊绊，之后，我才听到闲人们后知后觉地发出"哇"的一声惊叹，时间被惊叹叫醒，一切又回到同一速度同一界面。

米微微在那个集体惊叹之后，如一个表演者完成了 solo（独自表演）一般，把泼完水的空桶拎起来，用两根手指挑着，在空中一松手。那只被米微微用完即弃的铝质水桶随即跌落在地，发出一阵丁零当啷再而衰三而竭的滚动声。

武锦程也像被突然而来的半桶水定住了一样在原地僵了几秒才恢复动态，他装作无所谓的样子低头撩起自己衬衫的一角，拧了拧，哗啦啦地拧下来一摊水，拧完对周围不知所措的同学们说了句："呵呵，来劲儿吧，出一身汗之后要的就是这半桶凉水！"

然后他抬眼看了看米微微，又转身捡起滚到一边的水桶，递给米微微，抬眼看了看她，说："有事说事，别欺负水桶啊。"

米微微伸手接过桶，直视着武锦程道："哼，不挨欺负，它还真不知道自己的存在呢！"

武锦程像是没想到米微微这么应对自如，他又看她，这一次，他脸上飞速出现两三秒不可思议的表情。

接着，两个人，竟然，相视一笑。

那是我第一次看到武锦程的笑容。那个笑容，和无数次出现在我幻想中的样子差不多。只不过，在我的幻想中，出现在他笑容对面的人是我。

接下来，更刺激我的场面发生了，他们俩忽然没有任何障碍地进入一种热络，这两个各自早已熟练地屏蔽别人的少年男女，在那一刻，默契地同时屏蔽掉现场所有其他的人。

我少年时代徜徉过的最浪漫的画面，发生在我面前，发生在我最介意的女同学和我这辈子暗恋的第一个男生之间。

我半张着嘴在几米之外呆住，心底的难过像反胃一样必须一吐为快，只好假装倒垃圾，忙不迭逃离现场，端着一簸箕垃圾快步冲向垃圾站，对着五六米见方、一米多高的垃圾，视死如归地深呼吸了起码几十次。

等我一手拎着空簸箕失魂落魄地从垃圾站回来，看见武锦程在教室门口，两只手撑在窗台上背对着校园，夕阳打在他身上，穿过格子衬衫的衣角，那些含着水渍的格子，橙色和蓝色相间，被夕阳穿过，兴冲冲地印在墙面一丛暧昧的影子。

这时米微微从教室出来，看了武锦程一眼，大大咧咧地问："哎，你晾干了吗？"然后自顾自笑起来。

武锦程转身看她，笑道："没有呢，怎么办，我只有这一件衬衫，被你弄坏了，回不了家了。"

米微微"咯咯咯"地笑起来，笑的时候又捂嘴又弯腰，那种夸张的样子，就好像武锦程说的话真有那么好笑。

在我成为一个成年女人之后，从各种情感挫折中总结出一些教训，其中重要的一条是：当你在乎的男的讲了什么他自认为幽默的话，作为他身边的女人，你一定要很捧场笑得很夸张，即使那句话本身真没那么好笑。

我为我自己的后知后觉深感懊恼时，才恍然发现米微微在少年时就早早掌握了一些"女人"的手段。

米微微笑完，娇嗔道："你该高兴呀，我从来不随便泼人的。"

武锦程像被附体了似的，一改从出现就树立的冷面路线，学着米微微的语气嗲笑道："你也应该高兴呀，我也从来不随便原谅别人的。"

米微微撇嘴说："哼，你抬举自己的水平真是比打乒乓球要强那么一点点。"

我在远处，又一阵想吐，不知是因为刚才吸了垃圾的灰尘，还是这俩少年狗男女的对话的确让我的胃再次受到刺激。

我正笨拙地无法决定脚下的方向时，米微微哼着歌漫不经心地转身走进教室，等再出来的时候，她的手上抱着一沓乐谱。这一次，她完全没看武锦程，她只是和平常一样，微仰着脸，笑着，哼唱着当时正在流行的《大约在冬季》——那首原本忧伤的歌，愣被她唱得像昂扬的战歌。

米微微有个习惯，只有碰上她喜欢的人，她才会抱乐谱。乐谱和耳机一样是她的重要"行头"。她的座位抽屉里永远有几本乐谱，当她想要引人注目时，就会随时根据需要从抽屉里拿出大小尺寸不一的乐谱抱在胸前，然后甩着她的马尾辫迈着轻快的步伐跑开，且一定要配合笑声。

任何时候，剪裁合体的白衬衫，高度适中的马尾辫，自然白皙的肤色，衬托的微笑，胸前再抱几本乐谱或故作深奥的哲学书，即刻就能让一个普通女中学生变身为气质卓然的小清新。

米微微深谙此道，而作为米微微当时的密友，我清楚地知道，所有的表现都证明她内心已胜券在握。她只需要继续用她拿手的方式巩固这一场胜利。她像一个曾经在非洲草原上生活斗争过的母狮子，特别懂得欲擒故纵的真理。

果然，武锦程对着米微微蓄意冷落他的背影追问："哎，米微微，你走啦？你还真就把我晾这儿了？"

那是武锦程到我们班之后，我听他说话最多的一次。

那也是武锦程来我们班之后，我第一次听他真切地叫出一个同学的名字。在那之前，他跟同学之间，最多都是用眼神交流或躲避。

米微微没理他，自顾自笑靥如花，转头远远地问我要不要跟她一起回家。我被她问得吓一跳，赶紧从自己复杂的情绪里抽身，慌乱地快速跟过去，跟着她轻快的步伐逃离现场。我路过武锦程的时候，他没有看我，跟平时一样，好像我拿着隐身草。准确地说，自从她泼了他一身水之后，他们的世界里，就已经看不到其他人的存在。

那天之后，米微微和武锦程成了我们班首对公开亲密出入的男女同学。

没过几天之后，两个人就以同时穿白衬衫或白 T 恤的情侣造型高调出场。不仅上学放学同来同往，上课的时候还不断地传纸条。那阵子，因为米微微和武锦程，班里忽然掀起一阵传纸条的热潮。在那个还没有手机的年代，我的记忆里盛满了那学期飞来飞去的白色的折成"V"形的纸条。

就这样，米微微的半桶水，泼出了我们班少年时代最知名的一段早恋，也泼醒了我的单恋之梦，同时颠覆了我受到的教育。

对一个一贯以"成为好女孩"为三观的女人来说，最大的挫折不是"好女人受罪"，而是"坏女人得逞"。

那些从小到大被告知是做人之道的"隐忍"，总在另外的一些什么都不忍的人面前相形见绌。

米微微第一次嫁人之前，组织我们大家聚会。席间，有人问武锦程，说当时班里有那么多女同学暗恋他，为什么他会选米微微。

武锦程低头玩儿了玩儿手里的酒杯，对着那个酒杯抿着嘴琢磨了一阵，看不出他的嘴型是在表达笑意还是掩藏失意，又好像要借酒力才能说出实话似的，过了好一阵，才听他一字一句地说："我从小，身边所有的女人，我妈、我奶奶、女老师、女同学……反正所有女的，对我的态度几乎都是一样的——特别顺着我，特别忍，特别小心翼翼。时间长了之后，我其实有点烦女人的委屈样儿。就只有米微微，她不委屈，她也不忍，她更不会顺着我。我不理她，她抄起一桶冷水就泼，是真泼啊！我所有注意力当时就被她浇醒了！我哪儿见过这样的人啊！"

他说这番话的时候，眼睛亮亮的，和我记忆中的一样。说完，武锦程站起来，举着手里那杯已经被他自己握温了的酒，隔过众人，看着米微微，说："微微，其实吧，谁娶了你，幸不幸福另说，但肯定不会无聊。一个人，一辈子，能不无聊，就是运气！来，干杯！"

米微微也站起来，扫视了大家之后对武锦程说："呵呵，不管我跟谁在一起，幸不幸福，无不无聊，都无法取代我们的那段时光。不管我跟谁在一起，我心里爱你的那部分，还爱。小武，干杯！"

说完两个人碰了杯，同时一饮而尽，然后他们的眼神就没再看大家，那情形似乎又回到初中时代他们最擅长的当众隔绝。

米微微是我认识的所有人中最不吝惜说"爱"的，且每每说得理直气壮。她说过她爱武锦程，她说过她爱杨震宇，她甚至也说过她爱我。她把"爱"这个字说走了形，以至跟在她后头的人，说也不是，不说也不是，只好每每当陪衬，看着她说她的爱。

再一次，在米微微毫不含糊的"爱的表达"中，我和大家一起，被驱逐于他们的小宇宙之外，好像之前之后，我所有的心与感情，以及那些只有我自己，以及只有武锦程和我知道的发生，都不曾存在过。

我那帮善良的同学毫不介意地纷纷起身，大家都举起酒杯，我忘了是高冠还是谁，重复了米微微的半句话的大概意思，说："敬我们那段无法取代的时光！"

我混迹在这样的祝福里，用力地喝完杯中酒，借仰脖子的力气，把就快掉下来的眼泪，使劲儿漾回眼眶。

那是我们三个人毕业之后仅有的一次同时参加同学聚会。

后来武锦程当了乐手，又没多久，听说他成了小有名气的摇滚歌星。他再也没参加过我们的同学聚会，我一直在揣测原因，然而，我又并不需要真的知道答案，我的揣测，只是我消解相思的方式。

那之后许多年，米微微离婚，又结婚，又离婚，又结婚。所有的同学聚会，只要米微微在国内，她必定出现，场场不落。同学会成了她证明自己魅力的专场，她不论得意或失意，都需要我们在侧，要么鼓掌要么叹息，反正必须得根据她的需要此情不渝地担当忠实的听众或陪衬。

每次见面，远远看着米微微张扬的得意或兴冲冲的失意，我都会忍不住猜想，对于少年时候的友情和爱情，她究竟了解多少，她心底里，是不是像她表现出来的那样，对什么都拿得起放得下。

我不知道米微微是不是知道，在我们初中毕业之前，我和武锦程有过一段我无法准确定义的"情感"。对它的无解，到后来化成一种牵绊，我总觉得在那段情感中，有什么未解的死结，它像个病灶，梗在我命里，隔一阵子就泛出一种心疼，敦促我冲开枷锁去化解。或是因为心底一直存着这样的蓄意，大学毕业之后，我猛然跟武锦程单独见了面。

我们见面的地点在云南。

那时候我刚决定结婚，正处在逃出恨嫁的压力又陷入乱嫁的迷茫中。婚前硬挤出假期，演文艺，朝圣一样独自去了一趟云南。

在丽江的一个卖手工艺品的小铺面，我正在慢条斯理地翻看陈列品，旁边有个游客吃完一个馅饼，把包馅饼的报纸随意丢在我旁边的地上。我正要用道德优越感表示嫌恶，哪知当我瞪向那个报纸的时候，意外看见报纸上印着武锦程的照片。

我捡起那张报纸，不顾店主奇怪的眼神，用力把浸了油渍的报纸抚平，仔细阅读了武锦程照片旁边的文字。

接下来，根据报纸上提供的讯息，我在丽江又住了两天，等到了武锦程和他的乐队去那儿的演出。

异地故人来，是不需要任何预热的，那些年少时早已埋下的火种，以最快的速度疯狂燃烧。之后的三天，我们好像迎接世界末日一样，不管不顾，拼了命地在一起。

那是一场纯粹的"在一起"，我们没有特别怀旧，没有提到杨震宇、米微微或任何我们共同认识的人，好像硬要把我们的重逢"化妆"成萍水相逢，且里面裹着一股子摇滚精神，不回忆过去不畅想未来，不评估得失不计较取舍，我没告诉他我即将结婚，他也没告诉我他未来长居在哪个城市，我们只是以空前的力道冲撞着彼此体内的青春，欢愉到醉。

有一天半夜，我醒了，酒也醒了，我坐起来，推了推身边的武锦程，问他还记不记得初中时候的那些傻事。武锦程翻了个身，就着月色看我，又看向窗外，似是而非地说了句："你看，云南的月亮多亮啊，简直跟我们小时候的月亮一模一样。"

他的嗓音，因酒力，因半梦，哑的，哑得相当性感。

我很轻易地感动了，温顺地对着他说的月亮看了半天，有那么几秒钟，几乎想要悔婚辞工作，收拾行囊从此跟他走天涯。

是啊，月色，梦想，音乐，诗意，情爱，沙哑的性感的嗓音，一颗不管不顾勇往直前的心。

这些难道不都是生命里最重要的东西。

三天之后，我们各奔东西。

我回去结婚，跟谁都没提起那几天的经历。

像所有成年人一样，我知道什么是生命里重要的东西。然而，我也一样知道，"生命"和"生活"是两个不一样的东西。

从云南回来，我忽然得了一种叫作"耳石症"的病。耳石症的反应非常奇特，我经常在没有任何诱因的情况之下忽然一阵眩晕。在排除了怀孕和脑梗的两个重大威胁之后，我开始有点喜欢上"耳石症"的发病过程——那种来无影去无踪的天旋地转会让我瞬间显得十分无助，颇具"来日无多"的悲剧感的风情。那正是我内心对婚姻最准确的写照。

我沉浸其中数日，差不多玩儿腻了才去看医生。那位很有闲情逸致的大夫不但治好了我的耳疾，也顺手帮我清理了耳道。他用一个能喷射出温水的小仪器对着我两个耳朵仔细冲洗了几分钟。温水带着小小的力量汩汩在我的耳道中产生出奇特的感觉。有生之年我第一次发现耳道除了掌管听力之外还有那么多丰富敏锐的知觉。之后，那个医生信心满满地顺手抄起桌子上的一个金属的工具敲击了一下，问我："怎么样，能听见吗？"

"岂止是能听见？！"我心想。

那个医生不知道，他敲击金属发出的声音简直像一道闪电一样瞬间在我两个耳朵之间横穿而过，我甚至借助那个瞬间感到了大脑某个横切面的切实存在。

我在那个横切面中，又一次看到武锦程，听到那个月夜，他在不远处的声音。我刻意在回忆里喘息了一阵，好像能等一等被忙碌冲散了的自己。

等再回神，鼻子一酸，似乎疏通了的耳道也成全了泪腺。

我说不清那是因为解除了对失聪的担心还是对往事不再来的猛然感慨，抑或是对在一望无际的奔忙中意外获得一点呵护的感动。

总之场面因我的任性略显肉麻，那位好心的医生一时不知如何解读我的眼泪，没事找事地把旁边那个还盛着我耳屎的托盘递给护士，假装闲适地扭头对着我的耳屎又说了句安慰的话："放心吧，没大事。"

他的声音在我刚获重建的耳道里显得特别洪亮，我赶紧接过护士递来的两团棉花堵住耳朵，一转脸夺路而逃，好像怕再待下去，就要相爱了。

我赶紧逃走了，理智敲着我的脑门告知，我的人生暂时容不下任何相爱，因为，我！要！结婚！

走回去的路上，我心头响起张国荣唱的《倩女幽魂》："人生路，美梦似路长，路里风霜，风霜扑面干……"

那是少年时候我最喜欢的电影和最喜欢的歌。它用一种泼辣的江湖气塑造出了一番全然不同的新式浪漫。那不再是惯常的那种不知所云的软塌塌的浪漫，而是，有种坚定存在的，一辈子必须对自己一心一意的那种向死而生的真正的浪漫。

我和武锦程没有再正式见过面，我也再没有去过云南。我不想去，就好像那儿锁着我的一场梦，在梦里，我敢爱敢恨，敢不计后果地跟着一个暗恋过的人私奔似的缱绻了三天。我不愿意惊扰它，不愿意把那样的一个自己从那个绮丽的果敢自由的梦境中叫醒。

我对此并没有任何怨尤。

选安全弃浪漫，也好。

生活因规矩变得黯然失色，也好。

年轻时候放出的狠话，多数最后都是以"食言"了局，也好。

那些不愿意被拿出来八卦的发生，那些永久被秘密收藏的记忆，它们属于生命中之侥幸所得，格外值得珍惜。在那里，爱与失去之间，像梦与醒之间一样，互不干扰地各自清晰地存在，在那儿，不需要跨越割舍与分离，因此，也才没有痛。

8 / 家庭冷暴力

再见，少年

I WILL

BE THERE

　　那天，我的眼泪掉进杨震宇给我的热茶里。茶变冷之后，我做了一个决定：我要收藏自己的秘密，试着跟自己的秘密好好相处。

　　一个女人一生中最重要的功课之一，即是如何好好收藏自己的秘密，以及如何好好跟自己的秘密相处。

　　少年时代，我唯一的秘密是暗恋武锦程。以我当时的处境，收藏这个秘密没有太难，除了我自己和杨震宇知道之外，唯一可能露出端倪的，就是我的观察日记。

　　我找了个家里没别人的时间，把那本写满武锦程行踪的观察日记藏了起来，藏到了一个我认为是我们家几十平方米的空间最不易被发现的秘密角落。

　　我没把写观察日记这事告诉我妈陈萍。因为我觉得，即使说了，她也不明白。我说半天，结果最多只是让她驴唇不对马嘴地教育我一通，我听着不愉快，她骂得也挺累，两败俱伤，何必呢。

有很多时候我们向别人隐瞒我们的行为，未必是认为自己行为不当，而是解释起来确实太麻烦。一个更敞亮的世界，需要匹配更宽容的格局。

我小时候对这个世界很悲观，觉得处处都是人心狭小，说什么都容易惹麻烦，久之，就不再习惯对别人敞亮。

哪知，我自以为的周全并没有那么周全，有一天中午，事发。

那天，从我中午放学，到我们一家四口吃饭，到我一个人洗碗，这中间一个多小时，我们全家人之间的对话极其有限。

陈萍正吃着自己碗里的，一抬眼看见我，眉一皱头一点，举筷子伸过来敲了敲我的碗边，说："吃菜！"

我条件反射地往后躲了躲，机械地应了句："哦。"

她含着半嘴饭，被我躲避的姿态惹恼，眉皱得更紧了些，提高嗓门又说："把胡萝卜也吃了。"

我头也没抬地说："不想吃。"

陈萍急了，拿筷子敲着盛胡萝卜的盘子提高嗓门命令："吃！"

我固执道："不好吃。"

陈萍彻底怒了："哪儿那么多好吃不好吃！我这忙一上午单位的事，还得苦哈哈赶回来给你们做饭，做完了一个个还挑三拣四，不好吃你做个好吃的让我也消停消停！"

我妈吼完这句瞪了我爸一眼，梁朝伟会意，冲我嚷："你妈让你吃你就吃！"

这时候我哥梁小飞急了："你们干吗啊！每天都这样，她想吃就吃不想吃就让她饿死！非得喊来喊去，不但喊，筷子还敲来敲去，多大点事！不就是吃个胡萝卜吗？！一吃饭就吵架，烦人！"说完他赌气似的夹起一块胡萝卜扔进嘴里，一边嚼得很大声，一边端起碗走到电视旁边把电视打开。

最终我还是不得不把胡萝卜给吃了。

我妈做的胡萝卜很难吃，十几年如一日。

话说回来，谁见过能把胡萝卜烹调得特好吃的家长？

等我背井离乡，独自长成一个三十几岁的女人，每次主动喝胡萝卜汁的时候都忍不住对自己油然而生一股敬意。

不管食物有多好或多不好，也藏匿不了我们那么多的感动或怨怼。

就是这样，那天我和我妈在餐桌上接下来的十几分钟里再没有任何对话。我尽可能吞掉了已经在我碗里的那些食物，感觉混沌一片。

我一直坚定地认为，被强迫吃下去的食物，不可能产生什么营养，即使那个食物本身有营养，也会由于跟不良情绪邂逅被化解成对人无利的废物。

就像我清楚地知道，在我的少年时代，胡萝卜素进嘴之后不可能产生别的，只会分泌更多叛逆情绪。

那天，因为胡萝卜的强行介入，又一次，我觉得身体里有一部分已兀自离开了饭桌。

每当这种时刻，我都会相信灵魂的存在，离开的那个部分，让我对不愉快的发生失去感知，如果那不是灵魂，又是什么。

上中学之后，在家，我最常有的状态就是感到身体的一部分已兀自离开，离开饭桌，离开客厅，逃到距离父母至少五米之外。

和多数那个年龄的小孩一样，我从上中学开始就跟陈萍他们陷入无话可说的情形了。

说什么呢？

除了不得不伸手要零用钱的时候，很难让一个十三四岁的自以为是的小孩跟三四十岁的刚愎自用的家长之间有什么共同语言。

况且这个世界上大概并没有几个十三四岁不自以为是的小孩，也没有几个三四十岁不刚愎自用的家长。

我使劲儿回忆了一下，从十三岁到十六岁离开家。那几年，我每天在家说的话最多也超不过五句。除了逢年过节不得不跟在我哥身后对来访的长辈滥竽充数地说一句"叔叔好阿姨好"之外，其他不得不说的话，句句都有目的有内容："我饿了。""我的球鞋坏了。""我作业写完了，能看《上海滩》了吗？""老师让你签字。""再给我点钱行吗？"诸如此类，没半个字的废话，直抒胸臆言简意赅。

我想我每天这副不知道怎么来的清高的德行对陈萍也是一种挑衅。从她的角度想想，这多可气，一个自己辛辛苦苦生出来又拉扯大的小动物，不知天高地厚，刚一米五几就忙不迭地冒出失控的迹象，简直丧尽天良。

即使已经有过对付我哥梁小飞的经验，陈萍对少年的叛逆依旧适应得不怎么样，所以，为了巩固权威，她尽量不放过任何贬损或打压我的机会。

我们就这样，顺利地形成了父母跟孩子之间典型的以瞧不起和反瞧不起为基础的对立关系。

那天饭后，我爸我哥纷纷出门，一个找人下棋，一个独自游泳。剩下陈萍和我，母女俩照例没什么对话。

我找了本《故事会》躺在床上看，我妈陈萍在不远处的梳妆台前面照镜子。

她照着照着镜子，忽然没来由地问我哪天期末考试。她问的时候语气正常，脸还继续朝着镜子里的她自己，显得有点没话找话，所以我根本就没在意。何况，我当时正沉浸在那本《故事会》里的某个恶俗不堪的故事情节中，有点顾不上在意她的提问。

再说，当时的时间是刚刚考过期中考试，任何一个心性正常的学生都不愿意主动去想期末考试。于是我顺嘴回答了一句："早着呢！"又没过脑子地跟了句，"每年反正不都是那几天吗？老问。"

我刚说完这句，就听陈萍把手里的梳子对着梳妆台使劲儿一扔，同时嗓门提高了不止八度地冲我嚷道："怎么回事啊你？！这是谁教你跟我这么说话的！啊？！"

我被没预兆的高分贝吓一大跳，脑袋"嗡"的一声，仿佛瞬息之间进入了另外的一个什么空间。

好在陈萍很快用另一句怒吼把我从另一个空间给骂了回来:"别以为你干的那些事我不知道!"

她说完这句,自觉不过瘾,唰地一转身冲到隔壁房间,随即那边传出一通丁零当啷,几秒钟之后,她又唰的一下冲回我面前。

这次她手上拿着一个本子,绿色的,封面画着一个海螺。

我就这样看着我妈陈萍拿着我的那个本子以我无法立刻理解的愤怒在我面前持续嚷嚷了几分钟。

最后,她咬牙切齿地把本子撕成四瓣——可能本来她还想撕得更碎,苦于撕不动了。

她的手指和臂力很不给她的火气帮忙,她只好用力把本子的残骸丢在我面前,同时说了一句:"你说说,你怎么能这么堕落?!"

没等我回答这个问题,她扭身走了。

我妈说最后一句的时候像一个舞台经验丰富的话剧演员,眼神,肢体配合着声调,让她饱满的情绪在短短的几个字之内得到了最充分的表达。

如果她骂的不是我,我都恨不得找准节奏紧凑地说上一声"好!"。

可是不行。

除非,我真的很"堕落"。

一个小孩长大多不容易,除了有可能被台阶绊倒,被车撞翻,被人贩子拐卖……还有可能,被生你养你的亲妈羞辱,用话剧腔说你"堕落"。

"堕落"到底是什么意思?我到今天也不是完全搞得懂。

以我当时的年龄，只能默默接受陈萍暴脾气中的口不择言。

她走后我捡起被她撕坏的绿色本子，脑子里不知为什么出现了鲁迅的名言："这个'吃人'的社会。"

那个引发陈萍暴怒，被她撕碎的本子，是我的观察日记，里面记录着我对武锦程的种种描述、感受或评论。

其中的一些内容看起来确实有些语焉不详。

我也不是完全没想过要把杨震宇额外给我写观察日记训练的事告诉陈萍。

后来又懒得说了。

陈萍对我所有的分享只有一个回应："干这个能让你考上大学吗？"

"考上大学"是她对我唯一的期许，也是她验证一切的唯一标准。

我想了一阵，确实编造不出观察日记和考上大学之间的联系，为了担心她不许我写，我就没说。进而，为了怕她看到我写的那些观察内容后有不良联想，我就把那个封面印着海螺的观察日记本藏在了沙发垫子内层的海绵之间。

谁会知道她连那儿都翻啊。

在杨震宇眼中代表能激发我天分的观察日记，在我妈眼中只是一个平庸少年的暗恋。她恼怒的合情合理，在她的观念中，那个年龄的恋爱已十分不堪，暗恋就更加可耻。

这真有意思。

在我那个真正昏天暗地的暗恋阶段，我父母没有任何察觉。

等到这事在我心里告一段落了，它被以一种奇特的方式当成了我妈鄙视我的证据。

　　大多数的人一辈子都分不清楚爱和控制的差别。就像我在十三岁的时候搞不清我妈总是让我做我不喜欢的事并总是批判我喜欢的事究竟是爱我还是她只是想通过这些事控制我。

　　给予爱的人是否放弃控制会最终决定一种爱的质量。不管爱情，还是亲情，当一方想要控制另一方的时候，情感的质量就开始急速下降。

　　我把眼前散落的观察日记的残骸规整了一下放进书包里，盘算怎么才能让它以证据的形式"死而后已"。

　　那之后的整个下午，我的情绪都持续在一种高亢的悲愤中。

　　一个人受到打压的时候特别有存在感。

　　我在大家上自习课的时候去了杨震宇办公室，把那些"证据"放在他办公桌上，然后就欲说还休地低头站在他旁边。

　　那天下午放学之后，我在回到家门口的时候闻到了红烧肉的味道。我知道杨震宇在跟我表达完歉意之后，又负责地把解释工作做到了家里。

　　果然，我妈听见我开门之后热情地从厨房迎了出来，带着一头一脸的油烟味儿问我："饿了吧？"

　　我妈从来没有因任何原因向我承认她做得不妥，她表达歉意的一般方式就是问我："饿了吧？"

　　我模棱两可地"哦"了一声，回房间放书包。陈萍拿着炒菜铲子跟进来，又问了一声："你想要的运动鞋是这种吧？"然后转身继续去厨房做饭了。

我看到房间的地上有一双新鞋。

陈萍的语气不卑不亢的，那种一身正气的架势让人觉得如果继续跟她计较就有点猥琐。

这就是陈萍一贯处理事情的方式，想必是杨老师给她打过电话，她知道了她撕的是一个经由老师主导的真正的"作业"，她就给我做了红烧肉；她知道她说我"堕落"是一时冲动的误判，所以她给我买了一双我要求了好几个月屡遭拒绝的白色帆布鞋。

我对这种处理方法没什么异议。如果让我选，除此之外，我也想不出更让我觉得妥帖的方法。莫非让她抱着我说"宝贝儿对不起，妈妈我错了"。

算了吧。

只有劣质的电视剧才会出现这样的场面和恶心人的对白。

陈萍是一个典型的中国妈妈，才不做"噙着眼泪给小孩道歉"这么有失中国传统格调的事情。

那天晚饭，我坦然地吃了很多块红烧肉，并理直气壮地拒绝吃其他绿色蔬菜。那天的肉真不错，肥瘦的比例成四六开，瘦的部分保持了刚刚好的嚼劲儿。猪皮烧得很烂，处于不至于入口即化，又无需要费牙的Q状。肥瘦搭配到这种程度的红烧肉，再配一碗刚蒸好的白米饭，酱汁儿侵入三分之一米粒，该黏稠的黏稠，该倔强的倔强，相濡以沫，立刻就是人间天堂。

陈萍对我略带挑衅的挑食没提出不同意见，跟中午的态度明显不同。

我爸跟我哥通通被红烧肉俘虏，没让出嘴说半句废话。

我知道我们都不会再提我那个绿色本子的事，果然，几乎一辈子都没再提。

我说"几乎"——有那么一次，差一点就提到了。

距离本子被撕二十多年之后，我终于以三十大几的年纪再嫁，又花了一两年时间，寻遍各种求子偏方，终于在濒临四十之际以高龄产妇之姿即将当妈。

那天我正带着多出来的好几十斤重量，慵懒地吃着一样东西同时脑子里勾画着吃下一样东西的时候，突然，羊水破了，比医生给我掐算的预产期足足提前了两周多。

我恃宠而骄，大呼小叫，仅仅去个医院已忙得全家鸡飞狗跳。

我妈陈萍当天就赶到北京，也不顾天儿热，直接就奔医院来陪我待产。

有那么两三个小时的样子，我丈夫和公公婆婆小姑子及其男友等一票人都被我支使到了四处去应付各种忙活，就剩下我妈和我两个人在病房。我躺在产床上苦苦挣扎，心惊胆战地应付着一轮强似一轮的阵痛。彼时我已经活活"生"了一天一夜，我的儿子趴趴在发出讯号之后的几个小时，还是在我的子宫里踌躇，好像不那么愿意面对这个过于嘈杂的世界。

大夫不理会我要求剖腹生产的哀求，再次检查确认过之后，见怪不怪地说："你有自己生的能力干吗要逃避，再说，反正也折腾这么久了。要坚强，当个好榜样，也给你们高龄产妇争点气！"说完，大概自己也觉出不妥，又找补了一下，安抚我说："放心，他很好，叼着脐带玩儿呢。"

我妈在一边袖手旁观，等大夫走了，她溜达到我旁边，答非所问地说了句："只有自己生了小孩的人才会真懂得做父母的心情。"在陪伴我的那一天一夜里，这句话，她重复了起码有七八遍。我被循环往复的剧痛折磨，有一肚子牢骚，没力气跟她拌嘴。

陈萍看了一会儿又说："话说回来，做父母的也只有看到小孩有小孩，才不再把她当小孩看待。"我的体力有限，懒得回应这么拗口的表达，继续呻吟，不置可否。

陈萍不受我的呻吟影响，继续说道："唉，小孩子生出来，大人就有很多梦想。最难得的是大人的梦想要跟小孩的梦想一致，否则，梦想就成了折磨。"我不知道她哪儿来的感慨，挣扎着打断她说："妈，麻烦您把水给我拿过来，我要喝水！"陈萍把水杯递给我的时候，幽幽然地来了句："其实呢，你小时候很有写作天分，可是我当时没有特别在意，现在想想也有点对不起你。"

我被水呛了，一通猛烈地咳嗽。如果不是正在生小孩，我想我一定会迅速拿出电话打开录音功能要求陈萍把刚才说过的话重复一遍。因为那是我来到这个世界上三十多年里，我的母亲陈萍仅有的一次跟我说出"对不起"这三个字。

她选了一个特殊的时机，我什么反应都做不出来，连疼带累，连感动的力气都没有。

等趴趴终于出生，护士把他抱到我面前，在保持警惕地快速确认他五官端正，手脚二十个指头都俱全之后，我松了一口气，赶紧趁机"呜呜呜"地哭出来。

我丈夫很夸张地抱着我的头，肉麻地使劲儿挤出几滴眼泪，酸了吧唧地说了句："辛苦你了，我一定会一辈子都对你和儿子好的。"我趁着自己得势，粗鲁地说道："放屁！你肯定过两天就忘了！"他延续着我怀孕以来练就的耐性，颤巍巍地接着说道："放心，不会忘不会忘，我保证！唉，你脾气发一发也好，大概这样不容易得产后抑郁症。"

我换了个话题，冲他翻着白眼抱怨说："这孩子为什么那么黑呀，都怪你，平时让我吃那么多黑芝麻干什么啊你。难吃着呢你知道吗？！让你吃那么多黑芝麻你受得了吗？！还吃出一小黑人！我们娘儿俩都让你给坑了！你个王八蛋！我怎么就嫁给你了。疼死我了，我儿子还这么黑，我多冤啊！我儿子更冤！呜呜呜……"

我丈夫因新生儿大喜过望之际，被我这一套撒泼蒙住，愣在那儿嘴巴噘着微微张合了几次都没说出半个字，汗倒是明显流出来不少。

好在这时候公公婆婆小姑子及其男友进来道喜算是给孩子他爹解了围，这一家子我陌生的亲人和陈萍又拥抱又抹泪，矫情至极。

我一看"对家儿"出现，赶紧继续上演贤惠儿媳妇的角色，别了别头发做出一副要起身坐直的动静。婆婆赶忙冲过来说："你躺着你躺着。"我很矜持地点了点头柔声细语地叫了声："妈，您也坐。"跟刚才披头散发瞪着眼瞎嚷嚷的那个泼妇判若两人。

公公婆婆他们很敷衍地快速招呼完我就直奔他们的新生孙子去了。一家子人争先恐后评论着那个初来乍到的婴儿，玩儿命分析他的五官哪儿哪儿的有多像他们家的人，完全不顾我妈陈萍搓着手无法介入评论的尴尬。

我那个刚挨完骂的丈夫则手舞足蹈地举着相机给大家拍照。

我趁人不注意，别过脸，抹了抹眼泪，对自己露出一丝无人察觉的微笑，只有我自己知道刚才的那一番感慨，隔靴搔痒，虽说是拿新生的儿子说事，眼泪却是源于跟他无关的事。

或是说，也并非完全无关。家长的梦想，当如何拿捏着融入对孩子的期望和教育，难道，这不是一个亘古难解的谜题？

转而。

凭良心说，我并没有对自己没能成为一个以写作为职业的人感到遗憾。可是我确实，始终很介意我妈妈到底有没有留意到我的那个被杨震宇赞扬过的关于写作的"天分"。

我用了二十多年的时间想要证明自己，以便挣脱最初的，在我最在乎的父母那儿未能得到的肯定。天晓得，不论我走了多久，离开多远，那个潜伏在心底的原始的对自己的不确定依然固执地在心底梗着，像一个石化了的毒瘤。

一直到，我的妈妈，在我奋力分娩的关键时刻，没想好似的，对我说了声"对不起"。

刹那间，像如来佛揭开了压在孙行者身上的"六字真言"，我的毒瘤，应声哼着小曲儿飞散在混着各种奇怪气味儿的产房，没了。它消失得那么彻底，彻底得就好像它从来没有存在过。而我那么多年压在心底的阴霾，在它快速消失的映衬下，显得特别狭隘。

虽然说，不管是否被自己亲妈承认有天分，我可能过得都差别不大。甚而我并不相信心理医生常常用的那一手凡事都跟儿童时期的遭遇有关的故弄玄虚的套路。恨不得连随便发微博抱怨一下天气的坏情绪都得跟小时候摔过的一个大马趴扯上关系。

我不信。

我的人生也并没有因为被我妈撕过本子就蒙上什么特别的阴影，当然，没蒙上什么特别的阴影，还因为我自己特别清楚，真实的我，也没有在我妈面前演得那么"清白"。如果没有一个"时间差"，她也不算是冤枉我。

但我确实因为我妈为撕过我的本子，在二十几年之后道歉而仿佛感受到了另外一种力量。我说不清那是什么，我只说得清，所有力量的源泉，常常，最初都只是一个简单的没意料的谅解。

那个学期，米微微和武锦程开始了他们的出双入对。我对武锦程的记录被我妈撕烂，我没有再写观察日记，改成了写许多命题作文。题目都是杨震宇单独出的。

本子的残骸找回来一些，被我用透明胶条粘起来，放在书包的最底层，像个信物似的，上学放学，到哪儿都背着。

好多年之后，有一天在大街上走着，路过一个商场，里头正在放陈奕迅的歌："那个背包载满纪念品和患难，还有摩擦留下的图案……千金不换它已熟悉我的汗，它是我肩膀上的指环。"

我蹲在地上听歌唱完，等站起来的时候，好像忽然明白了一个道理：所有的人，都正在或曾经或即将情殇。情殇如果不能变成帮他人抒情的作品或哲学，情殇就是世界上最没价值的毒素。

这毒素，我决定，不要了。

9 / 学生手册

再见，少年

I WILL

BE THERE

　　杨震宇来的第一个学期过得特别快。寒假结束前，如常，大家忐忑地等着发放"学生成绩册"。

　　那个巴掌大的红塑料皮小薄本是决定少年们寒暑假质量的关键。

　　红本里面除了记录各科成绩之外，还有两栏比较重要，一栏是"班主任评语"，一栏是"家长签字"。

　　我的成绩，始终不好不坏，各科都在 80 分至 85 分之间，偶尔有一两门 70 分左右的，也不会差得太离谱。我父母每次看到我的成绩册，都会即刻脸一沉接着一声叹息，然后把它丢回给我，说一句："算了，吃饭吧。"那种失望里，透着些怪异的得意，好像他们对红本上的内容早有英明的预见，又好像我中不溜的成绩让他们受了莫大的羞辱。

　　长此以往，我也无所谓了。他们摆脸色，我低头不看就是了，叹息会让一个原本就空气不流通的家里增加些浊气，反正也不是我一个人呼吸。只要红本一交，不过就是家里的气氛凝重个大半天，然后，饭照样吃，电视照样看，假期照样玩耍。

那个小红本是我应付差事的证明，它上面的数字也暗合我对成人世界的认知。当我的父母无节制地对我叹气，毫不控制地抒发他们对我的失望情绪的同时，我也跟着他们一起放弃了让自己更好的愿望。

我也从来都不在意"班主任评语"，有什么好在意的，从上小学开始，历任老师写的无外乎就那几句："该学生在学校尊重老师，团结同学……望更努力学习"。诸如此类明显没经过大脑也没经过心脏的废话，就像春晚的串词，除非出了错，否则不会给观众留下任何印象，也不值得占记忆的内存。

这个每学期的压轴敷衍，再换回学生家长同样敷衍的回复一个"已阅"，那个学期管它好坏，就算是在全体参与者的共同敷衍之下，糊弄完了。

杨震宇当班主任之后，改变了游戏规则。

他没给我们发那个红本，而是由他亲自挨家挨户送上门，当着我们的面交到家长手里，交接的过程还伴着一场交谈。

这个做法最初让我们误会成他怕有人中途涂改分数——以前不是没人这么干过。

等他开始家访后，大家才放心了。

杨震宇的那次家访，让我们这类成绩差强人意的小孩过上了一个前所未有的愉快假期。

"成绩差强人意"通常是一个班的主流人群。

不过，"差强人意"是相对的而不是绝对的。

举个事例吧。

我们班有一个叫尤小菁的女同学，学习成绩特别好，几乎回回考试的分数都能顺利进入全年级前三名。那年寒假，她因为英语考了96分历史考了93分，竟然趴在桌子上哭了十五分钟。把我给气的。要知道，被她视为耻辱的分数是我从没得过的高分。我要是考了那样的成绩，至少站大马路中间大笑十五分钟，什么车开过来都不躲。更可气的是，还有一个跟她特要好的叫顾洁的女同学，还在旁边劝她，说什么"别哭了，三班的张慧虽然历史比你高2分，英语跟你一样，可是物理和化学都没到95分，总分没你高，你还是有机会进年级前三的"。听听，这都是些什么对话？这说的是人话吗？如果这样也哭的话，那我们这些"成绩差强人意"的大多数，只能以"七窍流血"来博取尊严了。

杨震宇的革新是他把每个人都综合评估了一番，分数不再是唯一的考核标准。家长们在杨震宇"班主任"这个身份的权威面前，也纷纷跟着他聊了点别的。

我至今还记得我父母跟杨震宇见面那二十几分钟的全过程。

起初，我妈陈萍特别矜持，而我爸梁朝伟则用力挺着腰板，打算拿出"一家之主"的架势发表一番演说。

等杨震宇开口说了五句话之后，我看到他们渐渐地放松了，这两个常年在"差强人意"中挣扎的父母，也算是尝到了以儿女为荣的滋味。

"以后，没准儿梁悠悠也能写本书，也能拍成电视剧，在这儿播出。"杨震宇说到这句的时候，头往电视的方向点了点。

当时电视台正在放大陆版的琼瑶剧《在水一方》，男女主演分别是具备"天然拧巴"气质的王诗槐和具备"不食人间烟火"气质的李芸。

那个怪里怪气的剧集是我妈陈萍的最爱，甭管家里发生多大的事，只要电视台播放这个剧，她一定准时守在电视旁，嘴巴微张着，跟着剧情的发展一会儿欢喜一会儿叹息，看得特别忘我。

重点是，那个剧播过好几轮，我妈对它热情不减，每回都像初次收看，跟着矫揉造作的剧情发展情绪忽高忽低特别投入，就好像那个剧害她得了失忆症一样。

那个时代，电视是家里的必备背景。就算有客人来，电视也开着，声音也不关，电视里的人物对白和客厅里的人物谈话常常互相干扰，制造出一种轻度的人心惶惶，也没人管。

如果说"炫富"就言过其实，但确实还处于"人为物件服务"的原始阶段，跟现在好多人对待私家车的态度差不多。

所以，当杨震宇猛然把我跟电视这么重要的家庭财产扯上了关系，其冲击力可想而知。我的爸妈，像两只在大草原上觅食的土拨鼠，脖子不由自主地伸长，眼睛齐刷刷一亮，又齐刷刷地转向电视，再齐刷刷转回头看杨震宇，队形整齐，表情一致，在没有任何戒备的情况下，双双闪烁出几道不可思议的光芒。

"嘿嘿，哈哈哈，我们家梁悠悠上电视？这怎么可能！"我哥梁小飞及时地断章取义，打破了我爹妈为时不长的幻想。这个不负责的哥哥，说完这句笑话，走过来顺手在桌子上抄了两个橘子，一转身走了。

以我对他的了解，他并无心嘲笑我，他只是需要一句话当铺垫，好让他"当着客人面拿橘子"这件事看起来不那么唐突。

也好，那场谈话适时地终止了。

杨震宇没有被梁小飞干扰，以一句"如果碰上有远见的，梁悠悠的作文起码能在全省拿个奖"作为结束语，然后礼数周全地说了几句拜年的吉利话，就起身告辞了。

那个冬季，他给我父母画的饼，是我们家收到的最奇特的年货。

时光穿梭到大概前年。

那次我带我妈去纽约玩儿，我们从大都会博物馆出来之后买了两个麦芬坐在博物馆门口的台阶上吃。我妈一边轰鸽子一边批评美国的食物："你说说这美国人，吃这么甜！这怎么吃？这人吃了能不胖吗？你看看这满街的胖子，啧啧啧，可怜啊。幸亏我不是美国人，要不我这心血管可真是彻底完了！"

正在这时候，我看见当年出演《在水一方》的演员李芸出现在视线内，她走向售卖车，买了一杯咖啡，转身，温婉地拾级而上，坐在了我们斜前方不远处的台阶上。

我赶紧打断我妈对健康的过度担心，在她耳边小声告诉她，她的偶像就在离她不远的地方。

我妈定睛看了几秒钟之后，回头冲我咧嘴一乐，还没等我反应过来，她就把才吃了一两口的麦芬往地上一放，嗖一下站起来，越过几个对麦芬渣儿向往已久的鸽子，跑到李芸面前求合影去了。

刚才在博物馆里面絮絮叨叨了半个多小时的"走不动了""腰疼，腿疼"瞬间全无。

我看着她走过去强行牵着李芸的手，胡乱比画着让坐在旁边的一个外国人帮她跟李芸合影。合完影，她又指着李芸，急切地比画着，她的眼睛因兴奋而瞪得很大，我猜她在感谢那个帮她掌镜的外国人时，也极力想要说明，跟她合影的，是上世纪80年代中国第一代偶像明星，是她最喜欢的女演员。

我远远看着她，忍不住微笑，心想，如果这个场面发生在少年时候，我不知道会对她的莽撞嫌弃成什么样子。

想到这儿，一阵心酸。

一个人对世界的谅解，大致基于，在长大成人之后，会渐渐明白，这辈子，我们能拥有的，是如此有限。

那次旅行结束之后，我妈只要出门几乎都随身带着她的数码相机，逢人便展示她和李芸的照片，每回都要从头到尾把李芸当年的辉煌和那天在大都会门口的风采再说一遍，通篇横跨二十多年。每每陈萍都说得特别投入，追忆往昔时感慨万千，回顾偶遇时喜气洋洋，仿佛她跟李芸一起亲历了李芸代表的那个时代的起起伏伏。

我妈并不是一个热爱追星的女性，在我记忆里只听她如此热切地念叨过两个人，一个是赵丹，一个就是李芸了。

我的妈妈陈萍业已不记得二十年前我的初中班主任杨震宇跑到我们家来，在李芸主演的电视剧《在水一方》面前说我有可能成为一个作家的画面。对一个步入老年的母亲来说，对渐近中年的儿女，全部的期待，无非是"安稳"而已。但她依旧很享受邂逅李芸的过程，并且因此而全面肯定了我安排的全部美国之行——"我们家女儿带去的那个地方，很灵的，连我们那个时候的那个大明星李芸也会去的，你们知道她哦？李芸！大明星，美就美的嘞！"

人生多么有意思，总是一个意外牵挂着另一个意外，源源不绝直到生命尽头。

杨震宇家访后的那个寒假，我过了一个自我当学生以来就没有过的最轻松愉快的春节。

我的父母在不久后的例行拜年中不断对访客重复着杨震宇对我的赞扬。他们也委实不容易，把我养到那么大，那是第一次听到一个不相干的外人如此郑重其事地赞扬我。

在那年的学生手册中，杨震宇颠覆了"班主任评语"的传统，对每个少年的评价都很独到，没有使用套词，没有连续使用既有书面语。一改既有的八股，用创新的文风给每个同学都写了一段推心置腹的留言，总之是看起来都特别像"人话"。一个在学期末的继往开来时刻"说人话"的老师，在那个年代，并不多见。

我还记得他给我的评语是："你有时候清醒得像清澈的湖水，平静，单纯。有时候又糊涂得像一团糨糊，混沌，纠缠。希望你以后多清醒，少糊涂。"

说实在的，我当时并没有完全明白他这段话的意思。或是说，我没弄清楚在杨震宇眼里，我的哪些表现算清醒，什么时候是糊涂。当然，在日后的二十多年中，我用各种实际行动证明了杨震宇早对我看得如此清楚。我确实是，一会儿清醒，一会儿糊涂，且始终都没有做到他期待的那样"多清醒，少糊涂"。

这真让人气馁。

老话说"三岁看大，七岁看老"，老话净瞎说，人一辈子根本遇不上几个真能看透你的人，或说，就算恍然回首发现自己原来早被看透的时候，往往，早已错过了那一段知己之恩。

10
/
班长高冠

再见，少年

I WILL

BE THERE

2014 年初夏。

我坐在我的同学高冠的车上，一两百米之后跟着一辆小货车，里面载着好几百条活鱼。

高冠是我初中时代的同桌，当时他正送我去郊外"放生"。

2014 年春节，我妈陈萍没有任何征兆地忽然脑梗。其后，除了带她积极治疗之外，我也瞒着我的家人们偷偷做了一些宗教祈福的仪式。

木心说："宗教与哲学的分野，一个是信仰，一个是怀疑。"

实则一个普通人在面临生老病死的考验时，多半无力怀疑。

我也从来不敢说，我有什么宗教信仰，在宗教面前，我只是一个孱弱、茫然而无知的人，只因某种自己无法找到答案的恐惧而不断地想要抓住什么。

高冠没有明确的信仰，我们也很少谈论宗教的问题。但这不影响他协助我去"放生"，和过去很多年，协助我做很多事一样。

做完仪式，高冠又开车送我回酒店，一路，我们仍是没怎么说话，重要的是，我们不会因此感到任何的不妥。一个人一辈子各种遭遇多了之后，就会了解，比起"亲密无间"，"亲密有间"是更高级的朋友关系。

高冠始终都是那样，助人的热情不影响他做人的原则。如果现世还有君子，那么最基本的标准应当是恪守"分寸"吧。

车窗外，马路两边飞快地闪过各种街景，那些街景，和祖国各地的街景大同小异，现代得相当无聊。

如果不是身边半米之外的老同学，我可以假设自己在国内任何二三线城市。

莽撞的发展践踏一个城市的特色是令人沮丧的事实，反过来说，又没有任何一个地方有义务为远行之人矫情的乡愁而放缓制造生产力的步伐。

还好，人还在，一部分的人心，也还在。

我转头看了一眼高冠，他略眯着眼睛专注地盯着远方的神情依旧有那么点喜感。

从我们十三岁认识开始，高冠就总是在我左侧不到半米之外的位置，每每转头，就能看到他这副神情：略眯着眼睛专注地盯着远方。他安住在这样的一种状态里，似乎在不远处就有他想要找到的答案。

高冠的个性中有一种"憨"，他给别人帮助时，不会掺杂复杂的分析，更不会期待回报。他的帮助就是单纯的帮助，给就是给，给完就是完。

这种帮助，在我这儿，二十多年都没有改变。

我好像从来没有正式地跟他说过谢谢。

他也不以为意。

有时候想，当年这个班长选得值了，毕业几十年余热还在。

可少年时候谁都没有这个远见和觉悟，当杨震宇宣布高冠当选班长的时候，全班一片哗然，我也不例外。在我们有限的经验里，从来没有一个学习成绩那么差的人当过班长。

高冠是我们自己选出来的，我们哗然得很没道理。杨震宇来了之后，很多事都鼓励我们参与，以前许多老师一个人说了算的事，他都给我们"举手表决"或"群策群议"的机会。我们那一群少年，活到初中二年级，感受到浓郁的"民主"氛围。

他也经常让我们用投票的形式做选择，过程中鼓励辩论，借助辩论让更多的人有机会表达。

其中，对结果最有争议的一次"投票"，就是重新选班长。

事情的起因是我们班原任班长郭弢放学之后滞留在化学实验室跟隔壁班的一个女同学接吻被化学老师发现了。该化学老师还当场缴获了郭弢写给那个女同学的情书。

这在当时不是小事。

那个时候，流行过一首歌叫《铁窗泪》，传唱度不亚于李谷一老师的《难忘今宵》，基本上当时全国大部分人民都会唱。唱那首歌的迟志强，是我们那个年代的明星，红极一时，哪知，正红得高兴，猛然因为"流氓罪"，银铛入狱。

这件事发生的时候，各大小街道办事处纷纷散发了传单，让各家各户认真学习——当然不是学"流氓罪"，而是建立"流氓罪"会被法办的警醒态度。

到底什么是流氓罪？我不是很清楚。

有一次我们全家吃饭的时候，我随口问了出来。

"吃饭！怎么什么都敢问！"陈萍一声怒吼，我再次经历轻度魂飞魄散。

我哥梁小飞在一旁露出准备隔岸观火的笑容。

我爸梁朝伟白了我妈一眼，清了清喉咙说："怕什么，一个个都这么大了，总得学点知识！听好，流氓罪就是乱搞男女关系，未遂的，一种罪。"

陈萍提高嗓门制止道："'知识'？这算什么'知识'！这有什么可说的？！"

接着我爸我妈继续争执，我和我哥默不作声继续吃饭。

截止到那顿饭，我对"流氓罪"唯一的认识是，男女之间过于亲密，是会被抓进监狱的。

我们学校的化学老师想必也受过类似警示。偶遇学生接吻的场面令她相当激动，先是把郭羧和那个女同学锁在了化学实验室，然后手里抖着那封情书，一路拍得啪啪作响，大动阵仗地到杨震宇办公室去告状，沿途多次驻足，不遗余力地把她抓获"奸情"的过程告诉了好多不相干的师生。

功夫不负有心人，不到半天，不同班级的很多人都听说了这个八卦。

杨震宇闻讯问化学老师要了钥匙，赶到化学实验室，打开锁，里面那一对惊慌的小男女正分别蜷缩在实验室的不同角落。他们之间是实验室的"对角线"，那是他们能在那个空间里找到的最远的距离。杨震宇环视了一圈才找齐两个人，由于无法聚焦，只好对着两个人之间的空气说了句："还不赶紧回家，都这么晚了，再不走你们家长该着急了。"就让他们走了。

跟在后面一起去的化学老师对杨震宇的处理方法很不认同，待两个学生走后，两个老师在化学实验室高一声低一声地又争论了一阵。

郭弢没有被送交法办，我们跟着松了一口气，但他写的那封信里的若干句子迅速在同学们之间广泛传播。

之后的一周，郭弢都没来上学。

出于愤怒难平，化学老师把郭弢事件转述给了更多其他师生，许多没教过我们的老师因此都认识了郭弢，看见我们这些郭弢的同学也都表现出了明显的嫌弃。就好像接吻是个传染病，有人得了其他的人也必有嫌疑。

郭弢羞愧难当，隔周回到学校之后，给杨震宇写了一封"辞呈"，表示他不配也不想继续当班长了。

那天下午我们上自习之前，郭弢把他的"辞呈"放在讲桌上，铃声响过之后，杨震宇带着本书走进教室，和往常一样，我们做作业，他看书。我们被允许窃窃私语，如果是语文课上的问题也可以随时走到讲台前去问他。

我们看见杨震宇打开郭弢放在讲桌上的那封"辞呈"，看了。看完他又把它折好，放在原处，他依旧看他的书，面无表情。就这样大概过了大半节课的样子，郭弢绷不住了，开始抽泣。

杨震宇听到郭弢的哭声，又等了两三分钟，看郭弢没有哭完的意思，才很轻地叹了一口气，合上书，站起来，走向我们。

那是杨震宇在教室里最常行走的路径，他在他的课上常常走下讲台，走到两组座位之间，有时候我们能清楚地感到他转身时的力道，好像教室里的空气因他身体的转动而能被带起一阵风，又好像他转身并非只是靠腰身，而是另有什么内力。他的那个内力，在他走向我们的时候，能带来一些说不清的安稳感，似乎很多问题，能在那个力量中，找到支持。

杨震宇在座位之间的通道徐徐地走了两个来回，之后，停了几秒钟，再一转身，才跟我们说："既然你们都已经知道了这件事，我们就聊聊好吗？"然后他又低头缓缓地走了一个来回，才问我们："你们觉得，在过去的这一年多里，郭弢是不是一个称职的班长？"

大家回答了一个拖长音的"是"。

杨震宇说："不需要敷衍啊，想清楚了。在郭弢当班长期间，他都做过什么让你印象深刻的事，好的坏的都可以。"

说完又补充了一句："别怕当着郭弢的面说啊，我希望你们长大以后，成为那样的一种人——所有能背地里说的，必定当着面也能说。"

之后有两个平常特别爱发言的人举手，等他们说完，开始有其他同学也陆续举手，大家纷纷分享了郭芟在担任班长期间给他们留下的一些深刻印象的小事。比如，有个笔记做得特慢的同学回忆说郭芟有好几次都陪他抄完笔记才回家，是个有责任心的班干部；有个英语特好的同学说郭芟课下坚持跟她练习阅读，英语成绩从之前的 10 名左右渐渐追到前 5，是个对自己有要求的好同学；有个家境比较差的同学说自从杨震宇宣布自由选择同桌之后郭芟是第一个主动跟他当同桌的，结束了以前谁坐他旁边谁皱眉的历史，因此他眼中的郭芟是个仗义的好同桌；米微微说，她早上经常迟到，错过晨跑，按杨震宇的规定，放学得留下来补跑，每次都是郭芟陪她跑完。说完她哭了，哭得比郭芟还大声，喧宾夺主，保持了她一贯的行事风格。

杨震宇适时打断米微微的哭声，说："好了，根据你们大家刚才说的，听起来，郭芟平时是一个学习好，个性温和厚道，并且非常努力的人。那我再问一次，综合上述，你们觉得，郭芟是一个称职的班长吗？认为是的同学，请举手。"

大概五分之四的人都举了手。

郭芟忙着抽泣，没看到多数人的肯定。

杨震宇返回讲台，把郭芟的那封"辞呈"拿在手里，继续说："在这里，郭芟写了一封辞呈，表达了歉意，并且提出他不想继续担任班长。我个人认为这两件事还是不应该混为一谈，如果有歉意，应该跟隔壁班的女孩表达。是不是还有资格当班长，则由同学们决定。当然，如果当事人主动请辞，我们尊重他的决定。我刚才问大家的问题，是要说清楚，郭彧跟女同学之间的事，是他的事，是他们的事。跟他班长这个职位没关系。并不能抹杀他是个称职的班长，我问大家那个问题，是希望你们能分清楚这里的是与非，也希望郭彧能听清楚这个游戏规则。所以，刚才举手的同学，麻烦你们再举一次。郭彧，行了行了，别哭了，一个男孩子，够能哭的你！来，请你抬头，我希望你能亲眼看见，有这么多同学，对你当班长的肯定和感谢。"

刚才举手的同学们再次举手，气氛忽然有点悲壮。杨震宇并没有继续煽动那个情绪，他让同学们把手放下之后就把话题转到了别处，让大家讨论一下"心目中理想的班长"。

少年们已习惯了在杨震宇的课上踊跃发言，很多人表达了自己对班长有哪些特质的期许，其中被重复最多的三条依次是：正直，为大家着想，勤劳。

杨震宇把这三个词写在黑板上，然后就让我们根据这三条推荐并投票，每个人可以选两个，他还特别强调郭彧依旧有资格参选。

"班长"在我们心中是一个介乎于老师和同学之间的特殊物种，就像"小熊猫"一样，独立门户自成一类。因此群情肃穆，每个人的投票都像经过了深思熟虑。

尽管如此，最终，当杨震宇宣布高冠高票当选班长的时候，好多人对结果还是表示相当意外。

教室里开始分组嘀嘀咕咕。

杨震宇叫了几个明显有疑问的同学发言，基本上他们的问题都是"没想到他真能选上"。

"既然投了为什么不想结果？"杨震宇问。

"投了两个，第二个才选的高冠。"

"不管第几个写的，你为什么投他？"

"因为，觉得那三条他都符合。"

"那三条是不是你们自己总结的？"

"是啊。可是……"

"可是什么？条件是你们自己总结的，人选是你们自己投的，怎么还会有问题？"

"可是，高冠学习那么差……"

"学习差，刚才问你们什么人有资格当班长的时候，是你们自己没把'学习'这条当成重点啊。"

"主要是，没想到。"

"现在想也来得及。"

"想不通啊。"

"那多想几次。"

…………

并不是所有人都跟上了杨震宇的这个逻辑。有同学对此不服，隔天就有家长跑到学校来找杨老师理论。

有人问："我们家孩子学习成绩那么好你怎么倒没让他当班长？"

"班长是同学们选的，不是我'让'谁当的。"

杨震宇送走投诉的家长，又于当天的自习课就这个话题做了他的总结陈词："你们要明白，我不是在支持高冠同学，我在支持的是一个原则。一个人要为自己的选择负责。三个条件是你们自己列的，结果是你们选的，既然如此，你们就得认。"

"认"这个字，像颗子弹一样，重重地穿过我的身体，留下了一个长久的痕迹。长大之后，每当我看到成年人草率选择又轻易否定的时候，都忍不住回忆起杨震宇说的"认"这个字。

"认"代表责任，代表品格，代表一个人对决定有多负责，对自己有多尊重，也代表我们看待自己的方式。

多数时候试图从外边找到借口的方式让一个人活得像荒野上四处逃窜的野兔，每一个一时脑热挖出的土堆里都埋着一次我们对自己的否定，然后接着抱头鼠窜，继续在糊涂而散漫的生活中抱怨不如意，好像那些不如意跟自己没有一点关系。

高冠自己对选举结果也很意外，但他算是坦然接受了。

班长并不是他向往或争取的，但他也不会过度推辞，或许他知道，多数人选他是因为他常年有求必应。

"高冠，我凳子腿歪了。"

"高冠，我自行车胎爆了。"

"高冠，最后一排窗户玻璃裂了。"

"高冠，你修修这把笤帚，太难用了。"

…………

不记得从什么时候开始了，大家喜欢向高冠求助，除了他掌握的技能比较全面之外，还有就是他的"憨"。他脾气好，又话不多，请他帮忙的事很少感到有拖欠。这是多数人把他当作两个人选之一的原因——他完全符合我们自己总结出的三个条件。

高冠就这样当上了班长，事实上，后来他每学期都连任，回回还都是"民选"的结果。

世界上有两种人适合当"领袖"，一种是煽动者，一种是服务者。后者更持久。高冠就是这种。

等民选事件尘埃落定，某个周末，我妈一时兴起做了酒酿，我吃得高兴，放松了戒备，满屋子追着她兴奋地把整件事说了一遍。

我爸梁朝伟正在吃他自己那碗酒酿，听完我说的，他在一旁发话了："要我说，最有问题的就是你们这个老师，资产阶级自由主义！简直了！他要是早生二十年，早被斗死了！而且是你们亲自把他斗死的！你可别跟他瞎学。这都什么呀？'民选'？你们知道什么是好吗你们就选？！选什么选？你们这是对无产阶级专政的挑衅！你们这个老师，纵着小屁孩胡来！小男孩要流氓，他还护短！这还了得吗？这么教下去，不就教成男盗女娼了吗？啊？啊？！可怕！太可怕了！怎么现在学校里还藏着这号老师！"

陈萍也随声附和："我也觉得你们这个老师有问题，来我们家的时候，还穿了条牛仔裤！那牛仔裤是正经人穿的吗？怎么现在这样的人也能当老师了。"

梁朝伟对这个世界的评价，总是非亏即滥，从没有"正好"。他批评杨震宇是为了在我面前营造威望，顺便多说几个大词显得他有见识。然而，他又出于习惯忍不住否定自己的太太，因此一边剔牙一边对我妈说："牛仔裤怎么不是正经人穿的，人家美国人都穿牛仔裤。"

我妈陈萍一听，她丈夫和平常一样，非要跟她对立，也生气了："哼，美国人，你见过几个美国人，啊？一个都没有！"

梁朝伟被这句话伤了自尊，把喝完了酒酿的空碗使劲儿往桌上一摔，回呛道："我怎么没见过！我不但见过，我小时候就见过！我小时候，我们山东来过美国兵！我那是几百个几百个地见啊！我五岁就吃过美国大巧克力！就有美国人抱过我，还抱着不撒手！要不是我娘疼我忙着把我抢回来，我差点就被美国人抱回美国了！我五岁就会说英语！我会说 one，two，three，four，你问问小飞和悠悠，英语是不是这么说的！哼，我没见过美国人？！我见得我都不想再见了！哼！你个娘儿们你懂什么？！"

陈萍不服："唉，又来了，什么美国大巧克力，什么美国人要把你抱走，美国人把你抱回去能干什么？你能帮美国人传宗接代还是帮美国人完成生化试验？还 one，two，three，four，这十几年这四个英文单词也听你说过几百遍了，你不就会这几个数吗？连一个巴掌都没数全，那我问你，五怎么说？啊？十五怎么说？二十五怎么说？二百五怎么说？啊！哼，不会了吧！我不懂？！就你懂！你什么都懂！你懂半天你忙活半天怎么连个科长都不是？！"

陈萍的总结反问句再次准确而彻底地点到我爸的痛处，梁朝伟无心恋战，气得长叹一声站起来一摔门走了。

就这样，又一次，我的父母从批评别人快速转为互相批评。

我妈对着我爸愤而离去的背影翻了个白眼，用剩下的坏情绪大声训斥我说："你还不快赶紧吃完写作业去！没一个省心的！民选？干脆你们外头民选个新妈来给你们当老妈子使吧，我是够够的了！"

家长最大的功能就是用来"扫兴"的。不喜欢杨震宇的不仅是梁朝伟和陈萍，还有很多其他家长和看起来更符合"老师"形象的老师们。

我们曾经多次目睹过杨震宇跟别的老师意见不合。

一回，下午，我们班一帮男同学，姚继勇带头，小五、张劲松等一众人将近十个人，不知道去哪个市场玩儿，一人买了一顶草帽。

那原本就是特普通的草帽，圆顶，圆边，草黄色，卖相特顺服。所有菜地农田里的农民都会戴的那种。结果，不知道谁想出来的，把草帽捏出了个新造型，帽子顶凹下去，两头的边卷起来，边上还一人别了一两个红色的小五角星。一帮少年，戴着自己亲手捏过的破草帽招摇过市，加上人多，就显眼了。

那时候刚打预备铃，各个班的同学都往教室走，空出来半个操场，刚好够他们成为风景。几个人走得特有阵仗，就差牵几匹马别几把枪了。

那天下午是杨震宇的课，和平常一样，他早早到了，在教室附近溜达。远远看见几个少年来了，杨震宇一脸的见怪不怪。

这时，高中部的一个比杨震宇年长的男老师不知道从哪儿冒出来，指着那几个男同学高声问："你，你们几个？你们哪个班的？啊？！"

年长男老师的语气充满了厌恶。

拉风和丢人之间，往往就是这么脆弱的仅有一线之隔。

那几个没骨气的，几秒钟之前还走得左右生风，被陌生老师一问，立马乱了节奏。

那个老师没同情，提高嗓门批评道："你们这是什么样子，啊？"

那几个人还没琢磨出回应方案，只听杨震宇站在门口对着那位中年男老师回了一句："咳，什么样子，西部牛仔的样子呗！这还看不出来？"

杨震宇的语气听起来像是在开玩笑，又有那么几分不容置疑，他的话剧嗓在这两来一回的简短对话中发挥了不可磨灭的重要作用。跟他的回答比起来，年长男老师扯着嗓子的质问立刻就被衬出些声嘶力竭。

小五他们一听有杨震宇撑腰，立刻重振群威，后半段校园之路走出了阅兵式的架势。

等到了教室，班里几个见风使舵的，看他们一进来，还跟着喊"好"。

结果被杨震宇再次用他的话剧嗓喝止："好什么好？还不赶紧坐下，帽子都给我摘了！上课！"

快到下课，杨震宇做完课程收尾后指着姚继勇他们几个说："你们几个，刚才戴草帽的，都站起来。"

姚继勇他们对视了一下，陆续站起来。

"说吧，草帽哪儿来的？"杨震宇问。

"买的。"小五小声回答，说完瞄了另外几个同伙一眼。

"我再问一遍：草帽哪儿来的！"杨震宇又问，话剧嗓重现。

"偷的。"姚继勇说。

"偷的。"小五也迅速跟着改口。

杨震宇从口袋里掏出一卷纸币，对高冠说："班长，你去带着他们几个，现在就去自由市场，哪个摊子上偷的，让他们指出来，然后你带着他们把草帽钱双倍还给人家，当面道歉，立刻回来。"

姚继勇插嘴说："我们，身上有钱。"

杨震宇喝道："有钱你们还偷人家的！我这是借，不是给你们！班长记清楚，明天挨个儿收了如数还我。"

高冠快速走过去接了钱，对那几个站着的挥了挥手。

那天晚自习即将结束时，杨震宇再次来到教室，问高冠还钱和道歉的情况。

问完，杨震宇又把那几个人叫出去，让他们在教室门口一字排开。

"每人五百个俯卧撑，班长三百个，做不完都不许走。"杨震宇冷着脸说，语气不容商量。

姚继勇趴下之前迟疑地问："杨老师，高冠也挨罚？他没……他没那什么啊。"

"那'什么'是什么？你这时候知道'偷'难听了？给我记住，自己觉得难听的事都不许做！"杨震宇又说，"高冠是没偷东西，但他是班长。听清楚了，以后你们做错了事，不仅当事人要承担，相关班干部也要承担。"

　　高冠什么都没争辩，和那几个人一起开始做俯卧撑。

　　刚开始几个少年还保持节奏起起伏伏做得挺像那么回事，做到后面，体力不支，渐渐速度也慢了，身形也无法保持流畅了，每个人都面红耳赤出了一身汗，个别的开始哀鸣。

　　等好不容易做完了俯卧撑，没人组织，几个肇事的少年一起给陪罚的高冠道了歉。

　　米微微又适时地带头哭了，有几个女同学也跟着哭，引得姚继勇他们也哭了，还抱成一团哭。就高冠没哭，略局促地被众人环抱着，对大家的歉意，他似乎还挺有歉意的。

　　杨震宇没阻止大家哭。很多时候，他对我们像对待家庭成员，对外，同仇敌忾；对内，奖惩分明。如果无功无过也无所谓的，他也不会多说什么。

　　高冠的学习成绩自始至终也没好过，但后来就没人关心这事了。他还是话不多，还是很"憨"，"少说话多做事"让他成了我们记忆里唯一的"班长"。

　　一年后，杨震宇离开学校，我们班面临中考。正是对草帽有过不同见解的年长男老师用了他熟练的操作方式，让我们班半数以上的人失去了参加高考的权利，在学校"政策"的"微调"之下上了职高。

　　这是个有意思的因果。杨震宇对我们的维护，不仅让我们青春的成长享受过许多别的孩子没有的一时之快，也让我们先于其他少年见识了成人世界的怨念和仇恨可以埋多深，可以生长得多么葳蕤。好多老话都特别可恶，什么"君子报仇十年不晚"。唉，心里一直憋着怎么报仇的，怎么可能是君子。

世界上的事，生前死后，百转千回，竟然也都有翻案的可能。

我们班确实有好多人没机会考高中，自然被提前剥夺了上大学的机会。只不过，又过了十几年之后，再回首，班里第一批掘金成功的，纷纷集中在上职高而非考上大学的那一撮人里。

当时为了稀释名额，高冠主动报了职高，这没妨碍他长大成人之后照样过得不错。

成人之后的高冠率先成了我们那个城市最大的食用调料批发商。据说他随便闻一闻就能分辨出不同产地的干辣椒，还能经目测辨认出食用油中大致的磷脂含量。

有一次我们问高冠，怎么做到的？

他说："也没什么特别，同一件事重复够一定次数自然就会了，还有就是要慢，不着急。"

这样的话，听起来确实没有什么"诀窍"。

我常常觉得，这个世界上其实没有所谓的"成功学"，因为成功对每一个人都基于不一样的悟性和机缘。

反而，总结"不成功学"就简单多了。基本上就是吃的时候不知道自己在吃什么，说的时候也不知道自己在说什么，活着的时候也不知道在活些什么，且习以为常。

有那么几年，我开始陷入对"灵性生活"的追求。

通常，一个女的忽然要追求灵性生活，要么是那个阶段对自己不满，要么是年事已高。我是两者兼有，既对自己不满，也够年纪。

某一次"灵修"的课程中，一位心理专家讲了"静观进食法"。

我们一群假装在意灵魂的人在老师的指导之下，每人用了将近半小时的时间吃了一颗葡萄干。

那是一个奇特的过程。

我第一次察觉葡萄干原来有那么细腻的褶皱，尤其是舌苔与那些褶皱初遇时，分明就产生了传说中的"化学反应"。

几乎能清晰地感到它们经历了扭捏，试探，才开始了解，磨合。

葡萄干被咬断释放出清甜后，食物和嘴的关系进入一个新的境界，双方开始主动摩挲，探寻，攻守兼备，有张有弛，像两个独立的生物在表演一场精心编排过的舞蹈。

随着味道的越发浓郁，欲望被勾起，动作的节奏也跟着密集。大家急不可待，一波未平一波又起，仿佛在揭示一个层层推进的重要秘密。渐行渐密成就了不管不顾的纠缠，满满的，全是全情融合的狂欢。

整个过程都不吝惜地释放出爱与感激，温柔与热情，追逐与戏弄，在诱惑与征服中分明生出些贪。

如此欲罢不能的时刻，好似全世界就只有他们最美最登对，没有谁能阻挡地一边给一边要，仿佛一段天造地设的重逢，必须要吞噬才足以表达拥有的诚意，必须要铆足了劲儿绽放才对得起没有人明白的欢喜。那颗葡萄干，吃得太久，想了很多，基本毕生难忘。

等情伤自愈之后，有次我给新任男友分享那次"静观进食法"

的感想。

听我讲完，他目瞪口呆了一阵，吞了吞口水，迟疑地问："你确定，你讲的是吃葡萄干？"

他的反应把我从梦中叫醒，从此以后再也没动过跟人分享的念头。

然而我坚定地相信有能力悉心体味食物是一个人有可能观察内心的第一步。

想起有一次杨震宇的课，忘了最初是讲什么了，讲着讲着，讲到了《三国》《水浒》，又顺着《三国》《水浒》讲到了金圣叹。

杨震宇盛赞了金圣叹。

为证明金圣叹值得被盛赞，杨震宇讲了几个有关他的传说，尤其重点讲了金圣叹临死之前，特地让他儿子帮他记着，说："盐菜（咸菜）与黄豆同吃，大有胡桃滋味。"

杨震宇最后说："什么是视死如归，这才是视死如归。不一定非得振臂高呼念口号或炸碉堡。即使举着正义之名，也不能随便菲薄他人的性命尊严。任何时候，碰上任何情况，都从容，从容才是真君子，'从容'比什么都令人折服。"

说完一声长叹。

杨震宇的那声叹息，我没懂，但我记得。

时光在很多时候，是一个，也只是一个延伸体，我们在延伸的时光当中，只要相遇，就不会分离。好多的事，记得，就是一种懂得。

第二天语文课，快下课的时候，杨震宇拿出两个口袋和一沓餐巾纸。

"昨天讲完金圣叹，你们的班长高冠特地给大家带了黄豆和咸菜，还有几分钟，大家分分，一起吃吃看能不能吃出胡桃味儿。"

于是少年们兴冲冲地分吃了高冠带来的咸菜和黄豆。

吃到一半杨震宇忽然乐了，说："哦，就知道让你们吃咸菜了，都忘了问，你们以前谁吃过胡桃呢？"

同学们都憨厚地摇了摇头。

"咳，那怎么对比啊。"

然后他大笑起来，我们也跟着他大笑。

满教室弥漫着笑声，还有咸菜就黄豆的味道。

许多年之后，我终于吃到了真正的胡桃，想起课堂上论证金圣叹的那一幕，一时间，总觉得真正的胡桃跟我的期待有些出入，似乎我对胡桃早已有一个固化的定义，是金圣叹给的，是杨震宇教的，是高冠带来的。

当年，杨震宇写给高冠的评语如下："作为首位经由大家'票选'出的班长，你要记住，任何时候，'干部'的职责就是多为他人着想，为那些选你的人着想。大家选了你，就意味着你要为那些信任负责。"

对杨震宇的这番嘱托，高冠不辱使命。

高冠不是一个擅长抢风头的人，而他所有的担当，假以时日，都有善果。

日后的发生，也借时间的力量教人看清一个真理：如果一个人希望公平是别人给的，那么他的世界就难有公平。

公平很简单，公平即智慧。

这个世界存在着很多时间的延伸体，当延伸到足够的去处，凡事终将公平，一切了了分明，去到或回归他本来的面目，如此而已。

11 / 『中华田园青年』小五

再见，少年

I WILL

BE THERE

　　我们班小五在成人之后给自己贴的标签是"中华田园青年"。

　　问其出处，小五说，有种土狗，杂交到最后，早已无法归类，土生土长，风尘碌碌。这类狗，不知被哪个好心人起了个学名，叫作"中华田园犬"。

　　小五说："我跟这种狗差不多，往光荣伟大了说，叫作'英雄不论出处'，往实际面讲就是生而贱命反而扔哪儿都照样生存，一个人要置自己于死地而后生，硬把流浪当浪漫，也就能变得坚韧不拔，特朴实，所以我跟中华田园犬是一类，叫'中华田园青年'。"

　　小五是相声演员，把世态炎凉当笑话讲是他的专业和责任。

　　小五也不是天生就这么能说。

　　话从头说。

　　小五姓关。他出生那年，他爸五十一岁，他妈四十七岁。在小五出生前，他的父母已经用了婚姻中的前十年时间生了四个男孩。

他们分别比小五大十六岁、十四岁、十一岁和七岁。

小五爸妈也许没打算要这么多孩子，只不过他们从生出第一个儿子之后，就一直盼着能再生一个女儿。谁知，不管怎么努力，接下来出生的依旧还是儿子。就在他们已经心灰意冷了很多年之后，一不留神，小五的妈妈以四十多岁的高龄再次怀孕了。

这个意外让关家夫妇喜忧参半。

最终，他们顶着有可能遭人议论的压力决意要把这个孩子生出来。他们满心谦卑地憧憬这个计划外的小孩是上天送给他们的女儿，从这个角度看，小五的诞生，从一开始就差强人意。

就这样，当男性小五呼啦坠地的时候，他的爸妈看到他，略微失望，他们不愿意思考，小五没有如他们愿以女儿的姿态面世，又不是小五的错。

据说关爸爸在确认又是一个儿子之后，直接拂袖而去了。这里面当然也有那个时代的不讲究，不过，小五反正是肯定没像大部分正常婴儿一样受到长辈们喜极而泣的欢迎。所以，小五连个正式的名字都没有，不像他的四个哥哥，有朗朗上口的名字："建国""建军""建东""建北"，虽然意思不大，但起码跟时代接轨。

关爸爸说了："祖国就交给咱们那么些任务，差不多也都让前几个儿子建完了，到小的这儿，总不能叫'建内'啊？也不能叫'建仁'吧！"

关爸爸说得很气愤，听起来像是小五给他添了多大的麻烦。

无辜的小五，就这么生生失去获得特别寓意学名的机会。

因排行第五，小五就叫小五，学名关五。

小五在被载入户口的时候还是个婴幼儿，他没有什么特别的敏感能意识到自己的性别让家人失望了，他像一个正常的孩子一样，该哭哭，该闹闹，糟蹋尿布也毫不留情，吃喝拉撒都表现得有欲有求毫不客气。

关家妈妈内心深处对女孩的向往没有因小五的到来就即刻泯灭，她不愿意面对现实，内心揣着向往女儿的余温拿小五过瘾。小五从小就被按照女孩的样子打扮，关妈妈长年给他留长头发梳小辫，穿小花裙子，系小蝴蝶结，穿塑料小凉鞋什么的。

除了打扮，小五的妈妈还强行按个人意愿把小五关在家里跟她学剪窗花，画仕女图什么的。

这段刻意的童年在某个下午戛然而止，那天小五和平常一样，正跟一帮年纪差不多大的孩子在院子里玩耍，小五爸爸下班，一进大院门，适逢一帮女童在比赛打倒立，小五混迹其中，穿着小花裙子的小五两手撑地两腿笔直，矫健利落地刚完成他的倒立，正开心地往地上吐口水。

他的小裙子应地心引力翩然倒翻下来，关爸爸看见自己儿子倒挂在一帮女孩中间，他穿着裙子，梳着小辫，留着鼻涕，没穿内裤，整体风格突出，一时难以归类，相当特别。关爸爸招手把关妈妈叫出来，两个人对着这幅画面错愕了一阵。

从那天起，小五身上的女童行头被撤下来，尽管小五对女生的游戏正玩儿得高兴，他还是被强行推进男孩队伍，换上裤子重玩儿，必须面对爬树翻墙打群架的挑战。

然而关家父母低估了孩子们的党群意识，即使是小孩，也不是随便你想男就男想女就女，孩子们早早有他们的团伙意识，不论去留都得讲个规矩或起码得有个过渡。

小五陷入过渡，经历了不短的一段困境，有几个月，街坊邻居家的同龄男孩子们还不太接受他，他又被家长强行跟女孩们隔离，空有一身活力和熟稔各种把戏的小五，就那么被人为地进退维谷了。

好在小五天性乐观，又精力过剩，难以融入同龄小孩时，他开始探索别的可能，把目标投向大人。

这个世界，总是善待行动力强的人。

小五靠自己的努力，早早验证了"办法总是比问题多"这个朴素的真理。

那个时代，大人们在白天有一个重要的消遣是午后守着收音机听评书。所以每到评书时间，大人们就严阵以待，在没有网络的时代，"错过"就是"错过"，人们对有限的消遣倍加珍惜。

小五每天中午最大的乐趣是捧着碗流连于许多邻居家。那个时候，小孩子出去"吃百家饭"是邻里之间的一个重要交流仪式。在这个过程中，小五经观察发现，大人们对听评书的兴趣仅次于吃饭。为了更向大人们靠拢，小五也跟着听评书，听不懂也使劲儿听。

有一回，一个院子里的男大人因中午加班错过了一集评书，很懊恼，满院子踢猫打狗。小五看不过，凭自己年纪小记忆力好，学着收音机里的腔调照猫画虎复述了一遍当天的那集《岳飞传》。这一举动意外安抚了那个坏脾气的男大人，解救了院子里的小动物。

小五懵懵懂懂地感到自己重新找回了幼小人生的价值，从此加倍努力，每天坚持听评书，不但死记硬背还认真揣摩。因不断受到大人们热情回应的鼓励，小五励精图治，他的说书渐渐不限于复述，而且瞎编，到后来，更是边说边演，幼儿时照小女孩样学的新疆舞，稍长一些看电视剧模仿的少林拳相继派上了用场。通过"说书"，小五幼年经历的两种性别的美育教育通通合理运用，基本没造成任何浪费。在陷入不被同龄人接受的困境后，小五靠着到处给大人重新演绎评书，杀出一条排解寂寞的血路。

这段经历，帮童年的小五总结出他人生第一个重要的心得：凡事只要添油加醋就有可能引起注意。而"引起注意"是一个普通人体现人生价值的重要开端。

不过，小五自修出来的幽默感没能让他和家人更亲近。

中学第一个寒假，小五的四哥建北被单位调到外地去参与一个水利工程建设。

大年初八，一家人给建北送行。关家妈妈一路念念叨叨，说什么工作这么紧急不能等吃完汤圆再走。中国人不擅长于疼爱，因此中国人在表达疼爱的时候，十之八九都得牵连上食物。建北会的安抚有限，他把他知道的一切跟"放心"有关的近义词都说了一遍，关妈妈还是唉声叹气，叹气的内容还是围绕着汤圆。

等到了火车站，建北上了火车，其余的家人并排站在站台上。建北在窗口对着家人说了好几次"你们回吧"，全家人置若罔闻，除了小五之外，其他家人互相搀扶着站成一排，反正是坚持着不走，又实在想不出"汤圆"之外的内容，几目相对，陷入没话可说的尴尬。

小五许是心疼大家，又许是卖乖心切，在火车拉响汽笛之后的沉默空白里，他忽然一声长叹，特大声地说了句："唉，这真是'白发人送黑发人'啊。"

那天的送行，结束于小五在站台被他爸爸当着陌生人的面劈头盖脸一顿打。车站送亲友的人和车上出行的人意外目睹了这场家暴，大家满足地看完才散。

关妈妈等看完关爸爸打小五，一回头，发现四子和火车都不见了踪影，关妈妈对着列车轨道眺望了一阵，悲愤交加，转身看小五，勒令他"呸呸呸"除晦气，小五认错"呸"过，关妈妈仍不解气，又亲自动手对准小五后脖子来了两下，边打边说："大过年的，让你胡说！让你胡说！！大过年的，你胡说什么你！！我看你就别想吃汤圆了！"然后哭了一路。

小五的家人没觉得像他们这种表达能力欠缺的家庭出了小五这么一个自强不息把自己练习成能言善辩的小孩是多么了不起。

大人们对能力没那么在意，大人们更在意控制。

我们中学时代的首任班主任范芳老师是个特别容易紧张特别担心失控的老师。

小五的技能，跟范芳老师的忌讳，短兵相接。

范芳个子不高，戴副眼镜，一头短发，因洗得不勤，油出一种酱墨色的漆黑。像毛笔用完没好好洗，毛发间有种动物属性的胶质，头发因而显得相当黏稠。

范芳肤色很白，但不是那种能争取到他人情感的"苍白"的白，而是"白花花"的、剑拔弩张的白。因为白得不太有章法，所以，明明原本是一张小脸，白得恣意，凭空生出一番山高水低的阵仗在，好像呼啦一下子，眼前都是她的脸。

范芳因此显得颇有气场，总是人还没到，脸色就先到了。她还喜欢成天拧着眉毛，拧久了，眉头间有一个三起两落的立体的"川"字。范芳又不爱笑，脸蛋失去弹性奔拉出两道法令纹，和眉头相互呼应，仿佛自带"肃静""回避"的仪仗，常年不怒而威。

范芳最常用的口头语是"啧"，最常给别人的回应是"啧啧"，最多发表的慨叹是"啧啧啧"。由不同的频率和分贝表达不同的情绪和内容。她的唇齿之间的这一到三啧的表达总是非常隐晦，搞得班里同学人人自危。

有好一阵子，由于范芳当年制造的心理影响，我对一切眉间有明显"川"字褶皱和深度法令纹的女性都敬而远之。直到我自己三十岁以后，逐渐发现了生活的难，才又借着某一天的遭遇，猛然谅解了范芳。

那天我在工作单位生了些闲气，回来在路上走，正郁郁寡欢，被一个骑自行车逆行的路人撞上，我跟她都当场倒地，倒在马路牙子旁边的一摊积水里。

撞我的妇女一只脚卡进自行车后车轮，她很狼狈，试图起身，起不来，徒劳地躺在那儿"哎呀呀"了十好几声也还是没起来，目测她的腹肌起码有十几年没怎么练过。

我半躺在一摊脏水里，心疼完我的衣服，不知何故，忽然心底生出几丝悲悯，忧伤地想：唉，一个任由自己腹肌"年久失修"的人，还能指望她对别人有多负责？

我借悲悯的力量，挣扎着连汤带水地站起来去扶她，那位女性，手递过来之前满脸一通乱摸忙着找眼镜。

她扶眼镜的样子像极了我记忆中的范芳。不知道为什么，看着眼前那个陌生女人的狼狈和可怜，我一瞬间隔得远远的，原谅了范芳。

唉，如无意外，每个人都会从十三四岁，连滚带爬，活到三四十岁。

有多少次，我们就这样突然地跌在泥泽里，狼狈不堪，自顾不暇。疼，然而揉不得，因为揉只能放大"难看"，手也不能乱抓，否则满手的泥会沾得满身满脸，只能咬咬牙挺过去，趁人不备龇牙咧嘴倒吸几口凉气。等回到人堆里，还得继续"嬉皮笑脸面对人生的难"。

甭管是谁，到后来唯一能发现的真相就是：生活，真是太不容易了。

每个人都一样，殊途同归，无一幸免。

范芳只是一个普通的女人，恰巧选择了"老师"这个职业，她对她的职业没有太多的热爱也没有特别的厌烦，那只是她谋生的手段而已。她完全没有义务高尚，甚至，她也没有义务在乎她面前的那帮熊孩子紧张不紧张，快乐不快乐。

再说，快乐本身即是人生的毒品，那些给我们带来快乐初体验的人，才是我们生命中真正的"罪魁祸首"。

范芳没能力让别人快乐，可，凭什么要这么要求她呢，她连做到让自己快乐的能力都十分有限。

谁长大的路上都碰上过个把不靠谱的老师，这也不能怪老师。真相是，学校就是一个小社会一样的地方，因为教师是全世界最艰辛的职业，艰辛在它被赋予一种特殊的责任，让教师除了教课之外还要有义务扮演完美的人，天知道，哪有什么完美的人啊。

再说了，如果一个制度铁了心让一类人演完美，就得给人家相应的配备和待遇。比方说，"演完美"这部分的工资给人家当老师的发了吗？

没有。

本来嘛，日常生活就是让普通人普遍得要撒撒谎挖挖鼻孔。

少年并非厌弃成人撒谎或挖鼻孔，他们只是厌弃你明明撒了挖了还要假装没那回事。

纯真的反义词是伪装，而不是挖鼻孔。

那是范芳第一次当班主任，为了当上这个班主任，有那么两年，她也试图演完美，看见谁都努力满脸堆笑，生生在白脸上堆出两坨明显的颧骨。

经历了这么费劲儿的过程，范芳和她的颧骨都累得够呛，所以当她踏进我们班，大功告成，颧骨也懒得继续硬撑，在地心引力的作用下，就地往下掉了半厘米，形成一张"来者不善"这种比较省力气的面目。

她没力气关照少年们的个性，也没力气理会小五的特长。关照他人的个性和特长是需要自信的。范芳自己不是一个有自信的人，然而"没自信"不是错。

范芳教英语，她在使用中文的时候总是惜言如金，也不喜欢听别人多说。

可世事弄人，依靠多说话才能证明自己的小五，遭遇了用"少说话"自我保护的范芳。

少年小五因胡乱接话频繁惹怒范芳，她在骂他罚他抄单词都无效之后，干脆把他轰出教室。小五不是简·爱，他没有因为长期站在教室外面得上肺炎，甚至也没有伤春悲秋。站到无聊时，他干脆站在窗外练习太空步。那年小五迷上了迈克尔·杰克逊，迄今为止，小五都是我见过的模仿太空步最像的少年。

范芳最后的招数宣告失效，她很愤怒。远在他乡的小五妈妈在收到范芳措辞严厉的书面警告后连忙赶回来，到学校接受范芳的训斥。

范芳除了训斥之外还略加了一些"诱导"。几天之后，小五放学回家，关妈妈拿出个药盒，表情复杂地说因为他不爱吃菜，从此之后每天都得吃药。

小五随口问了句那是什么药，关妈妈翻了翻眼球说"钙片"。

在迅速权衡了吞药丸和吞青菜的难度后，小五欣然接受了吃药的安排。

没吃几天，那些药丸就让小五四肢乏力精神涣散，上课的时候也昏昏欲睡。一度他不再有什么力气给同学们讲笑话和表演太空步。表面上看，上课气氛确实和谐多了。

小五成人之后还是话很密，和小时候一样，总是有备而来，妙语连珠。他带着以逗笑身边人为天职的热情，好像没人见过他黯然。

只有一次，也是同学会，大家聊起生儿育女的话题，有同学问小五什么时候当爹，小五忽然严肃了，说他跟太太有共识，不打算要孩子。

大家没敢追问原委，小五主动说："一个孩子从小到大，太不易了，我不想让另一个生命因为我而体验这种不易。"

说完一声轻叹。

这样的一句话，由一向嘻嘻哈哈地说相声的小五说出来，特别沉重。

小五在大家的沉默里回忆起当年他被骗吃药治疗"多动症"的旧事。而后又说起杨震宇："如果杨震宇没那么负责，我今天别说是说相声了，估计连出门买菜还个价的能力都没有。"

小五的说法并非言过其实。

小五当时并不知道他吃的不是钙片，而是治疗少儿多动症的处方药。

杨震宇来了之后，发现小五不分时晌地昏沉，特地去家访，发现了原因。他特地带着小五去咨询了专家，然后约了专家一起又去了关家，关家父母才给小五停药。

小五的父母当时没认为吃药有什么不对，况且小五自从吃药之后，没继续挨批，这在家长看来，应该是好事。

当初让吃药的是老师，过后让停药的也是老师，关家爸妈被支使晕了。

作为亲历者，小五在停药之后，顺应体内微量元素的变化，渐渐故态复萌。

有一天下午，杨震宇的课，他抱着一堆书，宣布上两节"阅读赏析"。然后他给每人发了一张 A4 纸，上面印着一首诗——北岛的《回答》。

小五的人生转变，始于那天他读了那首北岛的《回答》。

杨震宇问有谁愿意给大家朗诵一下那首诗。

其他人还在扭捏，小五举手示意，说："我。"

然后小五就站起来念了那首诗。

念到一半的时候，小五内心深处那个训练有素的、喜欢演评书的小灵魂寂寞难耐地试探了几次，他的朗读，渐渐，冒出了点抑扬顿挫的意思。

等他读完，杨震宇略微沉思了半刻，说："我怎么觉得，你还能读得更有意思。"

好像怕小五没听明白，杨震宇从他手里拿过那张纸，用他的话剧腔示范了两句，然后跟小五说："朗读的意思，是你在读出来之前，你读的内容已经从心里过过几遍，所以你不只是简单地把字念出来，而是要把字后面的意思，也表达出来。"

"从心里过过"简直是小五从小到大的"核心竞争力"。从小到大，他最擅长的就是背地里默默苦练，之后当着人演游刃有余。

小五受到杨震宇的鼓励，接过那张纸，认真盯着上面的诗句摇头晃脑投入地看了几分钟。少年们都安静地等着，像等待一场隆重的启幕礼。

等小五准备好，张嘴再次念起那首诗，我随即起了一身鸡皮疙瘩：

> 我不相信天是蓝的，
> 我不相信雷的回声，
> 我不相信梦是假的，
> 我不相信死无报应。

多年以后，我们班同学武锦程成了摇滚歌手，他的代表作之一就是用北岛的这首诗谱的曲。

1999 年，中国还幸存着一些真正的摇滚乐人，有一天几百人挤在一个酒吧里面听几个人的现场。武锦程上台之后，又甩头发又假装砸琴，人群跟着亢奋了，几百个人伸着自己的食指和小拇指，跟武锦程一起合唱，单就副歌的那两句"我不相信梦是假的，我不相信死无报应"，一群陌生人跟着武锦程的领唱，重复了十几遍。

要说"重复"就是能制造出力量。

唱到最后半场子的人都哭了，哭了还唱，又哭又唱，声嘶力竭，也不知道各自都想到了些什么，反正场面震撼。

我也滥竽充数地跟在人群里嘶吼，吼到一半的时候我又想到了杨震宇，想到我第一次听杨震宇启发小五朗读北岛的这首诗的那个课堂，想到还有好多梦都还没来得及实现，想到还有好多我认为的恶人都还没遭报应。这么想着想着，在又哭又喊的人群的感染下，我自己也哭了。

杨震宇无缘看到武锦程的现场，也不亏。要追溯起来，他应该是这个现场的始作俑者，如果不是他当年成功地让我们这群少年成了"朦胧派"的拥趸，后来就没有一帮又哭又喊的大人在武锦程的音乐中不知道在充当着谁的拥趸。

那天快下课的时候，少年们还沉浸在北岛带来的初次震撼中，杨震宇走回讲台，一边收拾他的教案，一边语气平淡地说："哦对了，不是说还没定语文课代表吗，我看这样吧，从今天开始，关五同学，你就来当我的语文课代表吧。"

同学们刚还沉浸在诗歌的氛围里，听到这个安排，被惊醒，几乎集体发出一声匪夷所思的"啊？！"。

那是关五人生中第一次当班干部，幸福来得太突然，他自己也不敢相信，等我们"啊"完，他自己也"啊"了一声，还问了句："为什么啊？"

杨震宇放下手里正在收拾的教案，看了看同学们，说："诗歌是所有文体中最有难度的，一个人能把诗歌读到位，肯定能胜任语文课代表。"

然后他看着小五，音量不大，但语气坚定地说："放心，你可以的。"

杨震宇说完拎着书走了，大步流星地，就好像料定我们忙着要议论他，他赶紧走了好给我们腾地儿。

事实也正是如此。

好多同学对杨震宇的任命方式表示不解，其核心集中着对小五的嫉妒："早知道这样就能当上班干部，我早举手了！"

"念个诗就能当课代表啊！那我要唱个《万里长城永不倒》，是不是都能当班长了！"

"啊？你连霍元甲都敢利用，你还是人吗你？！"

还有人跑去安慰此前一直呼声很高的曹映辉同学。

曹映辉原该有点受挫，然而这个受挫在被其他人自作多情的安慰放大之下，尴尬了。

事情常常是这样，令我们尴尬的未必是败北或失去什么，令我们尴尬的是一群不相干的人借题发挥的假仗义。

小五被任命为课代表这事当时在我们班是个轰动事件，同学们小小的心灵受到强烈震动。

大概受震动最强烈的还是小五本人，以至二十分钟之后，他的下巴断了。

过程如下。

被杨震宇任命为语文课代表那天，放学后，小五完成了他人生第一次当班干部的责任：应杨震宇要求把一摞课外书送到了位于四楼的阅读室，然后，他就跟着放学的人群一起从四楼走下来。

小五在人群中努力地伪装成跟平常差不多的吊儿郎当样儿，可是他的假装太使劲儿，早已露出端倪。

"你的人生第一次感到光荣是什么时候？"

二十年后，在杨震宇的追思会上，说起那天的假装，小五用这句话问我们。

然后他环视众人说："反正，那天是我的人生第一次感到光荣。"

那天后来发生的事，完全能证明小五的话如假包换。

小五从阅读室出来走到楼梯口一共起跳了四次，有两次险些够着了楼道灯。那个时代中国女排是全民英雄，没事原地起跳伸胳膊够高处在各地青少年中十分流行。

小五用不断起跳缓释他内心的亢奋，还不够，等到了楼梯口，他欢快地一跃翻身骑上楼梯扶手，像个小学生一样骑在扶手上一路滑了下去。

大部分男同学在小学三年级之后就不会再尝试"骑楼梯扶手下

楼"这么幼稚的行为了。

这个举动除了幼稚之外，还隐匿着体重加动力加速度的风险。

小五在滑到第二个拐弯儿的时候，一个趔趄，失重，整个人从三楼护栏上飞了出去。

他刚飞出去的时候身体倾斜，朝里斜着的下巴靠楼体太近，经过二楼护栏时下巴在护栏上挂了一下，整个二楼的护栏都被小五的下巴震得嗡嗡作响。在下巴和二楼护栏的强烈碰撞之后，小五在身体得到缓冲时角度从倾斜变成笔直，并保持笔直到最后落地。

之后很长一段时间，同学们都津津乐道于小五到达地面一瞬间的精彩表现。他像个经过严格训练的体操运动员一样双脚同时落地，他的身体在着地之后往前后左右各个方向分别晃了几下，都没超过十五度角。等晃完，翻着白眼努力控制平衡的小五当着围观的人群从容不迫地对着地面"呸"了三声，大家清楚地看到，随着三声"呸"，小五从嘴巴里依次吐出三颗带着血和唾沫的牙齿——那些牙齿是下巴挂在二楼护栏上的瞬间震落的。

当时正值放学时分，小五没有辜负大家的围观，他从降落、站立、晃动、翻白眼，以及三个"呸"和吐出三颗牙，整个动作完成得连贯漂亮。

在完成这些动作之后，他抬起袖子抹了抹嘴边的血迹和唾沫，也像体操运动员一样，手臂向上举成一个"V"形，并极力对惊讶的人群挤出一个微笑，就摇晃着重新加入放学的队伍中，回家了。

从那天起，小五跌下楼的事迹被口口相传许多年。有阵子，我们凑在一起回忆往昔，也会以"小五摔下巴之前"或"小五摔下巴之后"作为时间的坐标轴。

小五少年时候是我们班的名人，成人之后又成了我们那个城市的名人。

几年前小五对相声界有些自己的看法，决意离开曲艺团，自己开了饭馆，因用心，生意不错，他还是很爱说话，很会说话，往来的宾客都喜欢听他说话。后来他干脆在自己最大的那家酒楼开了个周末"段子时刻"，在众人吃晚饭的时候亲自上台给大伙讲笑话，多数是拿现场吃饭的人开涮，然而他讲的笑话从不伤人，因为底里是善意，怎么调侃也不会出格。凭着他自己制造的好口碑，几年里又连续开了几家分店，成为我们那个城市餐饮界的知名人士。

小五表面上大大咧咧的，其实心思缜密。有一年，米微微遭遇婚外情，她在继续守着稳定的婚姻还是为激情冒险中挣扎了半年，那个插足她婚姻的男友不耐烦先出局了。米微微很少被动分手，感觉很受伤，情绪波动得相当严重。加上在家还要装作若无其事，几乎崩溃，不断给各种同学打电话倾诉，仍不过瘾，在她的数度要求之下，一群同学特地从各处赶来看望她。那晚，我们几个人相约在小五的饭馆，大家轮番对米微微说了各种鼓励、劝慰和权衡利弊的话，米微微还是断断续续地笑着要酒喝，喝完就立刻哭个不停。

小五在米微微笑酸哭累的某个歇息的瞬间说："米微微同学每次失恋都重新获得了婴儿般的睡眠啊。"同学们不解，小五接着道，"就是睡一阵哭一阵呗。"

米微微听完破涕再笑，小五站起来对米微微说有个特别的礼物要送给她。

他离开了几分钟又返回，把手里拿着的一张碟放进房间里的DVD机，打开电视，播放了一段视频，在那段三十几秒的视频中，一个中年男子说："米小姐，听说你失去了一段刻骨铭心的感情，恭喜你。所有刻骨铭心的感情，最好就是趁感情还在，人各奔东西——刻骨铭心的感情不能弄太久，弄不好是会死人的。人生啊，不管发生什么，过好眼前要紧。"

那个中年男子是周润发，据说是不久前周润发在我们的城市拍戏，到小五的饭馆吃饭，小五饭馆的菜出品一流，又加上他擅长交际，周润发大概也是个性情中人，经小五央告，竟然同意为米微微录了这段视频。

在我们少年时代，所有同学都知道米微微喜欢周润发到了痴迷的地步。我见过她家里有一张周润发的海报，海报中周润发叼着牙签的嘴唇已经泛白，据米微微说那是她每天坚持亲五次以上的结果。

我们班很多男生都给米微微送过跟周润发有关的礼物。米微微先于我们离开学校的时候，小五在每一封给她写的信的末尾都会贴上一张周润发的贴纸。那些信曾经是米微微重要的珍藏，每次同学聚会，她都会翻箱倒柜把令她感到光荣的旧事再说一遍，与其说是纪念，不如说是提醒，米微微从不吝惜提醒和要求大家爱她，她总是得逞。因此，小五录的那个视频，不但制造了跟周润发有关的礼物之冠，也制造了米微微在我们女同学中的被爱之冠。米微微此后很多年都对此念念不忘，甚至她后来有几次语焉不详地把这个说成"周润发挽救了我的人生"。

那是后话。

小五经常说那次从楼上摔下来是他人生中最重要的一次转变，虽然损伤了下巴失落了牙齿，然而赢得了长久的"荣誉"——一个从楼上摔下来什么都没说就吐了牙的男同学，配得上一切荣誉。

"什么叫'打掉牙齿和血吞'，那说的就是我啊。"小五说。他在等待下巴痊愈期间，为自己的语文课代表生涯做了很多切实的思考和准备。

杨震宇来了之后常常让我们预习即将要学习的文章。我们没"预习"过，不知道什么才算预习。

小五伤好之后，有一天语文课，杨震宇问我们预习得怎么样，大家都还在吭哧，小五又主动举手，然后把那篇古文用浓重的说书气质复述了一遍。大家在决定要不要捧场之前先观察了杨震宇的脸色，等确认杨震宇的笑伴着赞许，同学们才刑满释放了似的放心地跟着笑起来。

那是小五下巴恢复正常之后第一次一口气说那么多话，从那天开始，很多课文的预习因为可以掺杂着不同的"演"而变得有意思了。大家渐渐从心里接受了小五语文课代表的身份，因为他的演绎，因为杨震宇允许甚至鼓励他演绎。

少年们效法演绎，在原文基础上加一点自己的延伸，杨震宇会用他的方法把那个"度"控制在一个范围里。他很少批判，他也不纵容，他鼓励想象，他肯定思考。他的课上给我们一种受到尊重的自由，又带着敬畏心，不论形式怎么轻松，杨震宇从不含糊于"师道尊严"。

渐渐少年们开始有点期待上预习课，期待在预习课上"参演"。

是啊，世界上本没有无聊的文史内容，只有放任文史以无聊的形态仅存在应试层面的老师。

杨震宇所有的"好"，因为他离开，都成了"参照物"，让另外的那些"不好"，无可遁形。

在杨震宇离开之后，少年们经历了比别的同龄人更多更凶险的变故跟挑战，因此有那么一阵子，班里有些同学对杨震宇产生怨怼，批评他置我们于不顾的自私。

在杨震宇彻底离开这个世界之后，多数人恢复了对他的怀念。在怀念里，自动撤销了那些怨怼。

也有一些人，永久地屏蔽了这几年的记忆，不管感激的或憎恨的，通通不愿再想起。

在杨震宇的追思会以及我们那个班的周年聚会中，有几个曾经跟杨震宇非常亲密的同学断然拒绝了邀请，"你们要纪念他，关我什么事？"

或温和一点的，用忙和冷淡，也能表达得清清楚楚。

每个人的情绪或感受自天生就不同，这本来也无可厚非。

杨震宇离开我们准备投身商海的时候，有很多的不舍。

我们不舍得他，他似乎也不舍得我们。

他到了海南之后写了一封信给大家，说了一些含混不清的话，大致意思是，他那个时候走，是因为他必须那个时候走，好像有个什么无法违拗的理由，容不得他送完我们的中考再决定他自己的未来。

在那封信的末尾，杨震宇说：“但愿你们能原谅。也但愿，你们未来在经历任何无常之时，都具有原谅的能力。”

我宁可相信，他并不是在希冀获得我们对他选择的原谅，他只是祝福我们在自己的遭遇中时刻能想起，这世上，唯一的“放下”，叫作“原谅”——“原谅”是一个人对自己最初的接受，“原谅”也是一个人对这个外部世界的最基础的爱。

木心说：“不知原谅什么，诚觉世事尽可原谅。”

初寒，回首，除了原谅，再趋前一步：“不知‘放下’什么，诚觉世事，尽可‘放下’。”

阿门。

12
/
自以为『是』

再见，少年

I WILL

BE THERE

在杨震宇的追思会以及我们那个班的周年聚会中，有几个曾经跟杨震宇非常亲密的同学断然拒绝了邀请。

"你们要纪念他，关我什么事？"

在那些拒绝的人中，有一个人的拒绝，最令我唏嘘。

那个人叫于是，在武锦程来我们班之前，他曾经是我们班最受女同学关注的男生。

于是是班上唯一同时兼有各种劣迹和稳定好成绩的男同学。

他从入学以来就因为说脏话、顶撞老师、旷课、抽烟、打架、偷东西而经常遭到老师批评。可是老师们在批评完他之后又总是能很快不计前嫌，因为他功课好，他是老师需要拿出去撑门面的学生。

少年于是似乎生就明白一个真理：世界上最稳固的情感，不是梦幻的一往情深，而是清楚的供需关系。只要你准确地了解对方的需要，提供给对方他的需要，你基本就能控制这份情感，让对方对你爱恨交织，然而就是离不开你。

于是知行合一，满足老师们的需要，同时从不委屈自己，总能理直气壮地摆出一副对谁都爱搭不理的德行。那副样子，最容易吸引无知少女。

我第一次被于是的气度震慑，是在范芳的课上。那天范芳给大家发期中考试的英语试卷，发完之后范芳照例开始逐个批评。

于是听到一半，忽然很大声地打了个哈欠，接着用力咂吧了几下嘴巴，让在场所有人都清楚感受到他明显的不耐烦，于是对一切尽在掌握似的，站起来，离开座位，径直走了出去。他在路过范芳的时候好像路过空气，没有转头，没有停顿，没有告别。

范芳批评到一半，半张着嘴任由于是从她身后走过，一反常态地没发脾气。

于是走后，范芳对几个面露狐疑的同学恢复一贯的跋扈，用怒吼镇压道："看什么看！有本事你也考满分！你就能说走就走！"

范芳说出了真相，生活本来就是一个半斤八两彼此较量的过程，有时候是输，有时候是认输。

很多人都有自己与生俱来的绝活，少年于是在那个年纪的绝活就是特别会考试。

于是因此像持有了什么隐形的尚方宝剑，恃宠而骄，以他的方式在学校里横行。

有一回于是在学校门口偷了辆自行车。那天他要去参加一个全市的英语演讲，整装待发的时候，发现自己的自行车车胎瘪了，于是二话没说，就手在车棚里他的自行车附近随便抄了一辆簇新的山地车，身手敏捷地把车锁撬开，骑走了。等演讲回来，他把那个山地车还回车棚。彼时丢车的同学正坐在车棚旁的台阶上为自己的损失抹眼泪，见于是前来还车，喜怒交加，揪住于是不依不饶。

于是自我辩解说他那就是临时借用："我要真想偷我还回来干吗？"

但内心受伤难平的车主无法理解，叫来老师助阵，那老师站在车棚对准于是批评了几分钟，于是没等他说完径直走了，老师很气愤，遣人把我们的时任班主任范芳叫出来责问了二十分钟。

隔天，范芳在班里特地开了个班会，上半节课，她用严厉的态度皱着眉头批评了于是的偷车行为。然后，范芳用两声咳嗽作为转折，就像演戏一样，眉头飞速展开，笑逐颜开地拿出于是参加英语演讲比赛的成绩单，宣布于是获得了全市英语演讲的第二名。这个成绩打破了范芳教学史的纪录，她特别激动，以贫乏的措辞声音颤抖地表扬了于是半节课。

于是对范芳的批评或表扬都面无表情，看起来很冷静，或是说，很冷漠。

我对于是的记忆有两个主要内容。一是他特别擅长撬锁，我亲眼看见过于是撬开我们班的门锁、实验室的柜门锁和很多人的自行车。他撬锁的时候有种一览众山小的从容劲儿，并且他总能说出理由合理化他的每一次撬锁，还都态度强硬。

除了锁，于是也擅长对付长得像锁的其他机关。在我们后来一段不长的、以亲密好友相处的时光中，他曾经不厌其烦地在很多公用电话亭里试图教会我怎么从投币电话中弄出硬币。

我始终没能掌握那门手艺，但没少花他弄出来的零钱。

于是还异常热爱阅读。是谁说的来着，擅长管理零散时间决定了生活的质量，于是对此无师自通。在我的记忆中，于是每时每刻都在看书，似乎那是他的一个隐形屏障，当他对现实失去兴趣的时候，他避世的方式就是阅读。

表面上，他随时在人群中，跟大家一起上课，玩儿，然而他也随时可能从人群中"消失"——在他打开书的那一瞬间，他就从正在发生着的环境中清楚地自我屏蔽了。

我记得有次杨震宇组织我们出行，去了接近郊外的一个古塔。回来的路上，我和另外两个女生并排骑着自行车叽叽喳喳地聊天，远远看见一个人在前面骑着自行车，骑得很慢，整个人趴在前面的车把上，自行车呈"S"形散漫前行。

等我们趋近一看，发现那是于是，他居然一边骑车一边在看书。

我们三个无知少女，立刻又服了，以更大声地叽叽喳喳表达了对于是的颂扬，于是果然完全没搭理我们。

我在骑行至岔路口的时候回头看了于是一眼，他依旧专注在他的阅读中，他的自行车像漂荡在平静湖面的扁舟，很慢地很随意地

前行，似乎它的移动只是为了保持平衡而并非有什么明确要去的
方向。

在他的身后，是我们刚刚参观过的古塔，带着它几百年庄重的
无言，沧桑在一个那么情浓的夕阳里，像目送一个知己，无须多言
地伫立在于是身后，他飘荡的方向，总不会偏移古塔的影子。

后来回想起，总觉得那幅画面，应该配一首《平沙落雁》之类
的古琴曲。那是于是留给我的经典记忆，他略微有一些乖戾，然而
乖戾里又隐约可见着一种快要失传的古朴。

于是因此当之无愧成为我们班阅读量最大的同学，他看的书，
多半是那个年纪的其他少年连书名都没听过的。他因此自视清高，
对同学和老师都有点懒得掩饰的不耐烦，班里真跟他关系亲近的人
屈指可数。

就是这样，于是用好成绩和坏态度当作自己独善其身的方式。
杨震宇来之前，于是没受过什么打压。杨震宇来了，他努力推行的
独立思考和自学能力，于是都早已熟练掌握，这让于是成为不多的
几个没有受到换班主任影响的同学，这也让于是成为不多的几个一
直对杨震宇保持冷眼旁观的同学。

杨震宇的任何新政都没有特别影响到于是，他不迟到，上课不
吃东西，不参与任何投票，但他成绩名列前茅。他是英语课代表，
他的口语比范芳还标准，因此没有任何重选的必要。他在班里始终
很重要，然而像一个重要的局外人。

于是真正开始跟大家亲近始于一次意外。

那天，刚放学，米微微忽然一路小跑从外面冲进教室气喘吁吁地喊了一句："快！救命啊，于是在操场后门，快被打死了！"

有几个男生听了立刻冲出去，跑在最前面的是班长高冠。我们几个女同学也跟在后面追出去。

等跑到操场后门，果然远远看见几个外校的高年级男生在群殴于是，那群人正凭借身高优势，快速构成一个挥舞着拳脚的人墙。

严峻的局面没有吓退那几个冲过去营救同窗的少年，只见高冠跑在最前面，一边跑一边从腰上解下来一条皮带，他像玩儿三节棍一样左右开弓，甩着他的皮带冲进那群高年级男生中，跟在他后面跑出来的几个男生也赶紧四下寻觅"武器"。

我们班几个男生刚冲进群架圈，不远处一个貌似小头目的男生，叼着烟对他的人喊了一句："来一个打一个，来三个打一群。"

紧要关头，杨震宇不知道从哪儿忽然冒了出来，奔向人群，远远地就用他的话剧嗓大喊着命令停手。那个抽烟的男生从口袋里掏出一把小弹簧刀比画着准备亲自出马以壮声势，结果杨震宇冲过来三两下就把他给踢跪下了。

一场混战，因杨震宇的介入快速结束。之前对方的人多个头高年纪大等优势，均败在杨震宇"擒贼先擒王"的策略之下。

我们几个女同学隔着学校围栏观看了全过程，我攥着铁栏杆的手心紧张得都出汗了。等杨震宇带高冠于是他们几个走回校园时，米微微领头，女生们像餐馆服务员一样站成一排齐刷刷鼓掌，被杨震宇喝止："鼓什么掌，打架有什么好鼓掌的！"

　　杨震宇刚说完，米微微忽然用手指着杨震宇，另一只手捂着半张脸，两条眉毛哆哆嗦嗦往一处抖动，一副"她努力了然而情难自已"的表情。

　　我们顺着她指的方向看到杨震宇的牛仔裤被血染红了一片。大家正要慌张，米微微又抖着眉毛指向高冠，大家才发现高冠的手臂也正汩汩地冒血。

　　杨震宇立刻让小五去找校医，他快速从自己的衬衫下摆扯下一个布条帮高冠压着伤口，大家正晃神，米微微说了句"我晕血"然后就真的晕倒在地了，等校医赶来，杨震宇又吩咐着先把米微微抬走。

　　那天下午，杨震宇带着几个男同学去了医院，缝针，包扎，据说过程中他还在跟男同学传授打群架的经验。

　　不知是哪个手艺不怎么样的大夫，粗针大线的，杨震宇的腿上和高冠的胳膊上都留下明显的痕迹，像一个事件的纪念。

　　关于于是为什么被外校的人特地跑来群殴，杨震宇没追究，大家也没多问。一个人恃才放旷，难免会惹恼别人，有时候也未必需要具体的理由。以我们熟悉的于是一贯的行为举止，激发出他人想要揍他的想法，并非难事。

　　那次打架之后，于是才开始跟其他同学有一些交集。

　　也许，以他那样一个自视高人一等的少年，一方面大约没料想自己会遇上什么凶险；另一方面，想必他也懒得期望有谁真会为他两肋插刀。清高的人对热情通常缺乏热情，但很少有人会对自己在矢石之难中获得的援助无动于衷。

于是报答"救援小分队"的主要方式是允许几个男同学平时抄他作业，考试抄他试卷。那群人里面有两个人对此兴趣缺缺，一个是高冠，他好像对自己的学习成绩安之若素，懒得装修门面；另一个是武锦程，作为一个习惯于以焦点存在的人来说，最大的介怀，是在同一空间中有另一个焦点人物的存在。

于是和武锦程之间的这种微妙的对峙从武锦程到我们班起就存在。于是很不屑一批女同学成为武锦程的拥趸，为强调立场，他对女同学们也表现得不以为然。武锦程则是刻意表现出对学习成绩的漠视，他功课一般，因此他在功课之外的其他方面都使足力气优异，尤其是体育和音乐。

两个内心骄傲的少年，用自己的优势忽略着对方的优势，因为太使劲儿，"忽略"成了结果。大家好像也约定俗成，班里的公共事务，有于是的就没有武锦程，有武锦程的就没有于是。

打架的那次，是他们第一次同时出现在同一个事件中。

当两个人还陷在要不要继续忽略对方的踟蹰中时，他们又一起被杨震宇选入另一个事件。

那个学期，我们班最重要的一个事件，是杨震宇在班里排了一个小品。

小品的名字叫《唱唱歌吧》，剧本是杨震宇自己写的。

小品故事讲一个学习成绩特好但比较自私的男同学，和一个古道热肠但成绩特差的男同学，偶然发现了一个女同学性格自闭的秘密，他们联袂帮助这个女同学走出困境，过程中两个男同学也发现了对方的优点并正视了自己的缺点。最后，三个人打破班里的"阶级"成为朋友，回归少年应有的小小无猜。

我最后一次看这个小品的演出，是半年之后在北京的一个剧场里。到那个时候，我才相信，杨震宇之前一直鼓励我们的那些，不是痴人说梦。

"白日梦"和"梦想"之间的唯一差别就是后者需要严密且刻苦的行动力。

杨震宇是我少年时代见识过的最敢有梦想并最有行动力的大人。

杨震宇很重视那个小品，排练之前就特地从话剧团请了一个老演员来给大家上台词课。他没要求所有人都去上台词课，说有兴趣的才去。但几乎全班少年都饶有兴致地听完全程，有几个人还按老演员的推荐读了《演员的自我修养》。

一个月的课程结束后，杨震宇在班里选角，几乎是众望所归，两个男主角分别由武锦程和于是扮演，我们班刘晓静同学扮演那个女生。小五以出色的表现，被杨震宇安排了一个"说书人"的角色，杨震宇特地给他加写了台词，在戏中负责 OS（内心独白）的部分，扮演小五自己。

整个选角过程最令我紧张的是米微微的竞选，最令我欣慰的是米微微的落选。

杨震宇拒绝米微微的时候笑着说："你怎么演也不像学习好的同学啊。"

大家都笑了，米微微自己也站在台上没心没肺地笑起来。

她没有恼羞成怒，倒让我内心有些自责。

被杨震宇拒绝参演并没有打击米微微的热情，等选角确定，她又给自己争取了帮这个小品选音乐的工作。

"杨老师说，我是音乐总监！"米微微欢天喜地地满世界去宣布这个消息。她有一种韧性，不论得到什么，她都能立即认定自己得到的是最好的。

一个女人只要坚持对自己得到的深信不疑，基本上就获得了持续左右逢源的法宝。

我跟米微微刚好相反，总觉得世界与我无关，从来也没有底气对发生的任何事太过殷勤。

那天也是那样，选角的时候，我始终默默坐在一个不起眼的角落，尽量让自己湮没在习惯观望的人群中，看杨震宇选定角色，看于是武锦程这种天之骄子型少年对别人送上门的邀请怎么保持司空见惯的冷傲，看小五米微微这种活得特积极的人为自己争取时毫不掩饰的酣畅尽兴。

我在别人的故事里一会儿笑一会儿鼓掌一会儿叹息，情绪起落了一阵就自觉地回到事不关己的沉闷的安全里。

那天活动结束后，我正随解散的人群走出阶梯教室，听见杨震宇在身后叫我。

我回头，他隔着四五个同学对我招了招手，我赶忙低头快步走过去，他递给我一个剧本，说："我想给这个小品写个主题歌，你负责写歌词吧。"

然后他就转身去忙别的事了，我捧着手里的剧本，那个于是、武锦程、刘晓静、小五、米微微他们这几个人也人手一份的剧本。

很多女孩子都向往过"安全感"，实则，只有离开"安全"，才可能接近"精彩"。

我在那一年，被杨震宇拖出"安全"，冒险写了我人生的第一首，也是唯一的一首歌词。

那首歌词，哪儿来的灵感，我不记得了。

我一直都不认为"灵感"是本来属于某一个人的。至少，它不像骨头、脂肪、眼泪或耳屎那么有明确根据和清晰去处地属于哪个人。灵感跟人是一种更高级更玄妙的关系。或是，这样说好了，我认为"人"在很多的时候，只是一个载体，负责把"灵感"这东西从哪个我们未知的领域或是不知名的神明那儿给接住，然后，变成一个作品或其他什么，流入人间。

有的人跟灵感之间的距离近一点，像达·芬奇，一辈子不爱睡觉就爱搞发明；像莫扎特，三岁就显现出神童样儿。我对这种用常理解释不清的事，一般都冠以"前世积德"。

也有的人跟灵感之间的距离没那么近，像凡·高，就算吃一辈子土豆，切了自己的耳朵，也是经由后人的肯定才让他跟灵感之间的渊源得以昭雪和承认。

设若我们都同意"灵感"是一个"礼物"的话，那么，获取它的方式又应该是怎样的？

曹植在曹丕的逼迫下七步之内写出来的那首诗算不算来自"灵感"？王羲之乘着酒兴一挥而就的《兰亭序》是不是灵感？佛陀在菩提树下端生正念，在四十九天之后"恍然大悟"的"悟"会不会也来自某一刻的灵感？

所以，所谓的"灵感"到底是怎么回事？

我没有答案。

《马太福音》里说："你们祈求，就给你们；寻找，就寻见；叩门，就给你们开门。因为凡祈求的，就得着；寻找的，就寻见；叩门的，就给他开门。"

如果你相信生命中某个角落在渴望灵感的降临，想必，除了恒心和努力之外，还要有与之匹配的爱。

我在少年时代，被杨震宇从胆怯的舒服里拖出来，用努力和被爱结出的灵感，写了这辈子第一首，也是唯一的歌词。

两个月之后，杨震宇为它谱了曲。

那首歌，除了排练之外，我在公开场合，一共听到过四次。

第一次是在我们学校阶梯教室的汇报演出；第二次是在我们那个城市的一个电影院参与全市中学生的某次课外文娱活动会演；第三次是在北京，那个小品入选全国中学生课外活动的一个什么奖。

第四次，也是我最后一次听到这首歌，是在于是的婚礼上。

于是是我们班比较早婚的同学。

初中毕业之后，他考进了我们那个城市排名第二的重点高中。

这也是他一直对杨震宇有微词的重要原因之一。

他是我们班唯一公开批评杨震宇"不负责"的同学，他以超出其他少年的老成，在杨震宇走后，多次在班里公开痛斥杨震宇"自私"。

我在很多年之后，才逐渐理解了于是的愤怒。一个自视颇高，资质颇高的人，对人生中的"第二名"如此介意，是我这样一个始终在中流蹉跎的人无法看懂的。

于是高中毕业之后考入南方的一个大学，相较他之前一直向往的复旦大学，那是他又一次的挫折和委屈。于是把这笔账也间接记在了杨震宇头上，他没有参加任何同学聚会，主要原因是他对杨震宇持有不同的看法，他不愿意违拗自己参与怀念，他也懒得坚持立场跟我们争辩。在杨震宇走后，于是又回到了他最初的样子：不屑，冷漠，恃才傲物，不党不群。

于是和我们那个城市很多同龄的孩子差不多，父母是从南方"支边"而来，他的父母已经先于他回到上海。

于是听从父母之命，大学一毕业，就以相亲的方式认识了之后的太太，并在短短几个月的约会之后迅速决定结婚。

我们在收到他婚礼的邀请时都很诧异，总觉得"相亲"这种庸俗的戏码配不上于是留在我们记忆里的那种卓尔不群的酷劲儿。

我们不多的几个受邀的同学略带着不安地去了婚礼现场。婚礼进行到一半的时候，新娘的爸爸上台讲话。在讲了一通感谢祖国大好形势的套词之后，忽然说起新娘的一件儿时小事。

新娘爸爸说他对于是的第一好感主要是对我们那个城市的好感。他解释说，新娘还是个学龄前儿童的时候，他带着她到我们的城市参加一个会议。其间，由于忙碌和马虎，长大之后成为于是新娘的女孩，以当时五岁的年纪，在异乡走失。

三天之后，这个小女孩在民警的协助下找到了她爸爸。女儿走失后被一对善良的当地夫妇发现并善待，据说找回的时候经目测体重至少增加了半公斤。

因此于是的岳父一直都觉得我们那儿的人必定具有善良热情的统一民风。

于是的岳父讲到这儿，于是的妈妈忽然站起来，一脸惊愕地走上台，拿过司仪的话筒，问亲家当年他女儿走失的细节。

两个老人家在台上一问一答对了五分钟的词之后，于是的妈妈泪光闪闪地转向观礼的亲友，颤抖着说她和于是的爸爸就是当年收留走失小女孩的那对夫妻。也就是说，于是在异乡经由相亲结识娶到的新娘，早在幼年时期，就因着"走失"，和于是提前十几年早早地见过面了。

台下的人听到这儿，惊叹的惊叹，感动的感动。

我暗自觉得，故事到了这一回合，才又吻合了我记忆中的于是。他就应该是这样的，跟他的人生合辙押韵的，该都是些"不寻常"才对。

那场婚礼的后半段，进入微醺的感慨时刻。长辈们陆续离席之后，武锦程主动要求献唱。

那是我最后一次听到我自己填词的那首歌，歌名叫《唱唱歌吧》。

你出现在夏天改变了天空的角度，
摔倒过的人才知道真正的风速。

考试不作弊不能说明你就真的有出息，
得高分只为讨好家长还不如对同学讲义气。

学说话之前的那个春天我就爱上了色彩，
你摇头说还是学钢琴的小孩显得比较乖。
认字之后的暑假我迷上了美人鱼的童话，
你不屑地总结说安徒生就是个穷作家。

秋风吹走巷口的落叶那天我开始了初恋，
你没发现我变得沉默我一点都不奇怪。
我默默关心着蜻蜓在冬天如何飞过南江，
你大声说今年还是得拼命储存大白菜。

唱唱歌吧，让我驱散心头小小的迷惑。
唱唱歌吧，如果我总是如此感到落寞。

很小的时候我问你我从哪里来，

你说是大猩猩变的吧反正达尔文说过啦。

我知道你没读过传说的进化论，

你只是习惯了胡乱回答之后还不许我反驳。

唱唱歌吧，这个世界总让我感到奇怪。

唱唱歌吧，跟大人说真话结果总是无奈。

唱唱歌吧，让我们唱唱歌吧。

唱唱歌吧，一起来唱唱歌吧。

总有人失却，总有人等待，有时，转身而去只是为了让自己感觉好一点。

一个人对友情的宽容始于允许拒绝，如同相信别人邂逅过自己从未见识的奇迹，以祝福的心情。

13 / 雀斑少女冯小若

再见，少年

I WILL

BE THERE

冯小若是我们班公认的美女——"公认"是一个赞誉的重要前提。

冯小若长得有点像彼时当红的女明星王祖贤，一个身材高挑的女孩要显得娇羞是需要一定技术含量的，冯小若天生有这个本事。

我记得冯小若脸上有好多淡淡的雀斑。我们那个时候，妈妈们对任何长在脸上的斑点都一惊一乍，只要出现必须消灭，身为"黄种人"的她们却盲目追求着不切实际的"白"。而冯小若，由于父母常年不在身边，雀斑自由生长，巴掌大的一张脸，倒热热闹闹起码散漫着几十个代表她淡淡忧伤的淡淡的雀斑。那些雀斑跟冯小若的坦然配对，瞬间就区隔于我们这些脸上什么都没有的俗人，而早早具备了某种说不太清的"国际化"。

冯小若是跟姥姥姥爷长大的。

冯小若的父母都是对自己的人生有要求的人，揣着赚钱的梦想到处恋恋风尘。冯小若被迫成为留守儿童。

　　冯小若无聊的童年里充满被父母遗弃的问号，这个问题后来成了一个症结，慢慢地她也不问了，她只是像他们一样做什么决定都不再跟家里人商量。

　　不论是后来决定去北京当模特，还是决定结束北漂回原籍定居，她都没跟家里人商量过。

　　冯小若跟父母的关系没有再恢复亲近，她当了模特之后有阵子收入还不错，她给父母钱，但跟他们很少见面。她对待他们的方式，和他们当年对待她的方式，一模一样。

　　她不是故意的，她只是无能为力。

　　杨震宇去世五周年的时候，班上几十个同学相约重聚。那天晚上，不知道谁带的头，大家轮流说一件自己心底压抑最久的事。冯小若说的是她跟她父母的关系："有好多年我都做同一个噩梦，梦里我总是到处找我爸妈，怎么找都找不着，又或是远远看到他们的影子，我对着影子问：'你们不要我了是吗？'等影子近了，看清了，发现根本不是我的爸妈，然后我就哭着继续找，最后总是还没找到就已经哭醒了。人长大了以后，觉得似乎很多事都可以努力改变，改变收入，改变生活水平，改变命运……可是无法改变记忆，我不能给自己重塑一对父母，回到我的童年，去驱赶他们留给我的孤独。"

冯小若的孤独不止在童年。我们刚上初中的时候，她也是独来独往。

当然，童年有童年的残缺，少年有少年的无奈。冯小若天生丽质，身材高挑，一个天生丽质且身高超出同龄人将近一头的女生很难不引起关注。然而她的学习成绩偏差，在一个人的少年时代，身高稳操胜券，学习成绩差强人意这两件事加在一起特别令人尴尬。

为了不让这个尴尬加剧，冯小若努力地低调行动。因此她从来不主动回答问题，再加上用头发挡着半张脸，进出教室都半哈着腰半低着头，看人很少直视，就让她的存在感相当飘忽。她用客气，披下来遮住半张脸的长头发和脸上弥漫着的淡淡的雀斑保持着跟人群的距离。

冯小若就这么若隐若现地混迹在人群中平安地度过了她初中的第一学期。然而，即便作为一个美人的她如此主动地息事宁人，也还是躲不过有麻烦非要找上她的时候。

冯小若第一次被迫长时间地站在大家面前是在范老师的英语课上，那天，范芳老师照例抽查大家背诵英语课文。

范芳对背不出课文的惩罚就是抄写，以背诵不流畅的程度从一百遍到五百遍不等。

范芳说了："如果抄几百遍之后还不会背，那就是你爹妈给你的脑子出了问题！"

按这个标准，冯小若被归类为"爹妈给的脑子出了问题"的同学。

前一天冯小若就被抽查了，吭吭哧哧，没背全，被罚抄两百遍。翌日她把密密麻麻抄好的课文上交之后，放松了警惕，没想到，范老师在检查了三个其他同学之后，又叫到了冯小若，结果，她还是没背全。

范芳检查背课文的时候很讲究形式，被叫到的同学须走到讲台前，面对着大家背。到今天为止，我都能清晰地记起被迫走上讲台的情景。

范芳站在不远处，身上一阵一阵散发出一种花露水和体油混合的味道，不知道为什么，那味道总能让人产生突发性的健忘症。

班上"晕台"的不止我。

二度被抽查的冯小若不情愿地走上讲台，没背出几句就卡住了。

作为我们班身材最高挑的女同学，冯小若以高出范老师五分之一的身量站在那儿哆嗦的场面相当令人扼腕。

正当她背诵得前不着村后不着店的时候，下课的铃声响了，那是上午的最后一节课，大家在铃声之后开始按捺不住小小的骚动。

范芳沉浸在她惩罚失效的气愤中，故意忽略铃声，杀气腾腾地质问冯小若："说！那两百遍谁帮你抄的？！"

"没人，就我，自己抄的……"冯小若气若游丝地挤出这八个字，话音还没落地，眼泪先行一步掉在讲桌旁的地上。

"啧啧啧，我就不信！抄了两百遍还不会背？！你长的还是人脑吗？"

范芳开始亮出她最常用的鄙视表情：两条眉毛之间的距离随着

坏情绪的加剧疾速地越凑越近，很快就成功地挤出了那两条深沟和如影随形的两道凸起的竖肉，蕴藏着一股硝烟滚滚的，弄不好就可能随时挤开一只天眼的爆发力。

冯小若被吓得从默默掉眼泪急转为抽泣，她的长发顺势飘落在脸侧，有几缕迅速和着泪水贴在脸上，巴掌大的脸只剩下半张露在外面，看起来很可怜，幽森森地可怜，那架势好像她已然默默地选择跟范芳不处在同一个维度之内了。

好多年之后，有一次我在电视上看见冯小若，当时她正以模特的身份在一个时尚节目里讲解当季的春装。

当她站起来示范的时候，旁边的主持人忍不住啧啧赞叹说："哎呀冯小姐，您真是典型的'九头身'，啧啧，这比例是怎么做到的，您长的是人脑吗？"

我当即就对着电视哈哈大笑了三分钟之久。

有些问题，就是会跟着一个人一辈子。

关于"你究竟是不是长了人脑"这个问题，冯小若十三岁就被人质疑，想不到，到了快三十岁，还在被人质疑。

十三岁的冯小若还没有三十岁时的泰然，她被范老师骂颓了，除了哭还是哭。女人的眼泪，一旦换不到怜惜，立即贬值。冯小若就那么没什么价值地藏在由自己的长头发遮蔽出的另一个维度里哭了好一阵。

"你哭什么哭？啧啧！你背不出来还好意思哭？！"范老师自己从未掌握过女孩弱柳扶风的那一套，看别人会更觉得格外刺眼，

"你看看你，什么样子？啊？！你那个头发，怎么回事！我看你的脑细胞都让头发吸干了！回去给我剪了听见了吗？说！你还想抄多少遍？！"

这时，教室里有人远远接了句："念都不会念，抄有什么用？抄多少遍也还是不会念，不会念怎么可能会背？！"

"谁？谁说的？！刚才谁说话了？！"

范芳自己的英语也不怎么样，能当上英语老师实属承蒙组织分配的恩泽，所以她特别介意一切关于"读""念""发音"的质疑。

有人挑战了她的短板，范芳即刻提高嗓门亮出镇压的决心，她没看任何同学，抬起头还是对着面前的空气怒吼："谁说的！有本事就给我站起来！"

这时候，班上一个叫谢刚的同学晃晃悠悠地站了起来，斜睨着范芳说了句："我，我说的！怎么了？"

"你再说一遍！"范芳没想到真有人会站起来，只好单纯地以提高分贝加强震慑力。

"再说一遍？我刚才说了好几句，你是想让我再说一遍哪句，还是全都再说一遍？"谢刚也提高了分贝，反问。

一众内心亟盼放学回家的学生纷纷嘻嘻地起哄，指望着范芳赶紧结束她的戏弄式惩罚，放大家回家吃饭。

范芳这时把眼神从虚空往下挪了十五度左右，扫视坐着的少年们，从牙缝里挤出八个字："你们还笑？！没脸没皮！"

这八个字几乎是范芳的"成语"，长期使用，长期有效，顿时没人笑了。

范芳对同学们的配合精神毫不感激，赶尽杀绝道："不知好歹！刚才笑的人，每人抄一百遍！让你们给我笑！"

话音刚落，谢刚大声道："我一人做事一人当，罚别人干什么！"

范芳的目光终于舍得聚焦，瞪向谢刚，说道："啧啧，罚你一个人！你了不起啊！"

说着冲谢刚走过去。

哪知她路过讲台边上的时候被讲桌的一个角绊了一下，踉跄着往前一栽，差点当众栽倒在讲台上。等站稳之后范芳连忙把因惯性歪到一边的眼镜扶正，喘着粗气对教室另一端的谢刚狠狠地丢下一句："你给我等着！"

然后一摔门走了。

当时是初一下半学期。

整个初一，范芳都像个传说中的太岁一样，一直都在一个随时可能被冒犯的状态。每当她的惩罚路数用尽，懒得再跟少年们直接交锋，就频繁地用难听的话或请家长来解决各种问题。

在看过很多同学"请家长"都是挨打的结果后，一度我很怀疑范芳"请家长"的这个方式只是想把体罚学生合理化。

我的记忆中一直储存着那天范芳走之前最后瞪谢刚的样子。她戴的眼镜的右眼镜腿儿和镜框之间的螺丝掉了，所以上面用透明胶条缠着，因为缠得不够紧，所以眼镜无法保持平衡，范芳也就任由它左高右低地挂在脸上。戴着歪眼镜，脸离胶条特别近的范芳老师看起来特别扎眼。我一直忘不了她的眼神，那是一种只应该存在于我们历史书当中的，看"敌人"才该有的眼神。

当天下午，我们刚开始自习课，教室门呼啦一声被一脚踢开，一个中年男人冲进来，额头两边都暴出青筋，还没等我们看明白是谁，他已经冲到后排揪起谢刚的一只耳朵把他从座位上拎起来，接着就是劈头盖脸一顿打，打得特别投入，仿佛一个尽责的屠夫在拆解他面前的牲畜。

过程中范芳悠然出现在教室门口，倚着门，从容地观察了一眼"战况"，然后以平时说话一半的分贝和平时说话一半的速度说："别打啦，别打啦。"

防止团结的最佳方式就是煽动其内斗，范芳那个年代的人，作为内斗的最后一批亲历者，也算得了真传的。

等谢刚他爸打痛快了离开时，范芳已不见踪影，教室的门开着，阴天，门没有影子，简直没有任何证据可以证明范芳当时站在门口。

谢刚那天被他爸爸打成重伤。

我们那时候课本上选的文章，遣词造句相当贫乏。很多描述义士伤亡的画面都会用到"倒在血泊中"这五个字，从那天起，每当看到这五个字，我心头唯一会出现的画面，就是那天下午被打之后趴在地上的谢刚。

自从谢刚"倒在血泊中"之后，再也没有人敢对范芳"挑衅"。

　　谢刚被打之后在家休息了一周，恢复上课之后他还持续一瘸一拐了将近两个月。范芳对他的请假、返校和他的跛脚都没有做出过任何评价，就好像所有的发生都跟她无关。

　　谢刚因抗争身先士卒，代价惨烈，其挨打的血腥画面有效地起到了杀一儆百的作用，此后再也没有人质疑过范芳的教学方法。有人开始另辟蹊径，试着与惩罚良性互动。

　　不久，我们班一个常常被罚抄英语课文的同学施宁发明了一种"快速抄写笔"。最开始他是把两根同样长度的圆珠笔绑在一起，这样一来，写一行出两行。施宁为自己的发明感到喜悦，开始享受被罚。又有同学在施宁发明的基础上增加了圆珠笔的数量，最多的时候，有人把六根圆珠笔一字排开紧紧绑成一排，虽然那么宽一排确实对握笔造成了困难，但结果的确做到了写一行出六行的效果。同学们找到了当顺民的乐趣，教室里弥漫着一股子未老先衰的哈喇气。

　　范芳对施宁的"发明"态度开放，几乎是故意视而不见。事实是，那以后范芳对谢刚或冯小若也总是和颜悦色，或是说，她开始用"和颜悦色"这个方式来忽视他们的存在。她把几个令她尤其头痛的同学归为"你们"，她把"你们"安排在教室中离她最远的地方，那几个她想忽略的同学被视同为一个整体，被她从这个属于她的班级中故意地忽略掉了。

　　冯小若在被故意忽略的时光中又蹉跎了一个学期，她当时怎么也想不到，一年之后，她被一个星探发现了。

　　是的，我们班美丽的少女冯小若在她十四岁那年，于大街之上，被一个星探发现。

如果不是这样的一件事真实发生在我身边，我压根不相信世界上真的有"星探"的存在。

第一次听说"星探"，是因为林青霞。

据说林青霞是走在台北大街上被星探发现，才走上演艺道路，结果一发不可收成了一代巨星。

我们小时候有一阵子特别流行看录像，到处都有"录像厅"。在脏乎乎臭烘烘的黑暗的录像厅里看林青霞在屏幕中白衣飘飘地演琼瑶电影是我少年时期最沉溺的现世之梦，那些完全没逻辑的扯淡的爱情故事，经由林青霞的演绎平白地就能生出一种香味儿。如果《红楼梦》中林黛玉说的"奇香"当真存在，应该就是林青霞制造出的那种追随在影像中的仙气，简直有"信其有就有"的神圣感。

就是这样一个跟林青霞有关的词——"星探"，一天，没有任何先兆地，出现在我们班同学冯小若的命运中。

事情发生在杨震宇来了一年之后的那个暑假，升入初三之前，他决定给我们组织一次夏令营。

夏令营定在距离我们车程三四十公里的一个山里，安营扎寨需要花销，杨震宇说了，这个钱不应该让家里人负担，得自己挣。

接着就有了夏令营之前的安排，一放暑假，我们全班先做了两周的兼职清洁工。

"兼职清洁工"，五个字，几十个人，忙了半个月。

那是我学生生涯中最特别的十五天。

那时候，我们那个城市还没有电动清洁车，所有收拾垃圾的过程需要人力亲为。每天必须夜里两三点起床，四点之前到工作地点集合，几组人跟随清洁工师傅，顺着规定路线开始一天的工作，真正的披星戴月。

没当过清洁工的人大概没想象过街道两旁究竟会有多少垃圾。我能说什么呢，词穷，只能说，垃圾真的很多！

每条街单西瓜皮就能装满好几车。扫大街的那种一米多高的大扫把和平时教室里那种用高粱秆绑的扫把有很大差别，除了一眼就能看出来的尺寸不同，还有就是需要掌握一定杠杆原理并反复练习才能得心应手。

专业的清洁工师傅教育我们说："要像划船一样，注意节奏，两边手臂的力量要保持一致。"

听起来也没多难，刚扫了一天，我的两只手掌就磨出了水泡，从肩膀到小臂一路酸胀，拿什么都手抖。我跟我们班易宁、白永涛、陈默等几个同学分成一组，原本米微微也在我们这组，临时说"我一放假就住我奶奶家"就换到了武锦程在的那个组。

我们都是普通孩子，头三天新鲜劲儿一过，陆续烦了。

杨震宇每天换不同的组跟我们一起扫地，对女同学很照顾，特累特脏的差事尽量不分配给女同学，还特别规定如果下雨女同学可以自动休假，说是不让女同学蹚水。

我们班的男孩，从那个时候开始就跟杨震宇学的知道要照顾女同学。不过体谅不等于放弃原则。杨震宇对这两件事的分寸拿捏适度，示范清楚。

　　说回冯小若。

　　有一天冯小若他们组扫完了三条主要街道之后，天开始麻麻亮，冯小若负责推垃圾车，后半程疲倦发作，心情放松，脚底下就忘了配合他们组其他几个人的步伐，自己独自推着垃圾车先于清洁队伍走到最前面。

　　正走着，一不留神，冯小若一脚踩到一只死猫。

　　那只可怜的流浪猫一两个小时之前刚被夺命的汽车轧过身体，正身首异处地把个别内脏摊在即将迎来黎明的人类的街道上，就被正累得犯困的冯小若补了一脚。

　　据说冯小若那天的一声尖叫把半条街的人都叫醒了，接下来她号啕大哭又把另外半条街的人也哭醒了。

　　等冯小若叫完，哭完，还惊魂未定呢，又被带队的老师傅批评了。"从第一天起，就告诉过你们，步调一致！这是最起码的，知道吗？脱离组织就会出意外！"老师傅批评完又强调说，"除非地震，否则不能影响别人休息，这是这个工作的基本职业道德！"

　　冯小若根本听不进去，坐在一堆垃圾旁边自顾自继续哭。

　　几个男同学看冯小若哭成那样，轮番跟老师傅讲理。小五说换谁踩在猫身上也镇定不了，何况还是只死猫。

　　"这么多年，我们什么没踩过！嗯？！还说不得了！"老师傅一看自己的权威被挑战，要急。

　　小五又说："那您踩这儿踩那儿，那都是您的工作是吧。那我们，以后又不一定真干这行。"

老师傅一听更生气了："你们明天开始都别来了！你们都是贵人，你们以后不用干这行，现在也不用跟这儿捣乱。"

当天下午杨震宇带着小五、冯小若等人去了清洁大队，小五给老师傅道了歉，杨震宇代表我们表示要善始善终，必须把两周的工作做完，且不论碰到什么意外再也不当街大叫。

冯小若紧跟在旁边没说话，全程只负责掉眼泪。

等从清洁大队出来，杨震宇请少年们在街边小饭馆吃面，席间他对大家说，踩到死猫惊声尖叫，虽然不符合当清洁工的规矩，但作为一个女孩子，也没什么不对。又说小五跟老师傅顶嘴，虽然不尊重，不对，但勇于保护同学也有值得肯定的部分。

"所有的事都别混为一谈，没有绝对的对和绝对的错。"

接着他又表扬了我们所有人，说没想到我们表现得这么优秀。

"这几天，大家辛苦了。团结，能吃苦，还都挺知道为别人着想。记住，人一辈子最珍贵的品质其实就两样：一个是热血，一个是天真。你们两样都有，你们很棒！"

好多世事变迁都佐证着杨震宇那句话："人一辈子最珍贵的品质其实就两样：一个是热血，一个是天真。"

杨震宇表扬完大家，对冯小若做了新的安排，之后几天她不再参加半夜的清洁工作，而是在白天做日间保洁。

就这样，翌日，下午两点半，冯小若拿着一把环卫工人专用的大扫把，正在街上当众扫地，被一个"星探"发现了。

十三岁半的冯小若人长得美，穿得也不含糊，她妈妈把不能见她的亏欠变成各种华服，隔一里地都能一眼看出这是一有钱人家养尊处优的孩子。这样的人，在炎热的七月末，手持一把将近两米高的大扫把在热闹的步行街顺着街边扫垃圾，情形可想而知。

"我当时就觉得这个女孩子的气质太特别了。长得那么漂亮的一个女孩子，那么认真地在那儿扫地，旁边人头攒动怎么热闹怎么议论她，好像对她一点影响都没有，她就是特别特别认真地做她自己的事。一个女孩一专注就容易显得美，再加上本来就是个美人坯子，那就是锦上添花。"这是发现冯小若的那个模特学校的校长后来在采访里对记者说的。

这位校长姓贾，是一个有理想有见识的中年女子。她当时正在筹办自己的模特训练班，就是这样误打误撞，成全了冯小若的人生。

冯小若去过训练班之后变得比以前爱说话，跟同学们也比以前亲近，头发还是很长，但是梳得很美，像《源氏物语》中每一个被源氏爱上的蓝血的长发美女。

再后来，冯小若就去北京了。等我们开始忙着找工作的时候，冯小若已经正式开始她的职业模特生涯了。

最后一次看冯小若以模特的姿态出现，是 2003 年晚秋。那时候她刚结束北漂生活回到原籍，和新婚丈夫一起开了一家婚纱摄影店。

开业那天我们从各地赶回去参加她的婚礼兼婚纱摄影店的开业

仪式。冯小若在剪彩的时候说："我从离开家的时候就在期待这一天。终于，我做到了。我想让爱我的人知道，走出去不是为了忘记回来，走出去是为了回来过得更好。"

剪彩后的重头节目是模特们的婚纱表演，最后压轴出场的是冯小若。

她在我面前两米之外的地方几度回眸，她的脸上依旧星罗棋布着从小带到大的雀斑，只不过，那些雀斑里不再有少年时的慌张。她出走，又回来，一步一步走出自己想要的安稳，那个她期待了整个少年时代的安稳。

14
/
山上失踪记

再见，少年

I WILL

BE THERE

那个夏天，杨震宇带着当了两周清洁工的少年们，少年们兜里都揣着自己的汗钱，去了几十公里外的一个深山里过计划中的夏令营。

车行两三个小时之后，我们到了山里一个类似气象站的地方，几十个人晚上借住在那个气象站的宿舍，并以那个地点为圆心在周围活动。

那之后的三天，杨震宇按照他事先既定的计划带大家看日出，观云海，并安排了一些培训团队精神的活动。

到了第四天，原计划一周的夏令营，半途而废。

导致这个结果的原因是武锦程、于是和我，我们三个人在第三天的一个活动中走失了。

夏令营开始之前，杨震宇帮我们做了分组，获知我和米微微、武锦程以及于是在一个小组的时候，我的感觉很复杂，一想到要持续应对尴尬的组合，几度萌生退意。就在我还在摇摆的时候，米微微忽然宣布她不能如约参加夏令营。她在杨震宇筹备夏令营活动的班会上忽然站起来说她的父母无论如何也不同意她在外留宿。虽然说的时候声泪俱下，但还是能在她表达遗憾的同时依稀听出带着的优越感。杨震宇对此没有强求，这个结果在我，是意外惊喜。

后来很多次我都在想，米微微缺席，以及那一次走失，和我无数次执着地幻想我和武锦程独处会不会有一定关系？

最终，如我所期望的那样，我真的和他，几乎独处，而于是的存在，则是超出了我所期望的。

也许是因为我们一起度过了真正相依为命的十几个小时，后来武锦程和于是在我的心里始终被放置在一个不可取代的位置，那个位置甚至超过了之前我对武锦程单调的单恋。

我们仨在被分配去捡蘑菇的路上，迷路了。

幸而杨震宇在我们出发时就指定了一个规则，每个小组的组长必须每分钟以口令确认他的组员都在附近能对话的方圆之内。这个规则确保了我们三个人至少是集休迷路。

我只记得树丛中哪儿哪儿都是蘑菇，我正捡得忘乎所以，忽然山里下了一场没有任何征兆的雷阵雨。

似乎不过是十分钟之前，下午的骄阳还清楚地穿过树叶投射得满头满眼，有种君临天下的阵势，谁知道转瞬就变卦。

我从来也不知道，山里的雷雨能在那么短的时间疾速改变天色和调动风速，整个树林在十几分钟内就因电闪雷鸣暴雨骤降迅速陷入一片漆黑。

武锦程、于是和我在距离不远的方圆中喊着找到彼此已是不幸中之万幸。

两个男生为去哪儿躲雨各执一词。一个坚持说站在树底下会被雷劈死，另一个则肯定地预言躲进山洞等于躲进蛇窝。他们俩争执不下，可是同时脱下外衣搭成一个伞形，我们仨被风吹得向同一方向持续着东倒西歪，只好集体蹲下，我在两个人中间，努力蜷缩着保持体温，听着这两个人在我耳畔争辩，间或夹杂着电闪雷鸣，而两个人带来的暖流，被疾风冷雨衬托得如此卓越。那种奇特的感觉，我描述不出，直到有一天我听到一首歌叫作"Amazing Grace"（《奇异恩典》）——如果让我为那天的画面配乐，我想应该就是这首"Amazing Grace"。

等雨停下来，我们发现已无法原路返回，于是在来的时候特地丢在地上的那些作为路标的不成样的野蘑菇已经被风雨吹得了无踪迹。武锦程和于是对大部队的方位再次各持己见，而我们已陷入一片漆黑，那个时候唯一能达成的共识就是留在原地等杨震宇来救援。

最初武锦程和于是还轮番发出求救的呼喊，没几声之后，就听到附近有其他动物的叫声，我们吓得赶紧闭了嘴。

那天半夜，我们一起听到了很多这辈子从没听过的不知是兽类还是禽类发出的声音，那种声音，介于哀嚎和呢喃之间，由于只闻其声，所以特别恐怖。

除了恐怖之外，最吓人的是冷。

我不知道原来盛夏的深夜深山之中的温度可以降得如此没底线，尤其在大雨之后，冷得简直残酷。

因为冷，我们别无选择，只有尽最大所能地团结。于是说如果昏睡过去人会冻死，所以他提议我们每个人轮流讲故事给另外两个人听。什么样的故事在那样的夜里都显得很乏味，武锦程提议说那分享各自的秘密吧。于是讲的是他上上学期考全年级第一其实是因为他事先扳门撬锁潜入办公室看了历史和地理的试卷。武锦程讲的是他上小学的时候有一天临时提前回家撞见了他爸爸和别的女人幽会。轮到我讲，我说我暗恋班里一个男生，于是和武锦程刚听到这个开场白，就同时低声说"我知道"，然后他们俩就又开始争论我暗恋的人到底是他们俩其中的谁，我在没有公布答案的时候就睡着了。那个历险带给我一份如此奇特的意外——在深山的半夜，饥、寒、冷、吓连环交迫，三个少年忘我地迅速成了莫逆之交——这是我无法想象的完美经历。也是在那天，我开始明白，"团结"在一个人的人生中有着非常具体的，非常有力量，且非常实用的价值。

我们在被发现的时候还很具体很有力量地扭在一起，拜力量所赐，我们穿着夏天的单衣而没被冻死，没被吓死，也没被不明的野兽吃掉。我们只是短暂地，因说不清的综合问题晕厥在一起了。

晕厥在武锦程和于是没弄明白我到底暗恋他们俩谁的关键时刻。

据说杨震宇在终于找到我们之后转身对着大山连续发出三声吼叫，他的音量和共振超乎寻常，以至驻扎在山里的医生还没赶到，我们就相继被他的三声吼给吓醒了。

在确定我们仨的精神和血压都正常之后，杨震宇于当天下午就毅然决定提前结束夏令营。

回来的路上，少年们都很沉默，我们仨作为打乱整个计划的肇事者，难脱其咎，更是没敢轻易说话。

当返程的车开至半山腰，正在车里昏睡的少年们被杨震宇叫醒。

车停下来，我们依序下车，顺着杨震宇指着的方向，在云海之中，清清楚楚地看到不远的云海之间，有传说中的"佛光"。

少年们从白日梦中醒来，雀跃着纷纷到山路边以佛光当背景留影。我看到武锦程和于是找了一个杨震宇没有拍照的时机，向他走去。

我听不到三个男人的对话，只能远远看到武锦程和于是在杨震宇面前低着头。

武锦程和于是都是那种不怎么擅长低头的少年。

那天的重要画面是杨震宇最后用两个手臂紧紧搂住武锦程和于是，他们的背影，镶嵌在那天的佛光中，一直被我记忆到现在。

有好几次，我在影视剧里听到那种形容生死之交的台词时都会想起武锦程和于是。例如，"我们是过过命的"。

在我心里，我就是认为，"我们是过过命的"。

自那次夏令营以后，我也基本摒弃了对武锦程的单恋，因为经过那十几个小时，跟我们为了同生死的"团结"比起来，"单恋"实在是太肤浅而不值一提了。

我的父母当然不知道这些。如果一个小孩真的想向家长隐瞒某些事情的话，家长是不可能知道的。

我初中时代的第二个重要秘密，就是我和另外的两个男同学，有一段独到的时光，在那段时光里，只有我们三个人。

而那两个少年跟我分享了他们心里最重要的秘密，对一个男人来说，对情义最高规格的表达即是给出信任。

后来，即使以行踪来看，我们各自回到了家，或分别去到了学校，这也并不影响，我们三个人常常把走失的那夜共同建立得像一个秘密似的团结，带进只有我们知道的氛围。

那是我少年时代最特别的一段时光，我们三个人，在没有做任何准备的情况之下，因一场意外的走失，被猛然拉进一份情义，那是一个我们所不熟悉的情义，就像一个人一辈子第一次喝醉，才知道以前以为的清醒只是干瘪的紧张。在那份情义里，我们都经历了一个疾速的成长。等时过境迁，越过那份情义再回看我对武锦程的单恋，就像一个成年人回看自己童年时代的某个玩具，一方面是释然，因为已有能力看清玩具并不重要。一方面是疼惜——看到自己曾对某个东西怀有过那么深度"着迷"的疼惜。

我相信对这段交集感受不同的不止是我。在默默目送武锦程成为摇滚乐手的过程中，有许多次，我都会不由自主地想到，如果没有那次走失，如果没有我们的这段特别的情义，他还会不会成为一个摇滚乐手，他的人生，还会不会是这个样子。

彼时，被爷爷奶奶过分宠爱的武锦程有了一个独立带院子的住处，成了我们班第一个自己独居的同学。

我记得武锦程首次把我和于是带去他的住处时，郑重并神秘地说："加上你们俩，总共只有五个人来过我这儿。"

于是没有对这句话代表的"待遇"做任何回应，他冷冷地说了一句不相干的内容："我最近在看一本书，《查拉图斯特拉如是说》。"

然后他接着说："尼采的伟大不是他告诉你什么，而是他告诉你'伟大'是什么。"

他又唠唠叨叨说了一堆用冷僻的名字串联出的复句，最后总结道："一个人这辈子不可有敌人，但不可无对手。这是希腊人和波斯人之间的关系，这也可以是你跟我之间的关系。"

于是以他十四岁的年纪说出了如此多段内涵浩瀚的话和一个拗口的书名，少年的我和武锦程，当场折服。

武锦程和于是天性中的"自我"并没有因交情而消减。武锦程的优势是他的长相他的忧伤和他的住处。于是的武器是他的思想他的冷峻和他的常识。我恰巧是那个跟他们一起走失的人，又刚好愿意低头倾听。两个刀光剑影较量着要征服彼此的少年需要一个自愿把自己归零的观众托着腮崇拜他们，让他们在较量中惺惺相惜。

　　有一次忘了在聊什么，我闲闲地问武锦程有没有告诉米微微，武锦程一边在拨弄琴弦一边笑说："没有。"我假装不在意地笑说："为什么跟我们能说跟米微微不能说。"武锦程低头看着左手在奋力地找一个和弦，说道："她有时候有点大嘴巴，会跟别人说的。"

　　我听了这句，悲喜交加，喜的是武锦程跟我分享了一些他跟米微微都不会分享的内容，悲的是我知道米微微的"大嘴巴"是因为她交友广阔，如果我自己也像她一样有那么多朋友，我也不能确定是否能像现在一样保守秘密。

　　男人和女人的世界，即使在少年时代，已是雾里看花，只不过有人似雾，有人不管不顾地开成花。

　　我不知道是我太过敏感还是武锦程内心确实有过挂碍，他在学校的时候并不会对我和于是表现出特别。他蓄意藏匿着我们三个人的亲密，我没问理由，大约也是不想知道答案。

　　日本短篇小说作家星新一有一个作品，讲一个人患有双重人格症，白天和夜晚判若两人且互不相认。武锦程那阵子也是这样，似乎我和米微微代表着他的两个不同空间。他和她继续着他们俗世的少年恋情，他跟我和于是在回到他的房间之后钻研源自精神面的奇怪痴迷。

　　武锦程在那个学期爱上了吉他，几乎每天琴不离手，平常的基本模式是闭嘴沉默，张嘴唱歌。

　　有一个傍晚我们三个人在武锦程的房间，武锦程在轻扫琴弦，于是在大声朗读，那天他读的是庄子的《逍遥游》，读到"至人无己，神人无功，圣人无名"的时候，他把这句重复了好多遍。

"至人无己，神人无功，圣人无名"

"至人无己，神人无功，圣人无名"

"至人无己，神人无功，圣人无名"

"至人无己，神人无功，圣人无名"

"至人无己，神人无功，圣人无名"

…………

要说"重复"就是会产生力量，不知道为什么，在于是磅礴的重复中，我和武锦程相继号啕大哭。

于是没有号啕，但眼泛泪光。

他把庄子扔在一旁，泛着泪光看我们哭完，说了句："不牛×，毋宁死。"

如果武锦程未来有一天写回忆录，是否要好好记录那一天，因于是朗读了庄子，武锦程受到感动或刺激，决定要为《逍遥游》谱曲，那是他人生第一次冒出"创作"的念头。

直到我们初中毕业各奔东西，武锦程也没有写出那首歌。但他内心从对自己的忧伤有一部分演变成了对自己之外的忧虑，终使他有机会成为一个真正的摇滚乐手。

在这个演变中，少年于是，功不可没。

一切的情绪想要最终成为作品都需要坚实的功底。武锦程那时候创作未成主要卡在那个时候他的吉他弹得太过一般。

"你人生最大的悲剧是有一帮人喜欢你，主要是那帮没大脑的女同学，让你对自己估计过高。你其实真没你自己以为的那么厉害——也许有一天你可以那么牛×，这要看你怎么努力了。"

于是在某一个武锦程承诺了但又没创作进度的下午失去耐性，说出了以上这段话，然后走了。

为了顾惜武锦程的颜面，我没马上跟于是一起走。

为了顾惜武锦程的颜面，我也没有留下来观察他的情绪变化。

我们仨在学校还是不怎么对话，又假装了两周之后，一个周日的午后，于是自行冰释前嫌，在我家楼下对着我的窗户投掷了三颗小石子，等我从窗口探出头，他问了两个字："去吗？"

我赶忙对我妈编了个瞎话就温顺地跟在于是后面骑车去了武锦程家。

路上经过一个卖烤红薯的摊子，烤红薯太香，于是停下自行车豪气地挑了三个大的带去武锦程家。

那天武锦程不在，于是和我相对无言地在他家门口无聊地吃了十五分钟烤红薯，尽管竭尽全力，还是剩了大半个实在吃不下，我们对着剩的那半个烤红薯面面相觑了几秒，于是顺手把它扔进了墙里面。

"等他回来把黏地上那一面脏的抠掉，还能吃。"于是说完骑车走了。

武锦程家隔壁住着一家三口，男主人老王酷爱养花。武锦程刚搬去那阵子，老王还偶尔在饭点送一碗饺子两个发糕什么的给武锦程表达身为邻里的友善。问题是武锦程不擅长讨好成年人，老王眼见自己家的食物白送进隔壁少年嘴里连个"谢"都没换回,他的善意受到打击,停止了馈赠。再后来,武锦程没时没晌地弹吉他对作息规律的王家人造成了干扰,老王几次站在院子里含沙射影地投诉,武锦程都没听懂,老王只好升级为指桑骂槐,等武锦程听懂了,这两个住隔壁的老少已演变为对立关系。

那天老王携妻女去亲戚家过周末,临出门,把一盆心爱的君子兰特地端出来晒太阳。于是扔的那半块红薯,用力过猛,越过武锦程家的院墙,刚好砸中老王家的那盆君子兰。这盆老王精心呵护了好几年的兰花,尚未开花,横遭不幸。

老王一家在渐蓝的暮色中有说有笑踏入院门,猛然发现爱物被烤红薯砸中,老王又惊又气,下意识地抬头看了看天,排除了天降烤红薯的可能,这时院子的另一边适时传来武锦程絮絮叨叨的吉他声,老王当即断定那半块烤红薯是武锦程扔的。他愤怒了,搬了个椅子站在院墙边,照准武锦程的窗户举起烤红薯"咻"地朝琴声传来的方向使劲儿扔回去。

烤红薯被准确地砸在了武锦程房间的窗户上,武锦程正在弹琴,被撞击窗户的响声和窗户上出现的那一坨吓了一跳,他放下琴,走到窗口,发现是半块烤红薯,想不出更高明的回击,就以牙还牙把烤红薯又扔回了老王家的院子。

老王憋了一肚子对君子兰的心疼,被二度进院子的烤红薯激怒成一连串破口大骂:

"你个有人养没人教的,整天弹个破琴没出息的你!

"你爹妈怎么养出你这么个孬种,整天弹个破琴没出息的你!

"就会招搭一些狐朋狗友，整天弹个破琴没出息的你！"

不会吵架的武锦程一句也没回，不是不想，而是不会，他叉着腰对着老王家的院墙憋了半晌，老王的骂声扑面而来，武锦程脸上的血管都要憋爆了也没想出任何回骂用语。

那晚他整整一夜都抱着琴失眠，深深陷于老王对他的羞辱。

"整天弹个破琴没出息的你。"这十一个字像刺青一样针针又疼又痒地扎在武锦程心头。

老王把"吉他"和"出息"联系在了一起，武锦程蒙了。

"厉害"和"出息"像一套拳法中的两个重要规定动作，在两周之内，分别由武锦程在意的于是和他不在意的邻居老王说出来，把他推向了一个绝境。

人在绝境就两种反应：一种是认怂，一种是拼了。

安吉丽娜·朱莉执导的《坚不可摧》讲述真人真事，表达了一个放诸四海皆准的简单真理：唯有承受得了磨砺的痛苦，才能拥有最后的光荣。

成人并成名之后的武锦程多数时候在舞台上获得的掌声都来自他娴熟又有速度又有力道的 solo。

武锦程对练习吉他的刻苦决心始于半个烤红薯和一场误会。

成为职业乐手后的武锦程创作的音乐有两种类型：一种愤怒的，基本上多用吉他；一种深情的，多半会出现口琴。

口琴是杨震宇给的，有次他在听完武锦程弹吉他之后，隔天，送了他一支口琴，说："你也试试这个，跟吉他不太一样。"

杨震宇不是随便送给武锦程一支口琴的，他是真的了解他，了解他需要以口琴为出口的情感细密的那一面。每当武锦程用口琴表达自己的时候，那个令我因他情窦初开的少年就翩然而至，温柔共忧伤地翩然而至。

某晚，大约九点多，我正捧着一本复习题佯装学习，窗外，如约，隐约响起了我熟悉的口琴声，那琴声悠悠荡荡，旋律是我当时最爱的一首叫作《滚滚红尘》的流行歌。

那口琴声盘旋而上，飘进我的耳畔，我深深吸了一口气，又缓缓把它叹出去。

那个短暂的时刻，我的小心房里面，正飞出去一些我也弄不清成分的非物质的能量，顺着旋律的方向，飞到那个吹口琴的少年身边，跟他的心房里荡漾出来的类似的能量，交织在一起。

它们如此丰沛、柔软、单纯，带着没规律的和声，飘飘荡荡不已，是青春刚来时的，最初的，也是最干净的美。

我就那样，尽量藏着一抹从心底里漾出来的微笑，不疾不徐地到洗手间拿了牙刷，挤上牙膏，照例若无其事地溜达到阳台，假装刷牙，其实是为了告诉武锦程我听到了，我懂得。

好多年之后，有一次去补牙，大夫说我牙龈跟同龄人比起来劳损得相对严重，问我是不是刷牙的方法有问题。我当时躺在牙科诊所的椅子上，心里瞬间涌出一阵怀旧的暖流。

没有人知道，这个在十几年之后被牙医诊断出的劳损，直接连着少年时的清澈的小欢喜。我想我真的很怀念那样的时光，我们像被发配到地球的外星人，默默地以那样的一种方式接头，什么都没发生，什么都不用发生，我们只需要知道，那时少年，他在，我在，我们曾经同在，同在最好的时光。

15
/
无辜少年陈默

再见，少年

I WILL

BE THERE

是谁说的来着，"一个人的成功靠朋友，一个人的伟大靠对手"。

在女人的世界里，这句话可以变成"一个女人的甜蜜来自爱情，一个女人的蜕变来自情敌"。

以米微微的聪明和敏感，不可能没有察觉，不久后她借机当着我的面狠狠打了另一个同学一个嘴巴。

挨打的同学是陈默，挨打得很无辜。

陈默是一个温和的高智商男孩，既聪明又听话。不仅如此，他还天性纯良，在他眼中，仿佛只看得到他人的好。

"纯良"是一种天分，就像莫扎特的音乐或薛稷的书画，天分是命里带来的。

陈默的父母都是读书人，因家教故，他自然而然地爱学习和尊重老师，被我们其他人幼稚的剑拔弩张一衬托，优秀得特别显著。

米微微在那个夏令营之后的新学期忽然和陈默很要好。

陈默是个随和的少年，他回应了米微微的热情。

自从武锦程迷恋上吉他之后，米微微经常在"大课间"跟陈默混在一起，故意忽视武锦程和他的吉他。她的世界不允许有"被安排"，她需要表现出对一切尽在掌握，她的远近亲疏必定是她自己的选择。

陈默每天都自带一个油炸馒头当早饭，他家里人疼他，油炸馒头里面经常变换不一样的内容，从煎鸡蛋、辣椒酱到酱牛肉、香椿豆腐，甚至黄油、果酱、蜂蜜等准西式的搭配，花样繁多，应有尽有。

米微微经常抢着吃陈默炸馒头里的夹馅。

米微微的家境优渥，她不至于贪那点吃的，她对那些夹馅虚张声势的热情里掺杂着不符合十三四岁那个年龄的暧昧。我以女人的狭隘，总觉得她在拿陈默当棋子，平衡她隐约感受到的被冷落。

米微微隔三岔五就黏着陈默研究他的炸馒头。

有一天，陈默正在吃早饭，米微微凑过去看了看，虚张声势道："哎呀！怎么是豆芽菜啊！你们家人为什么会给你馒头里夹豆芽菜啊？！"

"嘿嘿。"陈默憨笑了两声，答非所问地说，"豆芽挺好的，你知道吗，郑和下西洋的时候，在船上带了很多豆子，豆子后来都生了豆芽菜，所以船员有菜吃，才能在海上航行那么长时间不得病。"

米微微道："哦，原来豆芽是太监发明的，怪不得不好吃。我最讨厌豆芽了，中午都不吃，你这个人呀，真是好好笑啊，还早上吃！"

那阵子台湾流行文化正在兴起，米微微说话跟着多了很多不伦不类的感叹词。

在其他人说话都没她音量大也没她拖腔长的教室里，她的说话声是唯一能跟武锦程的吉他抗衡的噪声。

在米微微提出"豆子怎么变成豆芽"这个问题之后，有几个男生参与进了关于常识的讨论。

最后结论是：只要湿度和温度都合适的环境就能长出豆芽。

这时候我们班孟庆同学问道："耳朵里温度湿度也合适，那把豆子放进耳朵里，能长出豆芽？"

米微微一贯随性，听孟庆这么问，回手从书包里翻出布缝的沙包，扯开，把里面的绿豆倒出来，拿出一颗，半开玩笑地往陈默耳朵的方向一扔，说："我倒要看看豆子放耳朵里是不是真能长出豆芽。"

这原本是戏言，哪知，那颗绿豆，鬼使神差，还真滚进了陈默的耳朵眼里。

然后就又上课了。

那颗绿豆在经历了一节课之后，滑进了陈默的耳道深处且一直到放学都不肯出来。陈默是个体恤他人的少年，为了不引起家人的担心，他决定不带着耳朵里的绿豆回家。几个参与过争论的男同学争相帮陈默掏绿豆，把所有能伸进陈默耳朵的文具都试了一遍，还是没能把那颗豆子弄出来。

那天于是得了一本新书，说好中午要去武锦程家跟我们分享。

放学后，米微微无视一部分人还在围着陈默掏耳朵，好像跟她没关系似的走到武锦程旁边邀他一同回家。武锦程的手指没停下扫弦，抬头看了看米微微，说了句："你先走，我再弹会儿。"看米微微面露不悦，他右手停了几秒，补充了句，"你别饿着，快回去吃饭，乖。"

米微微走出教室门的时候第六感爆发似的回头看了一眼，就那么不巧，她刚好看见于是和我在跟武锦程交流眼神。

米微微二话没说，一扭身又返回教室，一进门就随便找了个桌子把书包使劲儿一扔。

教室里当时有两个主场。

一边是于是、武锦程和我，正准备一起离开。

另一边是几个男同学围着耳朵里有绿豆的陈默还在献计献策。

米微微大踏步地从我面前走过去，穿过武锦程和于是，冲进围着陈默的人群，把陈默面前的男同学都推开，她伸手扶了扶陈默的肩膀，同时大声对旁边的几个少年嚷了句："都给我离远点哦！"

还没人弄明白情况，米微微出其不意地伸手用力打了陈默一个耳光。

那颗欺软怕硬的绿豆，应声而出。

围观的少年发现绿豆出来了，纷纷鼓掌。

米微微像个女武者一样站起来，把挡住她去路的一把椅子一脚踢开，说了句："哼，都别惹我，就一颗小小的绿豆能闹成什么样，我不理你就是了！我真想弄你，你早晚得滚！"

米微微话音刚落，只见杨震宇走进教室，一进来急着问："米微微，刚才是你打陈默？你干吗？！"

被打的陈默捂着脸替米微微解释："杨老师好，米微微是想把我耳朵里的绿豆弄出来才打我的。"

"什么绿豆？你耳朵里怎么会有绿豆？"杨震宇又问。

"我们想研究一个自然科学的问题，就在我耳朵里放了个绿豆。"陈默在回答这个问题的时候，故意忽略了"谁"放的绿豆这个主要的问题。

杨震宇还想追问，陈默忙着替米微微解释："杨老师，真没事，那颗绿豆已经出来了，大家就都放心吧。虽然挨了一巴掌，但我知道，米微微这是为我好，一个平时老一起玩儿的女同学，怎么会不为我好？"

刚才还一脸不可一世表情的米微微，听到这儿，哭了。

我在几米之外目睹了这一切，也收到了米微微发出的讯号，只有我明白，她刚才打陈默，是在上演"杀鸡儆猴"的戏码，旨在警告我。

米微微跟陈默之后十几年都是关系密切的朋友。

大家大学毕业后不久，已远赴广州工作定居的陈默到北京出差，米微微组织了几个同学聚会，旧叙到酣处，说起那天打陈默嘴巴的"公案"，米微微说："从那天起我才真的把默默当成要好的朋友。"

"啊？原来之前都不是啊！"陈默憨厚地笑问。

米微微得意地说："其实女的骗男的要比男的骗女的容易多了。"

成年的米微微，本性难移地对大家发着嗲，我的那群善良的同学，习惯地捧她的场。

我最后一次听豆芽的故事是在陈默婚礼上。

那天，我们十几个同学从各地赶去广州参加陈默的婚礼。米微微也去了，她送了新人一对价格不菲的玉坠，包装得特别夸张。我们其他人的红包往旁边一放，立刻相形见绌。不仅如此，米微微挨桌跟认识的不认识的都敬酒之后，在没人邀请的情况下冲上台发言，拿着玉坠醉醺醺地大赞陈默是她人生中的珠宝：

"就像这块玉坠，只有戴过的人，才知道玉经历了什么考验。"

接着她站在台上又讲了一遍豆芽的故事。

米微微如此这般在婚礼上声情并茂地疯癫表现风头盖过了陈默娶的新娘。

在场所有人都看出台上的新娘明显露出不悦的神色。只有米微微对此毫不知情，或是说，她懒得在意。

米微微有种蓬勃的自信，不管台词多少，只要出场亮相，她就自动把周围人定义为陪衬，而她自己总能随时拿出"角儿"的气势。我们对此习以为常，然而新任陈太太不乐意了。那之后陈默再没有参加过我们的同学会。

陈默是一个擅长听话的人，像小时候听老师的话一样，成年之后他很听老婆的话。他也还是那么质朴，以至每次婉拒我们的时候，编造的借口都漏洞百出。

在那些他不能出现的理由里曾经包括他的手臂骨折、小腿骨折，之后他丈母娘的小腿和家里宠物的小腿也分别经历过骨折。

第 N 次听陈默以他家有人骨折作为理由婉拒了聚会邀请的时候，我特想找谁求一幅墨宝送给他，就八个字：骨折之家，自强不息。

至于他为什么一直用骨折当理由，小五说："陈默从小到大只因为一件事去过医院，就是大学打篮球的时候被人撞骨折。不会撒谎的人一般都是拿自己有经验的事当借口，怕人家问多了对不上词。他总不能说他耳朵里又进豆子了吧。"

我们都很理解陈默。

不擅长撒谎的好少年陈默是个好丈夫好家人，他的选择依从着他的内心，他知道对一个丈夫来说，"安居"比"怀旧"重要。

陈默也娶了一个登对的太太，她知道对一个"太太"来说，"看守"比"懂得"重要。

只不过，陈默的太太过虑了。

米微微跟陈默之间不会有任何超出同学友情的发展。

就算米微微每次跟陈默见面都含泪牵手倾诉，就算米微微在陈默的婚礼上借酒装疯抢风头说了一堆暧昧不清的话，那都不过是米微微在借别人的场子演练自己的惯技而已。

在米微微的任何交友范畴，陈默都不是"唯一"。她只是习惯于用诱惑的方式摆布一个个不同功能的人在她的生命中百花齐放。

米微微也不是完全不顾分寸。

缅怀杨震宇的那次聚会，夜里，酒喝至酣处，有同学提议玩儿"真心话大冒险"。

米微微输了，选择了"真心话"，有同学借着年纪大脸皮厚，问她"有没有跟任何咱们班同学上床"，米微微几乎是立刻尖叫道："当然没有！怎么可能！我们那时候那么小，还是初中同学！咱们班男同学在我心里都是纯洁的花朵！睡谁多容易，当花朵太难了。这点三观我还是有的。"

我确定米微微说的，就是"真心话"。她在这样的时刻，又是可爱的。

米微微让我对世界产生了一点顿悟：这个世界上的女人，大体只有两种，一种具备妖性，一种不具备妖性。

而世界上的男人，不论自身分多少种，反正都会经历被妖性女人迷惑的过程，或长或短。

有人浅尝辄止。比如，陈默或唐僧。

有人执迷不悔。比如，商纣王或布拉德·皮特。

妖性是女人摆布男人的核心竞争力，这让不具备妖性的女人，只能独自卷珠帘，在孤芳自赏中，对男人的肤浅怀恨。

那种恨，好似恨红楼未完，恨鲥鱼多刺，恨海棠无香，是一种持续的、无计可施的、绝望的恨。

只不过，恨到后来会领悟：如果一个恨里面有它的美感，时光会教会人更在乎那个美感，而不再执着于恨。

好似恨红楼未完，恨鲥鱼多刺，恨海棠无香。

恨得那么绵长，恨出了美。

16
/
家长串联

再见，少年

I WILL

BE THERE

　　米微微打在陈默脸上的那一巴掌好像宣战，我思考了一天之后，决定不被她含沙射影的威胁吓住。

　　经过夏令营及之后的种种发生，令我的心智成长，自觉今非昔比。

　　我选择用我的方式回应她的孤立。

　　那个学期，受到杨震宇的鼓励，我跟其他几个同学一起，成立了一个文学社，还办了个杂志。

　　那本名字叫《晨曦》的杂志只办了一期就被迫"停刊"了。

　　说起来原因特别好笑。

　　我们在苦苦思考第一期杂志内容而未果的时候，市面上疯传有一些书被禁。

　　不知道是出于什么心理，我们就选了两本禁书，作为首期的内容。

　　其中一本叫《早安！朋友》，作者是作家张贤亮，书的内容是讲一个中学里由一起袭胸女同学的事件引发的校园故事。

我们把其中重要的内容刻在蜡纸上，印了好几百份，在学校里分发，一个下午就被哄抢完了，人类对色情和暴力有天生的好奇，即使少年也不例外。

我刚得意了两天，就听说了一个悲剧：

隔壁班的一个女同学，在上自习的时候被同班的一个男同学"袭胸"了，等他们班主任把那个男同学叫去批评的时候，他说起因是看到我们杂志上节选的《早安！朋友》，他受到启发，就想在班里实地演习一下。就这样，我们的创新，使隔壁班另一个陌生的女生遭殃。

对此我也没什么可争辩的。

的确那里面有对应的内容，但我哪儿知道真会有人学啊！

杨震宇知道这件事之后组织了班会，我被吓坏了。

但杨震宇并没有特别评论这件事，他只是说："一个人一定要对凶险做好充分的准备，而不是寄望别人都是好人。没人对你有责任，别人没义务当你生命中的好人。"

几天之后，杨震宇请了教擒拿的专业人士，那个壮硕的男青年一共来过四次，教了我们一些简单的防身术。我们还会在大课间的时候由班长高冠带着集体练习那些基本动作巩固其中的窍门。那阵子好多人都摩拳擦掌，好像很期待路遇不测好一显身手。

一个月之后，我们班有三十几个同学的家长秘密组织了一次碰头会，会后由米微微的父亲执笔联名给学校写了一封投诉信，对学校允许杨震宇这样的人担任班主任表示出极大的担忧，以及愤怒。

投诉信的内容我都是从我那位嘴不太严的爸爸那儿听来的，他也是与会的三十几个学生的家长之一。我本来没打算跟我父母说学校里的事，我可不想让他们知道我办的杂志和《早安！朋友》惹的麻烦。

哪知我费了半天力气才憋住没说的秘密，因为我们班田蜜同学的一个行为而事发了。

事情是这样，我爸梁朝伟跟田蜜她爸田向平是同事，我们两家住在一栋楼的不同单元。有一天田蜜回家，在家门口跟一个收废品的发生了口角，她爸田向平刚出来准备平息口角，就目睹了田蜜一个过肩摔把收废品的年轻人放倒在地的过程。

田向平惊呆了，赶忙安抚收废品的，安抚完把田蜜推进屋问话。

田蜜不擅长说谎，把学校最近发生的事一五一十都说了。

当时正准备吃饭的田家父母听完，立刻放下筷子，拽着田蜜的一条胳膊就到我们家来了。

我们家当时也在吃饭，看田家三口人来了，赶忙让座让吃饭。

"吃不下了，出大事了！"田蜜她妈用这种开场白把事件上升到了惊悚的程度。

　　接着田家父母一人一嘴地把事情简明扼要地又重复了一遍，其间我跟田蜜听俩大人过度夸张了某些片段，又过于夸张"色情"和"暴力"的误导，屡屡想纠正，均未果。

　　结果听他们激愤地说完，我父母的筷子也"啪""啪"两声相继摔在桌子上。

　　打那之后我只要老远看见田蜜的爸妈就低头或绕着走，往大处恨是他们歪曲事实，往小处恨是我打小就最烦别人打扰我吃饭。

　　之后就是家长之间的互相串联。

　　在几个家长的串联跟带动之下，最终慢慢延伸至三十几个家长，占我们班同学的一半。

　　其实我爸妈跟田蜜的爸妈平时不过是只限于见面点头微笑互问一句"吃了吗？"的那种泛泛之交，但当他们揪着田蜜怒气冲冲跑到我们家寻求支持的时候，我爸妈好像立刻就被点中"认同穴"一样没几分钟之后就摆出一副誓死跟他们同仇敌忾的姿势。

　　田蜜她爸妈走后，我爸梁朝伟一边把他刚才没喝完的半杯酒一饮而尽，一边饶有兴味地说："现在当老师真开放啊，比我们那个时候强多了。"——我爸在年轻的时候曾经当过"支教"青年，不过一年时间而已，此后的一辈子他都是以"梁老师"自居，谁没这么叫他，他就会找机会玩儿命数落那个人的不是。

　　我妈陈萍则一边收拾碗筷一边皱着眉头向我爸表示她觉得田蜜这个孩子不怎么样，在她的认知里如果一个女孩随便就给别人过肩摔，那这个女孩长大肯定不是好人。

其实他们不说我也早就知道他们对田蜜的父母颇有些看不起。

画面回到田蜜一家三口敲门进来落座之后。

我爸梁朝伟说："悠悠，给你田叔刘姨沏茶！"——田蜜她妈姓刘。

我妈陈萍边笑边微微皱了皱眉地接了句："倒茶就说倒茶，还沏茶，都是街坊邻居，你在这儿假文绉什么啊。"

我爸很夸张地一拍脑门，做被点醒状，连声道："是是是，倒茶倒茶。"

我倒茶去了，田蜜尾随而来，我们俩没说什么，只是快速地用撇嘴皱眉等一系列表情互相默契地表达了对各自父母的嫌恶。

"这事你怎么能让你爸妈知道啊？"我问。

"我就是手痒，刚学的，想试试，谁知道那个收废品的刚好惹我。嘿嘿。"田蜜是一个天生长得足实的女孩，她能用"过肩摔"放倒一个青年，只有一半归功于杨震宇请来的擒拿老师，另一半绝对归功于田蜜的父母遗传给她的天生好体力。

四个大人没注意我们，在专心致志数落了一阵杨震宇之后田蜜她妈又赞美了我妈选择家具摆设的眼光。我妈则虚情假意地自谦了一番，还矫情地拍了拍田蜜的脸像"还礼"似的说："看你们多会教育，这姑娘看着就出息！"

田家爸妈满意地走了，他们肯定想不到在我爸妈刚才三句简短的对话中已暗藏玄机把他们俩设计了一遍。

事情的真相是，我们家常年备有两个等级的茶叶：一罐比较好的和一罐比较次的。我爸妈经过讨论之后定了个家规：如果他们当着人说"沏茶"，意思就是用比较好的茶叶；如果说"倒茶"，则是用次的。

从他们选用什么茶叶招待客人，就能轻易看出客人在我父母眼中的重要程度。我不能理解为什么我父母对茶叶的在意远远重于对邻里的在意。

果然，他们走后我妈发表的评论证实了我刚才的判断：

"一看老田的媳妇就不行，这不是教育的问题，什么样的妈养什么样的闺女！"

"以后你少跟这个田蜜来往。"

我妈这两句，第一句是跟我爸说的，第二句是跟我说的。因为她的话，那之后我跟田蜜更要好了。我的父母没在意我的叛逆，他们兴冲冲继续找别的家长串联去了。

据说那次是我们学校建校历史上头一回有几十个家长同时对同一事件表示不满，这个阵势迅速引起了校领导的重视，在接到家长们的联名投诉信之后派教导处主任找杨震宇谈了一次话。

我们班小五冒着从二楼摔下来的风险趴在教导处办公室外墙偷听了教导主任的训话。据小五挤眉弄眼的转述，教导主任让杨震宇看了那封信，杨震宇表示理解家长们的忧虑，但他并不认为他做错了。

最后两个大人就在要不要"道歉"这个关键点上互不相让。

教导主任的论点是息事宁人:"就算你没错,你就当给我面子给家长们面子,道个歉不就完了!"

杨震宇据理力争的是要以身作则:"我刚教完这群孩子要'正直勇敢',我自己就马上见风使舵,那成什么了?"

他们那段对白等经过无数张嘴最后传到我们耳朵里的时候被浓缩成了四个字"停职查办"。

这个以讹传讹的说法好像激素一样,把一群少年原来零零散散各自为政的叛逆猛然激活汇集在一起,在我们班迅速形成了一次对成年人的集体对抗。

当我们发现翌日杨震宇真的没有来学校的时候,同学们愤怒了。

高冠通知我们,说杨震宇只是请了两天假要陪他父亲做一个手术。

大家固执地认为高冠只是为了维持秩序而编了个瞎话。

尽管事后证明高冠没编瞎话,大家也没有愧疚。人在陷于一种"受害"的情绪时一切都可以成为其义愤填膺的理由。

当天我们就自发地集合,愤慨地批评了家长的愚昧和校方的专政,又讨论了各种回击方式,那副七嘴八舌摩拳擦掌的激动劲儿,简直就像历史书中近代革命的小青年们的原景重现。

是啊,每个青少年都需要一段"与世界为敌"来证明自己,如果恰好出现个别事件让青少年感到这个世界充满愚昧和专政的话,青少年有福了。

　　我们确实是一群有福的少年，不仅遇上象征进步的杨震宇，也同时遇上代表陈腐的教导主任和家长们。他们对相同事件不同的认知给我们带来发挥自我的空间，从这个意义上看，几乎是同等功劳。

　　事件高潮发生在隔周的周一早上，在例行的"升旗仪式"结束，教导主任宣布礼毕之后，其他班级的同学都开始陆续解散，只有我们站在原地，由米微微起头集体唱了《我的中国心》。

　　由于给学校的投诉信是由米微微她爸执笔的，所以她特别强调自己是头号受害者，再次在我们这些没那么多主见的女同学中脱颖而出成为焦点。

　　同学们老实巴交地跟着唱起来。

　　开始也没有谁理会我们，其他人大概以为我们班有什么特别的文艺活动安排。直到第一节课的上课铃声响起，我们持续的合唱在空荡寂静的校园中才显出了怪异。

　　这时候有人去请教导主任，他来的时候我们按照既定排演顺序刚好唱到《国际歌》。

　　这个选择起到了挑衅作用，教导主任把我们喝止，说："马上进教室上课，谁现在不进，就永远都不用进了！"我们总算带着受压抑的满足回了教室。

　　"就是说嘛，还是得唱歌，而且就得唱《国际歌》！"那天晚自习的时候，一群人在商量接下来的对策，米微微特别为她自己和武锦程邀了功。

　　《国际歌》是武锦程提议的。唱歌这件事则是米微微提议的，本来我们最初商量的是就站在操场上不走，以"静站"的方式示威。有人说干站着太不醒目，有人说什么都不干太尴尬了吧，米微微说那我们就站在那儿唱歌吧，大家想不出更可行的方法，就同意了。

但在究竟唱什么歌的选择上有一些不同意见，有人说国歌，有人说升旗仪式本来就会奏国歌，奏完我们再唱一遍没有冲击力。

"要不唱《每当我走过老师窗前》吧。"

"太肉麻了！"

"唱《万里长城永不倒》？"

"那还不如《上海滩》呢。"

"我太喜欢周润发了！"

"我喜欢刘德华。"

"古装造型不怎么样。"

"你懂个屁！"

"我们下回租几盘周润发的录像带去小五家看吧！"

…………

经过无数表决否决和跑题之后，最终方案是连续唱若干首，其中武锦程特地提到《国际歌》，小五还特地翻箱倒柜在他爸爸的藏书里找到了《国际歌》的歌词。

那天下午的两节课之后，教导主任通过学校广播室用"个别班级"这个不点名的方式对我们班进行了严厉的批评。他先是重申了"升旗仪式"是何等庄严的大事，《国际歌》又是具有多么深刻的意义，进而阐述"个别班级"在那样一个庄严的聚会之后借用那么意义深刻的歌曲表达个人恩怨是"幼稚""荒谬"和"危险"的。

当年近半百的教导主任一词一顿地用这六个字谴责完我们之后，我们班在学校打开了知名度，成为其他班级的谈资长达一个月之久。

周二杨震宇出现的时候，我们中几个带头滋事的，眼巴巴等着他表扬。

他没有。

我甚至依稀看到他眼神里的一些失望，那是他在成为班主任的整个过程中，非常罕有的。

他照常上课，下课，在校园里低着头走开。我们一整天忐忑不安，盼着傍晚自习课的来临，等着杨震宇对我们行为的定论。

杨震宇沉默了一整天，总算在下自习之前，像是要安抚我们一般，说了以下这番话："有很多话，不会因为说的年头长而成为真理。譬如，朱熹说'以其人之道还治其人之身'。就这句断章取义来说，我个人并不同意。记住，永远不要以恶制恶，因为如果那样的话，你助长的，就是你曾经厌恶的或反对的，那你的行为，也应当被唾弃。"

不久之后，杨震宇告诉我们，他要走了，等不到送我们中考。

那个决定宣布的时机，难免让我们有些联想。事隔多年之后，我跟小五等人去南方找杨震宇，其中的一次促膝谈心间，小五问他，当初那么笃定地离开，是不是因为对学校，对我们，都有点失望？

杨震宇说没有。

我记得他说的是："对学校，对你们，都没有。"

顿了顿他又说："最初决定教你们一点简单的防身术，也是因为，我其实早就准备要'下海'了，总怕我走了之后你们会碰上什么凶险，我能留给你们的，也就是一点自我保护的能力，所以没多想，能教的就尽量教，没想到到后来演变成那样。"

其实，如何演变，到后来根本是取决于性情而非掌握了什么。

在杨震宇找了专业人士教过我们防身术的十几年之后，我当时的学习，派上了用场。

时间是 2001 年夏天，我制服了一个暴露狂。

有段时间，我早上一进办公室必须立刻喝到咖啡。对，是"必须""立刻"。

因此我秘书必须比我早到十分钟把咖啡放到桌子上让它等着我。

当一个人觉得自己在什么时候"必须"干什么的时候，基本上，他或她的浑蛋指数也相对高于他人。

我在那个时候，就是那样的。

彼时我二十五岁，刚工作三年，已经连升三级当上了那个公司的某个部门总监。

一个年轻气盛正得意的人当然不会意识到自己的浑蛋值有多高，所以，当我又一天没能按时喝到咖啡的时候，我非常生气，继而狂躁，把秘书叫进来骂了一顿。

我滔滔不绝地骂了十几二十分钟。

我秘书眼泪汪汪地坐在我办公室的那张破沙发上，几番欲言又止。等我最后威胁说如果明天再耽搁咖啡我就不再签她的报销单时，秘书才吞吞吐吐地说，在她每天必经的那条路上出现了一个暴露狂。听到这儿的时候，我心里一抖。

为了彻底解决咖啡的准时问题，也为了继续在我秘书面前充大个儿，之后的三天我都提前半小时上班，埋伏在她说的那段暴露狂出没的路上。

那是一片绿化带，种着不会结出桃子的那种桃花。我对植物没什么研究，也不确定那是不是桃花，反正，树干很矮，比人高不了多少，花开得很密集，粉粉的，一串一串，一树一树，含混地被称为"桃花"。土坡的一头和另一头分别是公共汽车站和通向我们办公室的人行道。

由于我们这个地方本来接近郊外，又由于我们那位鸡贼的老板选择的办公地点是一个旧式厂房，所以，这片种着桃树的土坡平时基本人迹罕至。

咖啡店在公车站旁边，如果我秘书不穿过桃花掩映的土坡，她就得多走将近八百米。一想到那八百米会导致我的咖啡在到达我的书桌前有可能已经凉了，我就按捺不住地一阵阵心头起火。

埋伏了三天之后我终于等到了那个家伙的出现。

那天空气里有一种春天才有的潮湿，那种气息是粉绿色的，我把手伸进背包里，摸索着里面的砖头，瞬间几乎忘了来干吗，简直都有点想作诗了。

这时候，身后忽然有人"喂"的一声叫我。

我一回头，欣喜地看到我盼望已久的暴露狂居然真的站在我面前！

那个个子不高的暴露狂像献宝一样在我回头之后二十五秒的时候嗖一下敞开他的长风衣。他动作熟练，手法精准，没什么障碍地就让他的正面裸体呈现在我面前。

然后他眼珠子稍稍外凸，下巴微微下坠，半张着嘴充满期待地看着我，像一个考了不错的分数等着家长夸奖的小学生。

我很负责地看了看。

那个时候，我已经看过我的前男友小赵和时任男友老陈的裸体，所以单就一个成年男人的裸体，对我来说没什么特别的冲击力。

况且，那确实是一副乏善可陈的裸体，没什么肌肉，也没什么肥肉，甚至也没什么能显示诚意的体毛。

我不知道一个具备这种低水平裸体条件的人，是什么心理因素给了他巨大的精神动力，让他竟然好意思出来当一名暴露狂。我的沉着让暴露狂很诧异，他两只手同时把左右被掀起的衣服重又抖了抖，似乎有点担心我是个盲人。我略抬眼跟他对视，他本来微微张着的嘴巴尴尬地闭上了，两片干得起皮儿的嘴唇紧张地抿起来。见我仍旧没有他期待中的惊声尖叫，他压低嗓门问我："大不大？"

我略停顿，如实回答："不大。"

他应该是没有准备过要说第二句话，顿时语塞。

他没预备的窘迫特别滑稽，我当即哈哈大笑。

仔细想想，这确实可笑啊。

铁证如山的事，还硬要问，还胁迫别人回答，请问这不是自取其辱又能是什么？

人有时候就是这样，有些答案很明显摆在那儿，大家心照不宣的时候是尊重，非要逼别人说出自己不想要的答案就是一种病态。

暴露狂当然是病态，他僵在那儿不知所措。

我忽然有点过意不去，为避免冷场，我低头在包里翻，包里那块砖头占了大部分空间，不知道出于什么心理，我竟然有点害怕暴露狂看见那块砖。

我一边翻包，大脑一边飞速地运转，最终，摸出一块钱，伸手递给暴露狂。

暴露狂没接钱，转身撒腿就跑，边跑边自我弥补似的张嘴大声喊着"啊啊啊……"，简直溃不成军。

我没想到他这么容易就偃旗息鼓，之前三天的等待收尾得这么虎头蛇尾，我不甘心，翻出板砖追着暴露狂又狂奔了数十米才罢休，一时间，基本看不出来谁更像个流氓。

等我走回来的时候，我那个哆嗦的秘书从一棵矮树之后挪步出来，用她一脸的羞愧难当无声地表达着对我的赞颂。我很满意，想到我小时特别流行的一首歌的歌名：《在那桃花盛开的地方》。

我回到办公室，为从明天早上开始又能按时喝到咖啡感到欣慰。

除了用杨震宇教过的勇气击退暴露狂之外，杨震宇当初找人来教我们的那些拳脚功夫我只实践过一次，是在我的第一次婚姻破裂之前。

那天我的那位正处于壮年的前夫为了阻止我一时兴起的出国而

把我的护照锁在了一个柜子里。我为了夺取柜子的钥匙跟他在房间里展开了各种围追堵截。等我拿到钥匙，他冲上来跟我扭打在一起。说"扭打"并不准确，我只是被他死死攥住双手拼命"扭"了一阵子未果。就在那一刻，十几年前杨震宇教的"防狼术"的某些招数忽然从我记忆深处跳出来，我被不明的怒火驱使，猛地用脑门磕他的鼻子，同时抬起一只脚用脚跟使劲儿踩了他的一个小脚趾。

结果我顺利地出了国。回来之后，没撑几个月，我们以离婚告终。

在离婚一年之后，有一次为了签一个卖房合同，我们再次见面。那时候所有婚姻中喜怒哀乐的情绪都像开瓶已久的可乐或香槟一样，早就没有任何再起泡沫的劲道。我们不知不觉谈到那次打架，我甚至兴奋地向他求证："你觉得我身手如何？"

然后我跟他讲了那个招数的来历以及杨震宇为什么要教我们那些功夫的来龙去脉。

他饶有兴致地听完，其间还随着故事的发展配合大笑和咋舌，显现出我们在婚姻中他没有的随和。等全部听完，他点了根烟，冲我微笑着说："以后我要有个女儿，我希望我女儿也有这么一个老师，要不就我自己教她这些。"

我在听他说"我女儿"的时候心底颤了一下。似乎因为他说的是"我女儿"而不是"我们的女儿"，我才猛然意识到，这个人，虽然还不属于别人，但从形式上，他早已不再跟我有任何关系，以后也不会再有。

这真有趣，我们常常会不自觉地认为自己对一些人具备"拥有权"，仿佛他跟你之间在有过什么之后，就理所应当地一直保有某种"特权"。然而事实是，谁对谁都不会有特权，一切的"到来"不过都是"离开"的起点，没有谁是"你的"，我们自己也不可能真的属于任何人。

就这样吧，尽管结束婚姻的时候我那么决绝，这念头还是让我心底不自觉地泛出一阵说不清的微凉，我在猜，那或许只是我独自对"无常"的感慨。

杨震宇是一个尝试着看破无常的人，在我们少年的时候，他就让我们做好应对无常的准备。

也是，一个人一生当中，有没有谁有运气从来也不会遇见流氓？

有没有谁有运气从来也不会陷入一段需要拳脚才能冲破的关系或至少是预防被打？

杨震宇在那个仅有的一次对我们略微表露出一点点失望的班会上最后说了一番话，我到今天还清楚地记得。

他说："我一直希望我自己能弄清楚一件事，也希望我能让你们弄清楚一件事，那就是——别怕走错，别停步不走。而且永远别忘了关照内心，不要忘了最初你做出这些决定，究竟是想要干吗。"

在很多颠沛的岁月里，"关照内心"是我能给自己的最实在的支持。并且我终于知道，"走下去"未必繁花似锦，"停下来"一定枯枝萎叶，世道人心，无不如此。

17
/
聪明孩子张劲松

再见，少年

I WILL

BE THERE

　　我们班张劲松二十四岁那年上了报纸，他成了我们班第一个名字出现在报纸上的同学，版面很大，其事迹流传了好几个月，成为好几个中小学训话时引用的主题。

　　二十四岁的张劲松死了，死于"见义勇为"。
　　在听说这个消息的时候，我们班大部分同学的第一反应是愕然大于悲恸。
　　因为在十四岁那年，少年张劲松就在我们班制造过一起假装被淹死的事件。
　　事隔十年之后，二十四岁的张劲松"正式"被淹死了。死在同一地点：我们那个城市的一个叫"西门"的城界旁边的一条叫"南江"的水渠边。
　　要说起来，这两个地名都有点奇怪。
　　西门是一个虚拟的称谓，并没有一个"门"的存在。"南江"则既不是江，也不在城市的南边，它究竟在这儿流淌了多少年并没有太多可考的记录。

十四岁的那个夏天，有一天傍晚，小五跑进教室用哭腔对大家宣布张劲松被淹死了。

那次张劲松没有真死。装死的原因，据他自己说，主要是因为他获悉杨震宇要离开的消息后一度相当晃神，出于挽留的意思，故意制造了事端。

全班同学在获知这个假消息之后哭成一片，高冠为表达哀悼，带头到学校旁边的街角快速剃了个光头，另几个同学立刻效仿，第二天上午，我们班出现了十几个光头的少年。

小五他们这才发觉事情闹大了，恸哭着带头给大家道歉，也说明他们这么做，是为了挽留杨震宇。

那阵子，杨震宇已经办理了离职手续，处于交接工作的阶段，不是每天都来。听说张劲松的事件后，他赶来了，正赶上小五代表他们几个为编造的事件给大家道歉。

杨震宇听完，沉默了至少十分钟。

那真是我经历的最沉默的一段沉默。

我们班几十个人，就那么静默在教室里，对面，是我们在那两年最信赖最仰仗的成年人杨震宇。

我们就那么面对面地沉默了至少十分钟。

沉默之后，杨震宇发表了一段感言，核心思想就是希望大家看清张劲松的本意，原谅张劲松的恶作剧。

等顿了顿他又说，也希望大家原谅他的决定。

那节课，好像我们又集体哭了很久。

张劲松最终被淹死的原因是"见义勇为"，在听到这个消息的时候我感到头皮一阵发麻，几乎要相信宿命的存在，好像早在少年时代的那个下午，同学们已早早预支了悲恸。

张劲松溺死的过程和他整个的人生基本一脉相承。

那是个黄昏时分，在张劲松下班回家的路上有一对正在南江边打捞鱼虾的老夫妻，老先生希望打捞到更多鱼虾，不顾老太太反对，往水中走得更深了一些。是命中注定吧，就在张劲松路过的那一刻，老先生被水底的淤泥一绊，跌进水里。老太太转头向岸上过往的人求救，彼时张劲松刚巧经过，事后经当事老太太回忆，张劲松没有犹豫就丢下自行车跳入水里，也没费太多周折就把正在水里挣扎的老先生托上了岸。

因搭救及时，老先生并无大碍，猛烈咳了几声之后恢复神志。如果事情到这儿结束，那这个经历最多成为张劲松以后给他儿孙讲故事的一个谈资。

然而，事情到这儿没有结束。恢复神志的老先生先一扭头看了看老太太，再扭头看向另一侧，还没道谢，就急指着河里，央告张劲松帮他把正在漂远的渔网也捞回来。

老先生哀求说："起码网了有五斤虾，不能丢啊……"

这是这个世界对张劲松最后的诉求。

张劲松再次义无反顾，投奔鱼虾而去，游得远了，赶上一个漩涡，不知被什么绊住，就再也没有回来。

我对世界上的各种水域有限的认知无法向自己解释为什么救渔网的难度要大于救人。

倒是也没有人把张劲松的死迁怒于那对老夫妻，据说每年夏天有限的时日打捞一些鱼虾去自由市场买卖是他们生活补给的主要来源。求救是出于维持生计的本能而非贪心。何况，想必目睹张劲松的死业已给他们原本就昏暗的暮年又平添了一层阴影，如若迁怒不会让一个好人起死回生，又何必再给一对普通的老人增加负疚感。

张劲松工作所在地特地给他举办了追悼会，小五和高冠应邀在会上分享张劲松的生前逸事。他们讲了几件事，那个本来正襟危坐的追悼会因我两位同学的追忆跟讲述变得轻松起来。在他们的追忆中，我又一次重温了张劲松的"聪明"。

张劲松是我们班出了名的聪明孩子。

关于他有多聪明的那些光辉事迹，我们都是听他姥姥说的。

张劲松的姥姥是一个特别讨人喜欢的旧式老太太，喜欢说话，包得一手好包子，各种馅的。

张家姥姥平时乐善好施，逢包子好了必先送出去多半给街坊四邻，对我们这些嘴馋脸皮厚的孩子尤其慷慨。

我们这些小孩，隔三岔五放学就去张劲松家蓄意滞留，吃美味包子，并重复地听张劲松的姥姥讲张劲松小时候如何聪明。

到后来，班里几个吃包子最勤的一批先胖少年对张劲松幼时逸事比对自己的还更清楚。

关于张劲松的聪明，有几个最出名的事迹，他姥姥是这么说的。

故事其一。

张劲松一岁半的时候，还不会说任何话，同时赖着不肯断奶。一天二十四小时只专注两件事：一是睡觉，二是吃奶。由于他对世界的诉求如此单纯，张劲松他娘就不好意思对他再有更多要求，即使别的孩子在他那个年龄都已熟练掌握"妈""爸""爷""奶"的发音，但张劲松的父母对他什么音节都不肯随便吐口的现状也安之若素，没有特别的怨言。

在这样充满人性关怀宽松的家庭环境下，张劲松挑了一个可无可不无的下午，人生第一次展示了他聪明的本质。

那是一个夏天的午后，张劲松的妈妈坐在小院里教张劲松的姐姐张腊梅认字。张劲松刚睡醒一个午觉，精神抖擞地躺在他妈怀里吃奶。

其时，他姐姐张腊梅已经是一个小学二年级的学生，成绩平平，最恨认新字。张家妈妈怀着点恨其不争的不良情绪拿出一堆写着各种生字的卡片，用一只手来回检验抽查她对字卡上那些生字的掌握情况，另一只手还得半抱着吃奶的张劲松。

在反复练习了许多遍之后，不知何故，有一个"渠"字，不管认多少遍，只要重新来过，张腊梅总不认识。

就在这个时候，关键的场景出现了。

这个"关键的场景"张劲松他姥姥讲得更有画面感："腊梅认字

认了一个多小时，唯独不认识'渠'，不论她妈妈教认多少遍，到'渠'，腊梅又不认识了。眼看着要预备晚饭了，我跟腊梅她妈说'别难为腊梅了，不认识就算了'。腊梅她妈最后一次把'渠'拿出来，果然不出所料，腊梅又是一愣。眼看腊梅妈就要发火了，只见，这时候，我们家劲松，本来正好好嘬着奶呢，忽然，先'呸'的一口把他娘的奶头一吐，腾出嘴，一转脸，斜着眼睛冲他姐姐大声喊了一个字——你们猜是什么？"

我们一堆小孩就很配合地齐声说："渠！"

我们回答对了，因为这个故事我们每个人都听过不下十次。张姥姥每次讲这个都像第一次讲一样透着激动和欣慰。

由于张劲松这辈子说出的第一个字正是他姐姐死活都不认识的"渠"，他旋即成了几条街公认的天才幼儿。

以"渠"字开腔的张劲松后来又展露了其他一些比认识"渠"更值得称道的行为。

故事其二。

在长成一个学龄前儿童之后，张劲松显露出另一项天赋异禀：他很擅长游泳。

"擅长游泳"并不能全面说明一个人有多聪明。张劲松不一样，他在展示非凡水性的过程中，也自如地展示了他不同凡响的聪明。

张劲松的光辉事迹是他游泳的时候捉了一条活鱼。

游泳的时候捉一条水里的活鱼可不是一件简单的事。

"我们家劲松就是天生比一般的孩子会游泳！"张家姥姥讲这段

的时候一般都用总结式的语言开头。

"那条鱼，有这么长！"张家姥姥通常都是边讲边比画，只是她每回比的尺寸都不太一样，所以，在她重复的讲述中，那条被张劲松活捉的鱼忽长忽短，从一尺到一米五变化不定。

"我们家劲松就是天生比一般的孩子有脑子啊！"张家姥姥讲到激动的时候也不太顾惜我们这帮"一般的孩子"的感受。

被回放的画面是：时年七岁的张劲松，潜泳的时候碰上了一条大鱼。

张劲松很高兴，尾随那条鱼又游出几百米。

根据他自己的补充说明，起初他只是闲着无聊想观察那条鱼是怎么减少阻力的，接着他把观察之后的心得用在了身体的律动上，并继续想跟鱼比试游泳的速度。但游着游着，他饿了。

自然界的一切生物都有一种本能，饿，就得吃。狮子饿了吃羚羊，羚羊饿了吃草，草饿了吸食露水和土地中的肥料。饿了就吃是自然的，无罪的，吃不了兜着走才是贪欲。所以，张劲松对鱼的发心本无罪恶。

起初张劲松有点轻敌，他对人和鱼之间实力的评估不够准确。他追出几百米，伸手几十次都没逮着那条鱼。连饿带恼之下，张劲松火了，生气的人比较容易急中生智，据说最后他用力冲到鱼近前，吭哧一口就咬住了鱼尾巴。

那条无辜的鱼肯定没想到张劲松出此下策，它一时不能接受在自己的主场被人类活捉的事实，使尽浑身力气左右还击，以尾巴为轴心，向两侧猛甩，噼里啪啦地给了张劲松一顿扎实的嘴巴。

可甭管那条鱼怎么使劲儿，张劲松就是死死咬住不放，并且在被抽晕之前，使出最后的力量，猛然冲出水面，用尽力气把鱼甩到了南江边的沙土地上。

到了人的主场，鱼彻底没辙了。

那天晚上，住在张劲松家附近的十几户人家都知道了这个传奇故事。张家姥姥端着红烧鱼喜气洋洋地挨家挨户去请人试吃，大家惊叹于鱼的来历，纷纷称赞张劲松不是个一般小孩。

这个故事从那天开始，一直被讲到现在。

另一个也一直被讲到现在的故事和以上故事略有相似，也是夏天，还是南江。

上完小学的张劲松终于盼来暑假。

那天下午，张劲松等一帮小孩正在水里游泳，有一个大人路过，可能没什么急事，闲闲地站在桥头看他们戏水。

不知怎的，他的钢笔从上衣口袋里滑落，掉入水中。

失主在桥上眼睁睁看着自己的钢笔落水，着急了，朝水里游泳的孩子们喊了句："谁帮我把钢笔捞上来，我给谁五块钱！"

他这么一喊，引发了张劲松的思考："我就觉得吧，如果他愿意给五块钱，那支钢笔肯定不止五块钱。"他姥姥则自主把这段美化成了手足情："我们家劲松知道他姐姐一直想要一支真正的钢笔！"

张劲松在水里没费什么力气就发现了那支钢笔，他决定把那支钢笔占为己有。从技术上来说，其他的孩子没有人比他会潜水，所以当时没有目击证人，唯一一点小麻烦是，他是裸泳。

　　张劲松又在水里思考了一阵，就把钢笔放在两瓣屁股之间，夹着，上了岸。上岸之后还用两只手捂着屁股一边找衣服一边虚张声势地说："我要拉屎，我憋不住了！你们找吧，我不找了！我得拉屎去了。"然后穿上衣服逃离现场。

　　没有人怀疑过张劲松。那时候，骗子不多，因此大家并不擅长怀疑。

　　张腊梅收到带着弟弟张劲松屁味儿的钢笔时非常感动，她确实期待钢笔已久。

　　一路被以"聪明"著称的张劲松在杨震宇来了之后开始了又一轮聪明的升华。有一天杨震宇正在给我们上课，忽然指名道姓地问他："张劲松，你跟大家说说，游泳游得好诀窍是什么？"

　　张劲松如实分享道："游泳最重要的是减少阻力。"

　　"怎么减少阻力？"杨震宇又问。

　　"注意力集中，感受自己身体和水的力量，然后顺势而为。"张劲松回答。

　　"说得好！"杨震宇赞扬了张劲松之后把他关于游泳的经验延伸成了"学习方法"——"就像游泳一样，学习方法最重要的是注意力集中。"杨震宇说，"只要明白这个，学什么都学得好。"

　　张劲松离开这个世界之后，他的事迹上了一次报纸和两次电台。他成了我们班第一个被载入媒体的"英雄"。

　　这个词并无过誉，因为唯有"利他主义"才能让一个人以英雄之名立世。

　　我看了那个记录张劲松事迹的报纸评论，在记叙他的行为之前还有一段"生平介绍"。在那里，我看到的是一个陌生人。那个写文章的记者试图把张劲松写成一个生的伟大死的光荣的慕道者，似乎只有那样才符合一直以来我们想象中的传统英雄，似乎一切的不屈不挠都是天生而就的，似乎人性在"英雄"的身体里成了乏味的单细胞结果。事实上，张劲松是一个那么鲜活有趣的人，在我们看来，张劲松的离世更像是为了向他自己十四岁那年的假死致敬。或许是因着某种宿命，水性好并聪明至极的他在多年之后，再次行至水中央，表现他的水性和胆量，救人，好像赴一个约定。

　　我是一个迷信分子。

　　或许终其原因是，许多的时候，迷信，比我真实中之所闻所见，更值得相信和眷恋。

18
/
死亡

再见，少年

I WILL

BE THERE

好吧，不可避免地，就让我们说一说"死"这回事。

如无冒犯，可不可以，先问一个问题。

你第一次有印象见证一个生命的结束是什么时候？

是你妈妈为了保护你娇嫩的皮肤打死的一只蚊子？

是你爸爸为了全家健康药死的那一窝老鼠？

是你爷爷出门垂钓带回来的几条后来被油炸了的草鱼？

还是平时默默无闻流浪在你家附近总是饥肠辘辘眼神游离忽然有一天莫名其妙横尸街头的流浪猫或丧家犬？

以及，你第一次有印象见证一个人生命的终结是什么时候？那个人是谁，为什么离开？

有没有因此，我们会想一想"生命"是怎么一回事？我们从哪儿来？到哪儿去？为谁而来？这碌碌风尘许多年究竟又在忙着些什么。这几个纠缠了上千年的哲学的神学的终极问题，大概由于常常被学校或机关门口的保安当作开出门条的门槛而显得不那么严肃。

久之，让我们总是忘了，它们时刻危及当下，需要保持敬意。

说说我自己。

我第一次见证一个人生命的离开是在我五岁那年，在那之前，我从来没有主动思考过关于生死的任何问题。

那年，我们从住了不知道多少年的大杂院里陆续搬进了各种楼房，大人们都很高兴，怀着对新生事物的盲目憧憬，争先恐后的。小孩心情一般，这个迁移影响了孩子们原来的游戏方式，对儿童的真实生活没什么实际的实惠。

我们家是搬进楼房的第二拨大院居民。房子是我爸爸单位分的。那是一栋六层的楼房，我们家住一楼。跟我们同一拨搬家的还有小石头一家。小石头是个男孩，跟我同岁，他的真名叫曹磊，不过我们都叫他小石头，他是我从生下来就认识的小伙伴之一，他爸是我爸的同事，那年，我们都刚进了同一个幼儿园。

他们家住六楼。

那个年代的楼房没现在那么多讲究，压根没人听说过"户型"这个词，我们住的那栋楼房，每层两户，对门的格局跟自己家照镜子一样，都是一模一样的两居室，房号和楼层都是抽签的结果。

我妈妈陈萍对于我爸梁朝伟抽到了一楼而曹磊的爸爸抽到了六楼这件事非常不满。

"好不容易搬楼房了，还是个一楼！"陈萍对一件事里的负面元素特别敏感，所以高兴得慢，不高兴得快，"作弊！肯定作弊了！拿号之前我就看见老曹老在你们科长那儿转悠。"她手里拿着钥匙，搬新家的喜悦被住一楼的不得劲儿给冲淡了。

"你又不在我们单位你怎么连这个都能看见！"梁朝伟对住几层不以为意。

"那天我给你送钥匙的时候看见了，老曹看见我带笑不笑的，我还奇怪呢，一个院子住了那么多年，每次见面都挺热情的，怎么刚要搬家就开始严肃上了，原来他心里有鬼。"我妈妈臣服于她自己的判断。

事实是怎么样没人知道，反正在陈萍心里，她给自己得出了答案，同时给曹磊的爸爸打出了差评。那之后的几天，我们跟曹磊家几乎同时搬家，我妈妈很坚持她自己的气节，即便和小石头家的成员在楼道里碰上了也都仰着头，甚至还会在小石头他爸经过我家门口的时候故意大声训斥我哥："你怎么又看电视！"——小石头家是原来大院里的邻居中最后一户还没有置办电视的人家，之前小石头都是来我们家看电视。

男的好像对这些事忘性大，小石头他爸和我爸爸倒是一起出出进进好几趟。梁朝伟在我们家阳台底下搭了个煤棚，小石头他爸还过来帮忙一起搬木头。陈萍见了煤棚，找到了住一楼的优越感，又有点高兴了。这份好情绪把邻里间的友情重新发酵，我们终于完成搬家的那个晚上，陈萍炖了好多排骨。到了晚饭的点，盛了一大碗让我和我哥给曹家送去。

有好吃的送点给邻居是我们沿袭大院的民风。我妈那天考虑用哪个碗还想了半天。有一个碗太大，势必盛太多；有一个碗量倒是刚刚好，但花色是她喜欢的。

"不会被小石头那个小疯子给我把碗打碎了吧。"陈萍的负面敏感开始冒泡。

"算了，不至于的。"衡量了一阵排骨的多少，她自说自话，最终决定把风险放在碗上。

我哥梁小飞端着那碗排骨，我跟在后头上了六楼。上到三楼的时候我们俩分吃了一块排骨。然后把啃干净的骨头又塞进肉汤里，相视一笑，偷吃东西是我们兄妹俩最默契的时刻之一。

小石头和他爸他妈一起来开的门，说他们全家今天才正式入住，我和我哥是他们家来的第一拨真正的客人。小石头看见排骨特别高兴，咧开嘴笑了。他笑得特别彻底，毫无掩饰，我看见他嘴角汪着半滴半透明的口水。

我们下楼的时候小石头他妈说让我们谢谢我妈，还说："今天太晚了明天给你们还碗去。"

然而我妈妈那只心爱的碗再也没能完整地回到我们家。

那天半夜，我们全家都听见了"咚"的一声。那声音很怪，音量不大，但共振不小，是那种很闷但很实在的响声。现在想想，那个动静确实有些异常，但我们一家子没有特别深究，也许是那几天搬家搬得人困马乏，对异常发生失去了正常的敏感和好奇。只有我妈警惕性比我们另外三个人高一点点，她问了句："会不会有贼进院子了？"我爸爸嘟囔了句："咱都搬到楼房了，你还院子院子的呢，瞎操心。切！"

陈萍竖着耳朵又听了一阵子，再没听见有下文，一家人就迷糊着都继续睡了。

翌日凌晨，我们还在梦中，就被一声尖厉且持久的惊叫

"啊……我的天老爷呀……"给吓醒了。

发出那个声音的是一个清洁女工。她在打扫我们楼后的大街时发现了一具尸体。

就在我们一家人还在蓬头垢面惊恐地互相问"怎么了怎么了"的时候，就听见楼道里一阵急促的脚步声，几分钟之后，就传来比刚才那个叫声更让人惊悚的嘶喊："啊……我的儿子呀……"

嘶喊的人是小石头的妈妈，那具尸体是她儿子，曹磊，又名小石头。

小石头摔死在我们刚搬去的那个楼的后身儿，距离我们家卧室的窗户仅几米之遥，我们在前一天半夜听到的那声闷响就是他的身体撞击地面发出来的声音。

小石头被清洁工发现的时候尸体已经完全凉了。

小石头就这么死了。

死的时候六岁十个月。

根据大人们的推测，小石头死因如下：小石头打小就有起夜的习惯，那个时候的孩子不太被娇惯，独立能力很强。他很小的时候就自己如厕，即使半夜也能自己默默地起来，默默出去上完厕所再默默回来继续睡觉。我们住大院的时候，他一周起码有三四天半夜都得爬起来去上公共厕所。他睡的床旁边是个窗户，公厕离那个窗户不远，他为了省事也为了不吵醒他爸妈，就常常从窗户直接爬出去，解完手再从窗户爬进来。由于彼时普遍的贫困，因此治安状况普遍良好，夏天的时候开着门敞着窗户是常有的事。

"我们家小石头从小就让大人省心，以后长大是个有出息的男子汉！"鉴于小石头从很小开始就独自上厕所的行为，他的父母如是憧憬。

没想到，他们并没有机会看到小石头长大成为男子汉。

这个有独立上厕所能力的男孩，平生第一天住进楼房，晚上又要起夜，半梦的状态中，他想必是忘了刚搬家这件事，所以从六楼他那张小床边上的窗口爬出去，结果，直接从六楼坠落下来。他的爸爸妈妈当时都没有发现。

听见小石头他妈妈的嘶喊之后，陈萍梁朝伟梁小飞三人纷纷跑出去看热闹，我也紧随其后刚要出门的时候，我妈回身把我推回屋里："你不许去！"我妈本来也想阻止我哥，等她再回头的时候，梁小飞已经早早钻进围观人群里了。

我年纪太小，没力气也没地位，拗不过她，只好把脸贴在新家的窗户上企图一看究竟。

围观的人太密集，我什么也没看清，就听见小石头他妈妈的哭喊声，那喊声被她短暂的憋气造成的停顿切成一段一段，由于每一个停顿之后声波都会攀升到一个新的高度，所以反而停顿更令人敬畏，仿佛，它们能撕裂清晨的空气。

我没有看到小石头小小的尸体。

对他最后呈现给这个世界的基本情况，是从我们一家另外三口人的对话中得知的。

"脸怎么是黑的？"梁小飞问。

"让血给憋的，估计脑子里的血管摔裂了，可是血流不出来。"梁朝伟回答，又很权威地总结说，"小石头这孩子脑壳够硬的，这么高跌下来，就小腿飞出去一条，头倒是没跌碎。这吧，说明他们家平常伙食还可以，这孩子不缺钙。"

陈萍失神地坐在床沿上，听完我爸跟我哥的对话，叹了一口气道："唉，太惨了，太惨了……小石头他妈可怎么活啊。"仿若自语，然后又掉了两颗眼泪。

没几秒钟，她抬头看了我跟我哥一眼，声调提高，恢复了平常的语速说："你们俩赶紧洗脸刷牙，每天早上都是这么磨磨蹭蹭，不，悠悠让哥哥先，梁小飞！你还不赶紧的，这上学又要迟到了！"

我哥"哦"了一声往门外走去。

"你干吗去？"我妈厉声质问。

"我能干吗去，我上厕所啊！"我哥委屈地回答。

"你傻呀！我们都住楼房了，咱们有自己的厕所你还上哪儿去，你个傻儿子！"梁朝伟接茬儿骂了梁小飞一句。

"哦哦哦，我昨天就是出去上的，你们也不告诉我，都给忘了。"我哥转身进了洗手间。

"你说，小石头的爸妈怎么不多提醒他几遍，我们都住楼房了，厕所就在家里。"我妈说完一声长叹，"唉……"起身给我们做早饭去了。

小石头就这么死了。

我不知道应该怎么对待死亡。我的爸爸妈妈哥哥也没有给我一个清晰而端正的示范。在整个的过程里，我唯一收到的信号是："一个搞不清楚厕所在哪里的小孩，是有可能随时死掉的。"

可是，"死"到底是什么意思？

后来我又再次见识了小石头他妈妈的哭喊，那天，听大人们说，是"头七"。小石头被用个小棺材从我们新楼前的街道上抬着走了，他的妈妈带头哭泣，后头跟着一群默默或撒纸钱，或念念有词的亲戚。

我的父母仍旧不许我围观，并且在那几天，我们每天回家都被吩咐要先到后院小石头出事的不远处去跺一阵脚，之后才能进门。说是这样才不会被小石头"跟上"。

我们是一个无神论的国家，但似乎很多人都相信鬼或魂魄的存在，这真讽刺。

又几天之后的一个傍晚，我们一家人正在吃晚饭，忽闻有人敲门，我妈派遣我哥："你去开门，先从门镜里看一看，看清楚是谁，认识的再开，不认识的先问清楚。"

我们家刚装了新门镜，一家人都很重视，对所有的敲门声都煞有介事。

梁小飞离座之后未几又迅速跑回饭桌，脸上还带着点慌乱。

"谁啊？"我妈问。

我哥对着天花板指了指又对着门外指了指又闭眼吐舌头做了几个鬼脸。

陈萍不解其意，训斥道："你这孩子就是开个门也让你弄得装神弄鬼的。"说完放下筷子亲自去应门，我也放下筷子跟在后头看热闹。

我妈从门镜往外看了一眼，好像有些吃惊，回头看了我一眼，站在原地飞速地思考了一下，清了清喉咙，才开门。

敲门的是小石头的妈妈，我妈一开门，看见她捧着上次我们送排骨的那个碗站在门口。我妈愣了愣，趋前一步，这时小石头的妈妈就势抱住我妈然后倒在她怀里，失声恸哭起来。

那个碗在两个女人之间，因交接情况不明，掉在地上即刻摔了个粉碎。

后来，回忆这个画面的时候，我对其中的一个细节始终不解。

在我全部的记忆中，我的妈妈从来都不是一个擅长表达情感和安慰别人的人，所以"主动给人拥抱"这种事情似乎在她的人生中从来没发生过。我不太知道那天是什么力量驱使她"趋前一步"因而制造了她和小石头妈妈的拥抱。但我一直都很珍视那个情景，它显得那么自然而温暖，虽然只有一秒钟，但，那是多么不同寻常的一秒钟，仿佛一朵花在最后一刻终于绽放，或是阴云密布雷声滚滚之后忽然暴雨倾盆的那一瞬间风与水的衔接。

这就是我人生首次见识"死亡"的过程。

我不知道死是怎么回事，小石头的死，对我最直接的影响，是托儿所又少了一个玩儿得比较熟的小伙伴。

隔天中午，例行午睡，我睡不着。那天午饭的主菜是我最不待见的青椒炒肉片。特别难吃，我没吃饱，更没吃痛快——吃饱和吃痛快是两回事。老师总在那儿催，我只好委屈着躺进小床里，心里说不出有多别扭。我睡不着，左顾右盼，左边的小床空着。在那之前，是小石头睡那张床。

我忽然哭起来，我自己辨别不清那个哭的原动力有几分属于难吃的午饭，又有几分纯属"闹觉"，还有几分真正属于对小石头的想念。

等老师跑过来一看究竟，我为了掩饰，索性放声大哭起来，一边哭一边嘴里嘟囔着："小石头啊……"

幼儿园里其他的小孩有的被吵醒，有的压根没睡着。这时候，都像被推倒的骨牌一样，一个接一个地也跟着边哭边嘟囔，有的是跟着我一起嘟囔"小石头"，有的则是出于天然地叫"妈妈"，老师哄两下这个哄两下那个，发现反正也哄不过来，就也哭了。

最终师生哭成一片，对"小石头"的呼唤在那个他离开后不久的下午，响彻我们那个厂办托儿所。

这件事被我父母引以为荣，常常拿来当作给我发"好人牌"的实例讲了好多年，"我们家女儿别的优点没有，就是特别重情义！打小就是！"，重复了不下百遍，小石头的死在我们家最重大的意义是他们总结出我的"特别重情义"。

这就是我第一次对死亡的认知。

在我还对死这个突发事件的概念含混不清的时候，没多久之后，另一个人的突然死亡再次加深了我的感受。

自小石头之后，我身边第二个死去的熟人，是我太奶奶。

我太奶奶是个老式的小脚老太太，生前一直跟我们一家人住在一起。

这个局面从我爸爸叔叔姑姑陆续移居到各种楼房后开始发生改变，原来一家老小二十多个人挤在大院里的四世同堂，结束在社会进步和经济发展中。

我爸爸他们家祖上似乎很流行女人早年丧偶，所以我们家太爷爷和爷爷均因各自原因早逝，留下太奶奶和奶奶两代寡妇作为家长代表在这个世界上跟我们这群后辈消磨。

彼时奶奶跟着我叔叔去了他们的新家，我姑姑和我爸妈都力邀太奶奶跟我们同住。太奶奶谁家都不肯去，执意要留下来独居，说是舍不得我们那个大院。

"再说，还有大老咪呢。我搬走了，大老咪怎么办？嗯？就算我能住楼房，大老咪能住吗？嗯？它要是住了，谁逮耗子去？嗯？"

大老咪是太奶奶养的一只猫。

太奶奶一连串非常实际的问题，很难回答。

"你姥娘这个人，一辈子，往少了说就两个字：固执！往多了说就四个字：固执己见！"我奶奶是天津人，有着天津人血脉里轰都轰不出去的贫嘴呱嗒舌气质，就算表达愤懑的时候也不失本色。她用了那六个字背地里向我爸爸他们批评了她的母亲，也就是我太奶奶，之后，为了显示自己不固执，不固执己见，我奶奶率先搬出大院，跟晚辈们住进了新居。

我们家其他大人，我爸我妈以及叔叔婶婶姑姑姑父，在一阵例行做作的扭捏之后，也忙不迭地继续各自投奔新生活去了。

太奶奶最终一个人住在我们以前一堆人住的老房子里，陪伴她的就是大老咪。

我太奶奶是一个普通老太太，大老咪是她几年前收养的一只猫，那本就是一只普通的流浪猫，毛色黄白相间，眼睛一蓝一绿，不是什么特别的品种，也看不出任何过他猫之处。

有个深秋，我们家闹耗子，我太奶奶从长期盘踞在院子里的一堆流浪猫之中挑兵挑将一番，挑中了它，使它在漫长的冬天来临之际，得以在我们家安居。鉴于它的叫声又沙哑又婉约，我太奶奶给它起了个名字叫大老咪。

想必大老咪特别感激我太奶奶的收留，所以一进门就一展身手捉起了耗子。我太奶奶很高兴，对自己挑猫的眼光大加赞许，也对大老咪的捕鼠能力大加赞许。大老咪大概没想到会得到如此赞许，猫生荣耀，知恩图报，玩儿了命地捉耗子。而且它似乎确实有些捉耗子方面的才能，不久就战果累累。我太奶奶认为自己对大老咪调教有方，小有得意，逢人便夸。大老咪受到我太奶奶喜悦的气场感染，更是越战越勇，起初我们家有耗子，它捉。没几次捉完了，它就跨出家门到院子里去捉别人家的耗子。未几，也捉没了，它就风雨兼程满世界去捉。

再后来方圆几里的耗子都被捉差不多了，它为了不辜负我太奶奶的喜欢，就越跑越远，有时候好几天才回来一次，只要回来，一定嘴里叼着一只耗子。

我太奶奶自打大老咪进我们家门的时候，就给它立了个规矩，它捉来的耗子，必须得叼在我太奶奶面前，经由我太奶奶把耗子尾巴给剪了，才许它吃。

我太奶奶在收到剪掉的耗子尾巴之后，通常都会絮絮叨叨说一堆表扬大老咪的溢美之词。每当那时，大老咪都特别满足地做出一副脸贴地的亲昵状跟我太奶奶撒娇，在她腿边蹭来蹭去，竖着尾巴打着呼噜。不管有多饿，都阻止不了它必须先撒娇，撒到我太奶奶轰它去吃断过尾巴的耗子为止。

大老咪是一只好猫，在我的记忆里，无论它历经了多少不容易，时隔多少天才终于捉到一只耗子，它都不会破坏规矩，总是眼巴巴地先等我太奶奶腾出空来把那只耗子的尾巴剪掉，然后夸它，它再例行撒完娇，等我太奶奶轰它……所有这些流程必须走一遍，它这才会安心满意地叼着没尾巴的耗子找个没人的地方去慢慢享用。似乎前面所有的发生，跟它的食物之间有着密不可分的关系。

其间，它有一两次特别饿又没运气抓到耗子的时候也试探着叼个乌鸦什么的回来过，被我太奶奶劈头盖脸一顿骂：

"你就这点能耐？哈？

"你就这点能耐？啊！

"你就这点能耐！嗯？！

"鸟是好的老鼠才是坏的你知道不？！

"捉鸟？！谁让你捉的？

"谁让你捉的？吓！

"谁让你捉的？嗯？？

"谁让你捉的？啊？！"

我太奶奶不是天津人，不是特别擅长骂人，不管骂谁来回来去就那几个词。如果不是结尾的叹词变换语气，听起来骂得实在很是索然无味。

尽管如此，大老咪的内心大概还是受到了深深的震撼，挨骂的它尾巴一夹，也不争辩，等我太奶奶一骂完，它即刻就低着猫脸饿着肚子，出去重返战场。

　　就这样，自从被我太奶奶收留之后，大老咪不仅懂得了老鼠和乌鸦跟人类之间不一样的关系，并且身体力行，除了老鼠它就没吃过别的。确切地说，除了耗子的身体它没吃过别的，因为它也没吃过耗子尾巴。

　　哪知，忽然，一日，我太奶奶死了。
　　我太奶奶死的没什么先兆。
　　那天中午我们还去太奶奶家吃了饭。
　　我们一大家子人跟太奶奶保持情感联系的方式就是周末轮流回到以前居住的那个老院子，在太奶奶那儿吃饭。
　　那天刚好轮到我们家。
　　吃完了饭，午休了一阵之后，准备各自出门，晚上再回来吃晚饭。
　　我爸梁朝伟带我哥梁小飞去游泳。我妈陈萍去烫头，带着我。
　　我太奶奶跟我们一起出了巷口，手上还拎着个菜筐，临告别时嫣然一笑，说出了她在这个世界上跟我们说的最后一句话："我上市场买一只鸭子去，一样的东西，下午买就比上午买便宜得多！我慢慢弄，你们都忙完了回来喝老鸭汤！"说完轻快地走了。
　　我太奶奶背有点驼，但丝毫不影响她被裹过的小脚迈着小碎步步履轻盈地向菜市场方向走去，和往常一样。
　　"妈，以后我的腰也会那么弯吗？"我童言无忌，看着太奶奶的"弓"型背影随口问了一句。
　　"嗯，人老了都一样！"我妈说。
　　然后我们一家人就兵分两路出发忙活去了。

等傍晚我们分别回家的时候，太奶奶躺在炉子旁边的地上，已经死了。

后来听大人们议论，说太奶奶死于心肌梗死。

"一世人好，死的才能这么安静。"大人们说的。

这是我第一次得知，原来死法的不同还跟活着时候的品格有关系。

我太奶奶死的确实安详，我们发现她的时候，鸭汤在炉子上炖着，嗞嗞嗞地冒着香气，她手里还攥着半把没择完的芹菜，就因为这个画面，我之后的十几年都不喝鸭汤不吃芹菜，因为这两样能让我联想到亲人的生离死别。

我太奶奶死的那天大老咪刚好出去例行抓耗子了。

等它再次叼着耗子兴冲冲回家邀功的时候，我太奶奶已经从一个不到一百斤的小脚老太太，化为一盒没几公斤重的骨灰。

骨灰盒陈列在我太奶奶活着的时候住的那间屋子正中央的柜子上。柜子旁边的床头上钉着一排耗子尾巴。我妈收拾屋子，嫌恶心，连同我太奶奶的旧物一起归置归置放进一个小包袱里，请院子里德高望重的老街坊帮着看了皇历，找了合适的一天，深夜，在巷口街角的空地一把火都给烧了。

猫的智商有点理解不了人的生老病死。

大老咪回家之后找不到我太奶奶，纳闷了。它嘴巴里叼着那只耗子屋里屋外地踅摸，怎么也找不到我太奶奶，只好把耗子藏在床底下一个安全的地方，它自己接着屋里屋外喵呜喵呜地到处呼唤。

我们一家人沉浸在丧事的忙碌与愁苦中，没人顾得上在意一只困扰的惨叫的老猫。

如果没记错的话我四叔好像还踢了大老咪一脚，因为他进屋的时候刚好它要出去，一个人和一只猫彼此不太熟悉，错身很不默契，大老咪险些把我四叔绊倒在门口，把我四叔给气的，抬脚就踹在了大老咪的肚子上！

"喵呜……"大老咪发出一声委屈的惨叫。

那应该是我们听到的它最后的声音。

再后来，等我们家大人办完丧事终于显现出消停的状态时，才发现，不知道什么时候，大老咪也死了。

它死在我们家老房子的窗根儿底下，它的食物，那只它捉到并成功咬死的耗子就摊在它面前，已经干巴成一个鼠形木乃伊。就是这样，由于没有了我太奶奶这样的一个主子给大老咪把耗子尾巴剪掉，它宁可饿死也没吃。

我小时候听人说，猫有九条命，很不容易死掉，可是大老咪就那么死了，死的死心塌地的。

如果这不是一件我亲眼看见真实发生的事情，我想我大概很难相信世界上有这么懂规矩有气节的猫。

除了规矩和气节，我在猜，令它放弃生命宁可饿死的另一个缘由，大概是因为失去了一个能表功、能撒娇、能分享、能懂得它的对象。

表功、撒娇、分享和懂得，如果简化成一个词，大概应该叫作"知己"。

对一些人，一些猫来说，不管做什么事，是否能有一个"知己"

简直太重要了。

我太奶奶是大老咪的知己，她开启了大老咪捉耗子懂效忠的猫命，让它有机会正视并验证自己的气节，也让我从那个时候就坚定地相信，生命不会因为吃喝拉撒被开启，生命也不见得会因为性或激情被开启，生命只因"知己"的出现才真的被开启。

就像，对"活着"而言，"死亡"是它真正的、唯一的知己，没有了"死"，没有了对死的正视，一切的"活"都会变得虚妄轻浮，失去意义。

几年前，我在电影院看了一个纪录片。

那个名字好像叫作《海洋》的纪录片在接近结尾时有一组画面。

那组画面中出现了一大堆的帝王蟹，在电影院的长方形屏幕上，那些帝王蟹每一只看起来起码都有半米见方。而内心深处不知道受过什么刺激的摄影师用一个长镜头把半米见方的帝王蟹从特写渐渐拉远，半分钟之后整个屏幕的三分之二被成百上千只帝王蟹堆满，剩下来的三分之一是令人窒息的深海的海水。

我在看到那个情景的时候心里生出两个懊悔。

其中一个懊悔是对我的一位表哥。

我有个表哥患有传说中的"密集恐惧症"，特别害怕看一堆差不多的东西堆在一起。幸亏那时候还没有深圳机场，我们也还不知道人世间有草间弥生这位艺术家和她创作的那些著名的密集圆点。

　　家里的大人对这位聪颖但脆弱的表哥非常呵护，平常连葡萄都不轻易给他吃，更不要说桑葚或草莓。这些呵护激发了我的争宠之心，因而每次跟他见面之前我都想方设法创意出不同的密集内容以期看到他受到惊吓后失措的样子。我的创意从一堆扣子、半块咬开的芝麻糖、一盆泥鳅、一只青蛙乃至一撮得之不易的虫卵不一而足。最让我得意的一次是我不知道对什么东西过敏，于一两个小时之内脸上迅速长了一片细碎的水疱。我妈正吓得满院子找老人家问偏方，我趁她不备偷溜出家门，忍着脸上的奇痒一路小跑到了我表哥家，眼看他一声尖叫晕倒在我面前，我才满足地回家，路上一通抓耳挠腮，到家之后一脸脓血又差点导致我妈晕倒在我面前。事后我的脸上永久地留下了印记，并间接影响了我二十五岁之后的两次相亲。

　　我妈和我表哥的妈于当天不同时段分别骂了我一顿。我一直对此不以为然，觉得我表哥受惊吓的样子纯属矫情。一个数学很好且还在学小提琴的少年，非说自己有密集恐惧症，造作！

　　直到和表哥天各一方多年之后，电影院的银幕上出现了那些堆积在一起的，一望无际的帝王蟹，我才像是被什么上身了似的一下子体会到了我表哥的感受。

　　为此我对童年时候的一切整蛊他的恶作剧感到懊悔。

　　除此之外，我猛然为察觉到自己像一个屠夫一样曾经不止一次地吃掉帝王蟹和其他生物而感到懊悔。

　　如果说第一个懊悔来自感同身受的话，第二个懊悔，我有点说不清。

　　我可以想象我跟一种食物在一起，但我无法想象在一起之前它必须经历的被杀戮的过程。

忽然之间，我为自己过往的麻木感到恐惧。

好像之前从来也没有想过，人和食物之间是最容易轻见死亡的，有很多食物，必须要先死，才能成为食物，因而在每天面对那些食物时，或许该多一点敬意，食物的死才有意义。

连西天路上的妖精惦记着吃唐僧肉况且要讨论步骤和仪轨。如果那个过程只是一个鲁莽急躁的生吞活剥，唐僧一路西行至少会死个百八十回吧。

人作为高级动物，对食物的态度，不应该连妖怪都不如。

被我迷恋最久的小说家米兰·昆德拉[1]先生在他的一部作品中记载，画家达利和他太太有段时间养了一只宠物兔子。某一次他们伉俪二人要出门休假，在把宠物兔子托付给谁的问题上不能达成一致，争论不休，整晚未果。翌日清晨，达利醒来，发现太太做了极丰富的早餐。他以为是太太的示好之举，因此大快朵颐。哪知，在他饱食之后，他太太告诉他，刚才他吃的美味，正是他们养的那只宠物兔子。他那位对世事过度洞明的太太认为，那才是他们跟那只兔子"在一起"的最好的方式。

"在一起"听起来是多么动人的一种关系。

---

[1]米兰·昆德拉（Milan Kundera, 1929— ）：捷克小说家，生于捷克布尔诺市。1948年到首都布拉格读大学。1967年，他的第一部长篇小说《玩笑》在捷克出版，获得巨大成功。曾多次获得国际文学奖，并多次被提名为诺贝尔文学奖的候选人。

我在读昆德拉的时候被这段描述深深地震动。在海鲜之前，我从来也没有想象过自己跟任何食物"在一起"。不论是大麦、猪、鸡、臭豆腐、西红柿或腌白菜。

很难想象，也不太情愿。

尽管，理论上说，那些大麦、猪、鸡、臭豆腐等等，确实以一种比任何人都紧密的方式跟我们"在一起"了。

是啊，当我们竭尽全力征服什么的时候，只有两个动力：一个是爱，一个是恐惧。到后来，当我们终于对什么能做到真正放手的时候，也只有这两个动力：一个是深刻的爱，一个是饱含敬意的恐惧。它们像生死一样，在极端的不同中忠诚地担当着彼此的知己，遥遥相望出一个瑰丽的谜题，叫作"永远"。

19
/
最好的时光

再见，少年

I WILL

BE THERE

　　就像前面很多发生一样，少年们，在成人之后，依旧时不常地会遇见一些不寻常的发生。

　　几年之前，我们班一个绰号叫"草鸡"的同学，带着家人去海南度假。

　　一个傍晚，"草鸡"夫妇租了情侣自行车正沿着海岸线享受海边日落。

　　未几，下了一场雷阵雨。

　　两个人连忙就近找了一个茶室躲雨。

　　那个茶室生意冷清，茶室里还有人在抚琴，淡然的随意的律动，全然不受窗外电闪雷鸣的影响。

　　夫妇二人索性随遇而安，坐定了品茶，听琴。

　　席间，"草鸡"随手从茶桌旁的架子上拿起一本册子，翻开，前几页，照例是介绍这家茶室的来历，往后，介绍茶，再往后，介绍了茶室的主人。

茶室的主人竟然是杨震宇。

换句话说，如果那个夏天"草鸡"夫妇不去海南，如果他们到了海南不满世界瞎溜达，如果不是他们正溜达的时候适逢那场雷阵雨，我们就不会知道杨震宇辞世之前的经历，我们也不会因为杨震宇的原因，于多年后，再次重聚。

实际上，在那之前，我婉拒了很多次同学会的邀请。

有那么一阵子，我过得不好，所以不想参加同学会，我不想让他们看到我落魄，也不想让他们看到我强撑着。

又过了一阵子，我过得很好，也不想参加同学会。何必呢，我不想炫耀我既已拥有的幸福，怕那些不够幸福的同学感到压力，也不想刻意压制我充满幸福的心情，怕人家敏感的觉得我虚伪。人真累，我们一切的不安都来自我们给自己太多的预设立场。这些预设立场让我们不管处境如何，都像个惊弓之鸟。

我非常崇敬的一位佛教哲学家邱阳创巴仁波切先生在他的著作《自由的迷思》中有这样一段话："'正思'是无所偏颇地就事论事，你不涉入生命可能是美或可能是痛苦的成见之中，也不对生命小心翼翼。根据佛陀的教示，生命是苦，生命是乐，此即生命的'正'性——就是这般准确与直接：单纯的生命不加任何掺杂，没有必要将生命情境削弱或增强。乐如其乐，苦如其苦。"

是啊，乐如其乐，苦如其苦。这些建立在"正思"前提之下的感悟，是多么重要。

　　我只是平庸的女人，没有正思的智慧，在跟同学们的交集中，有许多年，我的苦与乐都对照着米微微。

　　米微微凡同学会必到，所有我需要规避的问题，到了她那儿都能变成吸引别人注意的工具。

　　她对自己过得不好从不掩饰，但你不会觉得她落魄，她自己也绝对不会硬撑，她会的是推心置腹自然而然地示弱或撒娇，让人觉得如果不帮她一把就辜负了同学一场。

　　等她过得好了，她也毫不含糊，有多幸福都抖搂在脸上。那种今朝有酒今朝醉的劲头，你要不跟她一起举杯庆祝，倒显得不厚道了。

　　米微微总是能在特别短的时间内跟任何一个人变成推心置腹的朋友。如果这也属于"艺术"，那我确实相信杨震宇在看女人的方面目光独到，早早就发现了米微微的艺术天分，并责无旁贷地对她做了安排。

　　杨震宇带我们排演的那个小品，在翌年夏天入选了一个什么中学生文化节。杨震宇一高兴，自付路费带着我们几个少年去了北京。

　　也就是在去北京的那几天，杨震宇带一群少年去见了一位他大学的女同学，那个女同学在中央音乐学院附中代文化课，教语文。聊天的过程中，除了杨震宇之外，只有米微微主动跟她说了话，所以杨震宇的那位同学知道了米微微会弹钢琴，就随口说像她这样的情况，或许有机会报考音乐学院附中的作曲理论专业。

　　我猜当时米微微自己也没怎么当真，"音乐学院作曲理论专业"

这个名词，对一个平时也就能弹点理查德·克莱德曼的女学生如米微微，似乎难以企及。

再说那是我们几个少年第一次到北京，都还沉浸在对首都的膜拜和眩晕之中，来不及消化吸收别的。

杨震宇比我们见多识广，他当真了。

等我们回来，杨震宇先是找米微微的家长谈了一次，接着就紧锣密鼓地拜托他那位女同学帮米微微要招生简章和联系专业老师。

再开学之后，米微微有两次请了超过两周的长假，听说是她妈妈带着她到北京拜师去了。

说真的，我一直都不相信她能考上，米微微宣布说去北京考作曲专业课的时候，我都在默默准备着一些分寸得当的说辞，等着她落榜回来好安慰她。

结果，米微微，竟然，考上了！

我清楚地记得杨震宇临走时给米微微的留言："你是个艺术家，就算是什么作品都没有，你也是个艺术家。你要珍惜你天生具备的艺术家的热情，直到你长大。"

我对此一直有种略含嫉妒的不屑。而我的不屑又一次次被米微微打败。

几十个人再次见面，就是在"草鸡"发现了杨震宇的遗孀开的那间茶室，他和我们班另外几个同学——高冠、白永涛、小五、姚继勇一起，买下来那个茶室全部的库存，借品茶之名，组织了以追思杨震宇为名的同学会。

　　"草鸡"尽己所能地提前两个月通知了所有人。除已经过世的张劲松之外，"草鸡"和高冠几个人找到了我们班所有同学的联络方式。

　　最终参加聚会的有三十几人，离开时，我们是十三四岁的少年，那次见面，我们已是三四十岁的中年人。

　　我们班一个叫孙娟的女同学负责收集同学们各自存留的照片，整理好，剪辑了一段从杨震宇大学同学那儿找到的视频，在视频中，杨震宇正用他的话剧嗓讲茶，他在视频中的样子，除了略微中年发福之外，一切看起来都那么熟悉，他的情绪饱满，动作幅度很大，很会调动他人的情绪，视频中他的听众，在他的讲解中，看起来热闹而尽兴。

　　我在视频接近尾声时，想起 *LUCY* 中的台词："I'm everywhere."

　　或许，是的。

　　米微微在视频播放过程中出现，不知是从哪儿赶来，风尘仆仆的。

　　高冠为了照顾她，把刚开头不久的视频又重新放了一遍，米微微从视频一开始就毫不控制地发出各种动静：一会儿抽泣，一会儿破涕而笑，一会儿又零障碍地接着哭。她所有的反应都跟视频的内容保持精准的一致，她无节制的全情投入再次有效地让我晃神了。

　　好奇怪，明明那些视频里的画面也是我亲历过或是怀念过的，为什么我就是没办法做到那么忘我地让我的情绪不受压制地自然流淌？

等到视频结束，米微微旁若无人地径直走到大厅正中摆放着杨震宇的遗照前，跪下来，头靠在相框下方的边缘，说了一句："谢谢你，杨老师，那些年，你辛苦了。我们都很好，同学们彼此爱护，跟你教我们的一样，请你放心吧。"

好多人应声落泪。

米微微说完自己在原地靠着照片抽泣，她的额头贴在相框中杨老师下巴的下方，像一个在亲人面前惬意放松的少女。她烫了大卷儿的长发胡乱地散落着盖住了半张脸，睫毛膏跟泪水一起把眼眶染出了不规则的黑晕。

我远远地看着她，内心不知道什么被她唤醒，忽然发现，仿佛，只有米微微无条件地把杨震宇当初教她的那些尽数用在生活里。

我开始了解，为什么当初杨震宇似乎总是对她有一些奇特的偏爱，为什么我明明不在意她的拥有，可就是忍不住嫉妒她的状态。当我们早就被生活教训地习惯掩饰情感的时候，她当仁不让地在该快乐的时候彻底地快乐，该悲伤的时候痛快地悲伤。

我在二十多年之后，才终于明白杨震宇那段评语的意思，一个人，不管有没有作品，都可以活得更像个艺术家。所谓"艺术"的意思，是他或她重视自己的每时每刻，不在意别人的眼光或评语，为自己而活不是自私，是不以功利的标准要求自己。

甚而，我开始检讨我自己，如果我从来也没有对"非洲饿肚子的小孩和东南亚被迫逼良为娼的失学少女"给予过任何实质的帮助，为什么我就不能容忍另一个女人说自己悲惨？当我强烈地反感她对别人的生活漠不关心的时候，我自己还不是一样对她的生活始终保持着隔岸观火的态度？

那次同学会，如我所料，武锦程和于是都没出现。

我在试图联络于是的时候，才发现几年不见，他早已换了手机号码。

我最后一次见他，在上海，已是多年之前了。

我们约在花园饭店附近的一个咖啡店。

于是说话业已有明显的上海口音，只是说话不多。

"你比以前更沉默。"我说。

"是吗？"于是笑笑，抽了一口烟，重复道，"呵呵，沉默，好精贵的词。"

说完，他又缓慢地抽了很久烟，才又继续说道："英国有一个作家说过，人生最大的痛苦，是你在知道很多之后的沉默，那种沉默不是指智慧的沉默，而是你感到一生的努力仅仅是徒劳的那种彻底失望的沉默。"

"所以……"我问，"你感到失望？"

"呵呵，我不敢那么看得起自己，我只是……"于是挥了挥我面前的烟圈，继续说，"我只是不知道还能对什么抱有期望。"

我忽然有一种无力感，或是说，那是一种对无力感的强烈认同。

我们那次会面没有聊到任何实际的内容，有限的对话似乎都是在谈感受。那之后就再也没有见过面了，也没有试图联络过对方。我对他和武锦程都有类似的默契，在我心底存放于珍惜这两个人的空间里，"见面"是一个可有可无的奢侈品。

至于武锦程，我最后一次看到他，是某一次音乐节，我在台下远远看他演出。

那是我首次失婚后不久，有一阵，周围朋友怕我寂寞，常有人帮我相亲。

那天跟我见面的那个人是一个在内地行医的香港眼科医生，我们约在朝阳公园旁边 8 号公馆内的孔乙己吃饭，起初聊得还算投缘，一时兴起，晚饭后，我们跟着热闹的乐声信步走到隔壁朝阳公园看一个露天音乐节的现场。

哪知道那天压轴演出的竟然是武锦程。

他那天唱了一首新歌，歌名叫《逍遥游》，其中有一段歌词是：

那一年我爸妈各自成家就剩我一个人啦，
我同学用吃剩的红薯砸坏了隔壁家的兰花，
邻居很气愤骂我没出息就会弹个破吉他，
我火冒三丈心里骂了三十多遍我去你他妈。
离开，长大啦，回不去的，温暖老家。
如果出走是我的逍遥游，请问要怎么怀念才能安慰路上离别的苦。
那时候我的家天蓝水绿院墙上铺满青色的瓦。
那时候我以为世界只有从学校到南江那么大。

那时候每当月夜我都跑到一个女同学家楼下。

我给她吹口琴唱情歌说悄悄话但从没亲过她的嘴巴。

少年，长大啦，回不去的，青春韶华。

如果出走是你的逍遥游，请问要怎么回忆才能安慰路上受过的伤。

我在人群里泪流满面，那个眼科医生疑惑地问："这个，有那么好听吗？你说他是个 rocker（摇滚青年）吗？可是一点都不摇滚啊。"

我和那个眼科医生后来再也没有见面。

这个世界上，有些东西，是不能分享的。

并且，等到了一定年纪，看多了生离死别之后，越是珍贵的，越是难以分享。

因为一切最值得珍惜的，都是专属和私密的。

就像电影《甜蜜蜜》里，那个孤独终老的女人一直留着半岛酒店的纸巾，用它珍藏她对"心动"的记忆。总是在没有开始过的爱情里，藏匿着爱情最珍贵的部分，关于爱情，有种慢性中毒叫作"还爱你"。

就像小说《圣诞忆旧集》里，一辈子表面上都温情缺缺的父子，爸爸故逝后，儿子发现父亲的保险柜里留着几十年前的一张明信片，在那里，儿子对爸爸说："是的爸爸，我爱你。"

当一个人为缺乏关爱而郁郁寡欢时，最极致的惩罚，是有一天发现，其实那个你期待的爱一直都在，只是我们都被自己的软弱蒙蔽，用孤独当起初的盔甲，后来多半就演变成自食其果的枷锁。

歌星梅艳芳说："如果只有一样东西死后可以带走，我只要情义。"

所有难忘的、不舍的、追悔的、珍惜的，背后都是生离死别的无法逃避。

传说是仓央嘉措的诗句说："世间事，除了生死，哪一件事不是闲事？"

而许多世间的小事，也正因为生与死永远没有输赢的对峙，才变出了意义。

杨震宇出发去海南之前，约我们全班同学去他的小饭馆吃饭，他亲自下厨，炒菜炒得面红耳赤。

等所有的菜都上了桌，他吩咐我们开吃，自己一扭身进了里屋，等再出来，已经洗了脸且换了一件崭新的黑色衬衫，他手上端着个纸盒，开始给我们派发礼物。

杨震宇不太在意班规校规，但他特别注重仪式感，炒菜和送礼的时候不能是同样的穿戴，我们吃饭和收礼的心情也就没有混为一谈。

杨震宇给我们的礼物是笔记本。每个笔记本的扉页上是他用铅笔画的我们每个人的漫画肖像。

我们班将近六十个人，他一人一本画了将近六十本。

杨震宇在每个人的画像下面还都各自不同地写了一句临别赠言。他写给我的那句是"未来的人生可能像潘多拉开口的神秘盒子，如果你感到了痛苦、孤独、嫉妒、虚无……不要害怕，希望总会出现"。

我那年十四岁，我的十四岁和林黛玉的十四岁不可同日而语。

我并没有能力像同龄的林黛玉一样清楚地懂得"痛苦、孤独、嫉妒、虚无……"的准确含义。

但，不懂也不妨碍感动。

直到今天我还记得当时在翻开笔记本，看到这句话的时候，我的心头骤然一紧地迸发出一种被定义为"感动"的感觉。当时我的嘴里正被我塞满了鱼香肉丝，还没来得及吞咽，眼泪就顺着脸流下来且不容分说地挤进嘴里。那之后，有很长时间，我只要一感动，唇齿之间就自动泛起对鱼香肉丝的回忆，直到有一年我做作地开始学人家吃素，这种诡异的生理反应，才随着食物系统的更新，渐渐从感受记忆中散去。

我不知道有多少人能在痛苦、孤独、嫉妒、虚无……之后依旧等到希望的出现。我只知道，如果有人让你愿意相信希望最终会出现，这个"相信"，本身就是人生最重要的"希望"。

回忆终于告一段落，已是深秋时分。

临近黄昏。

天气不是很清明。

我走到窗边，晃神的时候，看到窗外距离我十米开外的地方有一棵银杏树。满树黄色的叶子，如约，繁茂在枝头。

银杏叶的黄大概是天下最醇的黄，且是那种很有分寸的醇。

秋天是一年中的一个临界点，就仿佛是一个人的人到中年。

有的在这个时候开始收获，有的在这个时候开始凋零。

有的既没有收获也不凋零，只是混沌，仿佛，只要假装囫囵，就可以把生存的责任推卸给身外的世界。

银杏叶的存在，调和了这个季节的张狂、衰败和愚痴。

更难得的是，它群而不党，随大流地进入秋，然后保持着它的分寸，没什么造作地自在着。

自在，自在是多么重要。

大概只有发现自己到了某一个临界点才会意识到自在的真正重要。

自在可以重要到超越季节的变化甚而是超越生死。

在这个能看得到窗外十米之外银杏叶的下午，我想到了我终身的老师 Akarpa Lobsang Rinpoche（秦麦洛桑仁波切）说过的一句话："永恒的存在是因为无常的存在。"

送给你，也送给我自己，为我们终将一别。

——完——

2015 年 3 月 9 日

终稿

2015 年 3 月 28 日

20
/
特别番外

再见，少年

I WILL

BE THERE

　　杨震宇的一些行为让我想起一个美国电影，因为太久远，所以不记得名字了，只记得是我喜欢的演员尼古拉斯·凯奇主演的。他饰演一个纽约警察，原本过着平淡但不失有趣的生活。一日，他在一家咖啡馆小憩，因为没有零钱付小费，就很认真地对那个女服务生许诺，说他如果中了彩票，就分一半给她。女服务生很不以为意。

　　谁知，一语成谶。不久，他竟然真的中了大奖。

　　警察执意要分奖金的一半给那个女服务生，在电影里，他最常说的一句话就是"承诺就是承诺"。

　　电影中，警察因坚持信守承诺而失去了和他信仰不同的太太以及全部的奖金。电影的励志主题让警察和那个女服务生在波折的过程中相爱，并且，天使出现，给他们一个完美富足而幸福的生活。

　　特别喜欢看这种惩恶扬善的电影，在那里，一切深居在内心深处的对人性信任的光辉都会悄悄耀眼地闪耀。不过，通常是出了电影院就会回到现实中，对真实生活的成见通常让大多数反俗的我们回到戒备的装裹中。

杨震宇教大家重承诺，对于承诺，他自己也是身体力行。

开面馆那一阵子，杨震宇在面馆兼营一个彩票售卖的小门面。有一天为了鼓舞内部员工的士气，杨震宇说要买张彩票，可巧收银员拿现金结账去了。有个长期的食客借给他100元，杨震宇用这钱买了彩票。

不久后，这张彩票竟然中了10万。在那个年代，10万是巨款。杨震宇在没有任何人知道的情况下，把中奖结果通知了那个给他垫付100元钱的人。然后，他和这10万"失之交臂"。

再后来我们才知道，那时候杨震宇正在负债。他在巨额奖金的诱惑下对诚信保持最大的坦荡与信念。

我常想到杨震宇关于"幸福"的解答。

他说："诚实的人是幸福的，守信的人是幸福的，给人以鼓励榜样的人是幸福的，每晚都能直面自己的所有行为并安睡的人是幸福的。幸福跟物质条件或物理条件从来也不成正比。"

长大之后，更是深以为然。

幸福是一种修为，它只存在于那个为它建造驻留地的安宁的心灵。

杨震宇是那个曾经身体力行向我们展示过这种修为的人。

杨震宇的容貌是典型的"南人北相"。

他的 DNA 决定了他做事兼有北方男人的豪迈和南方男人的细致。

我一直记得在我完成观察日记之后，他写给我的那句话。

"再困难，也要努力保持走下去的勇气，下一步就可能海阔天空。"

在我三十岁那年，陷入人生首个看起来难以逾越的危机，猛然想到这句话。

那是北京的一个风不和日不丽的下午，我正坐在某个酒吧门口的露天座位上，就着隐约可鉴的灰尘吃一客不太美味的提拉米苏。忽然，这句话就令我有醉了的感觉。那是一种奇怪的知己之感，我热泪盈眶热血沸腾，恨不得当场把提拉米苏扔到酒吧老板脸上，然后赶紧回家继续发愤图强。

想起初三开学的时候，杨震宇给我们讲了一个日本长跑名将的成功案例（或许他的事迹太感人，导致我忘记记录他的名字）。话说该名将，屡次在马拉松比赛中获得冠军。记者每每问到他成功的秘诀，他的回答都是"靠智慧"。在当时这是一个让人不以为然的回答，直到他功成身退之后，写了一部自传，"智慧"的谜底才得以揭晓。名将说，每次比赛之前，他都会事先把比赛的路线研究得清清楚楚，并且在路途中，他会每隔几百米就以一个建筑物做记号。就是这样，每次的比赛，他都是把漫漫无际的马拉松变成了无数个短途的比赛，而他对待每一个短途，都是以百米冲刺的态度。这样一来，最终的夺冠就成了理所应当的事。

杨震宇说："人生就是化整为零。"

这句话鼓励我走过很多起伏，我只是没想到，在那些起伏之后，我没有来得及当面向他致谢，告诉他，他是对的。

杨震宇走进教室的时候抱着一堆书，宣布今天不写作文，要用两节课的时间"阅读赏析"。

在杨震宇之前，没有别的老师教过"阅读赏析"，所以我们也不明白那是什么意思，反正，对一个学生来说，只要不用交作业，就应该是件好事。

当然了，大家也对杨震宇一些新鲜的安排保持着一定警惕。

杨震宇来了之后一直没有跟我们大段的慷慨陈词，也没有对谁表现出明显的偏好或明显的厌恶。甚至也没有表现出一个初来乍到的人经常会有的那种特别的热切。

就是这样让我们更不确定，总觉得他的泰然自若背后必定隐藏着什么我们还没发现的潜台词。

中学第一年的经历，已经让我们建立了一些对世界的新认知，各种经验教训教育我们，多数老师都有固定的"潜台词"。

如果他们问"你真是这么认为？"，潜台词通常是："我不这么认为，最好你也别这么认为。"

如果他们没有表情地赞叹"你挺有想法的嘛！"，潜台词通常是："大胆！"

如果他们略微沉吟，说"这样也不错，不过……"，潜台词通常是："别废话了，让你干吗就干吗！"

如果他们无奈地挤出"呵呵"当结束语，通常潜台词就是："我烦你了，你以后也别再烦我了。"

多数老师只有对自己最器重和最反感的学生才会直抒胸臆。对前者是真情流露，不忍用潜台词；对后者则是完全不再有对话的兴趣，不论潜或显，都不愿意再多说。

想要成为老师最器重或最反感的学生都不是容易的事。所以处于中间地点的大量主流同学出于适者生存的本能，渐渐练就了对潜台词的分辨。

杨震宇就事论事的行事风格，超出我们的经验，所以在他给我们上了七天课之后，我们还没发现任何线索。

杨老师似乎没太在意这些。和平常一样，他说"赏析"就"赏析"。依旧没有任何前缀，打开书给我们念了两首诗。

那天那两首诗，一首是课本上的，另一首是他带来的一本诗集上的。

课本上的是郭沫若的《天上的街市》。

他带来的诗集上的是北岛的《回答》。

那天之后，很多同学成了"朦胧派"的拥趸。一度我们对北岛、顾城、舒婷的热情不亚于当时我们对费翔、周润发、山口百惠的热情。

那是后话。

当天的课堂上，杨震宇念完了郭沫若和北岛，让我们说说感想。

一般情况下，老师提问之后都是教室里最安静的时刻。

用那个年代流行的形容方式，叫作安静得连一根针掉在地上都能听得到。

说真的我当时就觉得这个形容特别愚蠢，你说谁没事会带根针去上学啊，这是打算扎谁呢？

但我从来也没想过质疑。

我们那一代人受到的家庭教育主要是如何隐藏真实的内心想法，而不是表达。在课堂中无条件地服从而非质疑。即使是明显不同意不确定的也不一定会表达。

安静又持续了一阵之后，杨震宇把问题简化了一下，问我们喜欢哪首。

还是没人回答。

他又简化了一步，让我们举手表态。

当他问有哪些同学喜欢《天上的街市》，有将近一半同学举了手。

当他问有哪些同学喜欢《回答》，有四个同学举手。

杨震宇追问："那两次都没举手的是什么意思。"

又集体陷入沉默。

反复的沉默很没创意。

有人失去耐性，说了一句："没举手就是没听懂呗。"

说话的是姚继勇。

很多人都低垂眼皮但专注地用余光打量杨震宇，等着看他的反应。这是杨震宇到我们班之后第一次有人在课上挑战他的问题，至少我们认为是"挑战"。

杨震宇看了看姚继勇，点了点头，说："我问的是喜不喜欢，没问听没听懂，喜欢不需要懂。能把理由说得特清楚的喜欢都是可疑的。"

杨震宇的语气没发生任何变化，在回答姚继勇刚才的话时，既没有赞许也没有愠怒。

姚继勇受到杨震宇回答的鼓励，继续主动发言说："这回我明白了，那您把刚才的问题再问一遍吧。"

大家试探地笑了。

杨震宇果然又问了一遍。

这一次，对北岛的诗表示喜欢的人明显增多。

课堂气氛开始变得轻松，杨震宇对姚继勇说："来，你。既然是你要求的，你来说说为什么你两次都举手。"

姚继勇站起来晃了晃说："其实我不喜欢第一首。"

杨震宇问："那为什么举手？"

姚继勇说："课本里选的，敢不举吗？"

杨震宇说："我的问题是喜欢不喜欢，跟课本选没选没有任何关系。要听清题。"

"哦，现在明白了。"

杨震宇说："很好。从今天开始，每周作文课，我会给每个组五本书，由组长安排传阅。一周之后，每位同学推荐一篇或一段你最喜欢的，请注意，是你自己喜欢的。被推荐最多的那篇，在作文课上由推荐的同学分段朗读。期中考试之前不写作文，先多看。"

这是一个我们没有任何经验的作业，大家一时也不知是喜是忧。

正踌躇，杨震宇又说："刚才这位同学，请问你的名字是……？

姚继勇再次站起来回答："姚继勇。"

杨震宇示意他坐下，说："好，请坐。姚继勇同学，从今天起，你来当学习委员。"

同学们集体发出"啊？！"的惊叹。

那是姚继勇人生中第一次当班干部，结果来得太突然，除了我们的惊叹，他自己也不敢相信地问了句："啊？为什么啊？"

杨震宇放下手里正在收拾的书，看了看我们，然后注视着姚继勇，说："因为你是在我的课上第一个主动提问的同学。我相信你。你有观点，你对自己负责。"

班里一阵躁动，这个说法挑战了我们之前对"班干部"的基本认知。

杨震宇没理会，继续说道："我希望你们知道，喜欢这个还是喜欢那个，都没关系。关注自己的想法，试着表达自己的观点才是重要的。"

在杨震宇追思会之后的同学聚会上，小五跟大家分享了一个关于杨震宇的秘密。

在杨震宇担任我们班主任期间，曾经和隔壁班的数学老师有过一段超越男女同事的感情，重点是，他当时在婚姻中。

我非常喜欢教数学的女老师，尽管她从来也没有教过我。

那个女老师叫李茜，她喜欢别人叫她西西老师。

我记得她的样子：皮肤很白，单眼皮，一笑起来两个眼睛在脸上笑出两个弧形，配合总是抿着的嘴唇，很像奈良美智的瓷娃娃，有种倔强与顺服同在的美。

矛盾的是，我也喜欢杨震宇的太太，在那个时代就穿着有型的背带牛仔裤，留着长发，喜欢听摇滚乐的时髦女子。

自古以来，才子佳人的喜剧和悲剧都是同源，那就是多情。

杨震宇当然是一个多情的人。

我终于明白为什么隔壁班数学老师缺课的时候他一个语文老师如此积极地去代课，我也终于明白在我们排练话剧的时候为什么硬生生多出了一个"妈妈"的角色。

即使那是一个只需要出现"画外音"的角色，那位倔强与顺服并重的数学老师，也陪伴了所有的陪伴。

男生们以艳羡和佩服的语气调侃着逝者的八卦。

奇怪的是，杨震宇并没有因为这个八卦而"走下神坛"。

后来，听说那位数学老师在杨震宇离校不久也辞了职。并且，步杨震宇的后尘，下海经商，一度因为地产业的热度而成了一个成功人士。

有次我无意间在一个直投杂志上看到了一篇这位数学老师的采访。

她说她最喜欢的书是《小王子》。

我想起在我们持续了两年的"课外阅读"中，杨震宇曾经用了五六个课时讲述《小王子》。

除了内文之外，他也讲了《小王子》作者的生平。

　　《小王子》的作者安东尼在写完这部享誉世界的小说之后就在某次飞行的过程中消失在风中了（他除了是个作家同时还是个飞行员来着），他活不见人死不见尸的结局让他的人生都蒙上了一层不可复制的传奇。因着这个传奇，他当之无愧地占有了他太太"刻骨铭心"的情感领地。就像小野洋子永远属于死于非命的列侬一样，在公众心中，他只能是她的。然而，事实是，安东尼自己的刻骨铭心倒未必全然地属于他美丽的遗孀，在她之前，他把他人生中的第一部小说写给了一个叫作维尔莫兰的女人。她被称作法国最后一位沙龙女主人，是一个集容貌、才华、智慧、运气和千般宠爱于一身的女人。安东尼对她的感情一辈子都未能释怀，唯一的原因是他们没有如他愿望中一样"终成眷属"。

　　事隔十多年之后，我才通过那篇采访，听明白了杨震宇的一些弦外之音。

　　人真有趣，我们把自己的秘密撕成碎片，撒落在风里，然而总有一个叫作"因果"的力量，在一些不可预料的时候，用一些不可预料的方式，复原那些碎片。

　　我当然也不会因此对杨震宇产生任何轻视。"此事古难全"应当叫作"凡事古难全"。此生，如果有错过的遗憾，但愿，在另一个星球，都有别样的重逢。

　　杨震宇在统计举手人数推导出结果之后，又讲了两个大家耳熟能详的故事，从不同角度分享了他的观点。

　　"卖火柴的小女孩在圣诞夜冻死在街头，听起来相当悲惨。此前，她对自己做的唯一的事是借着火柴的光亮去想象各种幸福的场景。你们想想，如果，小女孩主动地，挨家挨户地去敲一敲别人家的门，说不定就会有哪家人愿意收留她并请她一起吃火鸡大餐。这种可能存在吗？存在。"

杨震宇的一段自问自答，又颠覆了少年们的世界观。

权且不说这样的解读是否违拗了作者安徒生在童话背后批判那个冷酷社会的本意。就让我们借这个故事来讨论一下如何表达自己的诉求。

是的，"主动"是表达诉求和能获得结果的关键。

试想，如果你的目的貌似只是卖掉火柴，你的表达是"先生，来包火柴吧！"，那对方很可能因为并不需要火柴而忽略火柴背后隐藏的真正意图，不如，试着换成：我饿，我冷，我需要食物和取暖。

想到我认识的一个人，有一年假期，闲着没事，就想去体验一下乞讨的滋味。因此，他准备了一个硬纸板，用毛笔在上面写了两行醒目的大字"我需要钱"和"I NEED MONEY"。然后把这个中英文双语的乞讨牌挂在脖子上，到北京一个繁华的地段站了一下午。那一个下午，他甚至没有做什么低声下气的事，只是那么站着，尽量让所有路过的人都看到他胸前的那两行字。结果是，在 4 个小时里，他总共收入了 60 多元人民币。

个人认为这笔收入相当可观。

当然，我们的目的绝对不是主张乞讨。而是用这个例子来说明"清晰的诉求"对于达成一件事有着多么重要的作用。

说回卖火柴的小女孩，我在想，就算是冷酷的社会，也可能容得下各种奇遇吧？比如张乐平爷爷在画《三毛流浪记》的时候也安排过有个富人家要收留三毛的过程，甭管收留的初衷是什么，至少，三毛在进到那家之后就鸟枪换炮，立马穿得像个少爷，还学了英语。就算挨了打，很多亲生的孩子学习不好也照样挨家长的打不是吗？我哥，我男朋友，都因为各种原因挨过家里人的打。不挨打的男孩很难顺利地成长为一个特爷们儿的男人吧。

所以，抛开阶级立场，也先不管那富人家是否有人爱三毛——以前他在大街上流浪也没人爱他啊。至少三毛在那几天里吃得饱穿得暖，还把富人家的东西偷出去给穷哥们儿吃，当了一回劫富济贫的小英雄。如果没有这个富人家，我猜他这个英雄挺难当成的。因此，对于他后来决然离开并在走的时候做了一番相当伤人的言行，我还多少有点保留的看法。

是啊，凡事如果愿意，都有其好的那一面吧？

所以，我想表达的主旨就是，不论在任何处境的前提下，我们要替自己负责，负责的首要任务就是理清诉求，然后用最直接的方法表达出来，再然后勇往直前。并且，在这个过程中，请尽量保有对任何人或事的感恩之心。

毕竟，这个世界上，真的，从来也没有白来的早餐、午餐以及晚餐，消夜和下午茶。

没几分钟之后，杨震宇讲课的方式就转移了我们对他没有开场白的疑惑。

我解释不出什么花样，首先吸引我们的理由很简单，就是他的声音挺好听的。

　　声音和长相一样，"天赐"占非常大的比例，一个人的声音中天然的辨识度和令人喜悦的程度都像五官一样基本上由造物主说了算。

　　杨老师的声音属于"老天爷赏饭吃"的那种，有明显的层次和共振，所谓"磁性"大概就是这个意思。我想他大概自己对此也很早就有自知，因此发挥得十分充分。

　　杨老师那天在开始讲读前，先朗读了那篇文章，他大概张嘴不到五分钟的样子，教室里就彻底安静下来。那种安静不是克制躁动心情的表面安静，而是，从心底里彻底放松的一种有温度的安静。

　　也是从那五分钟开始，我才大略地知道，为什么以前有人用"朗朗"来形容读书声。很多的形容词本身就有只能意会的韵律，就像是一个失去味觉的人，不论用尽多少色彩，恐怕也很难让他知道"甜"到底是什么意思。

　　除了声音的天赋，他诵读文章的方式也显示出一种很奇特的功底。他对文字的把握好像人艺早些年培养出来的基本功扎实的演员，有一种特别的韵律感。他用那种很有韵律的方式诵读我们那些课文，并且那个诵读由于被足够的，不知道从何而来的功底支撑，每一段的抑扬顿挫都处理得恰到好处，没有任何肤浅的造作之感。让人时而忍不住想用脚趾打个拍子，且在读到感动时，又能随时刚刚好令到汗毛服从响应，出现一种小小的悸动，那是无声的，如呼吸般轻柔而私密的悸动，仿佛它是一个秘密，只属于每个聆听者的汗毛和心脏之间。

　　是啊，他善用语调的特点在那天初次来给我们上课的前十分钟就已经展露无遗，不过那确实没有特别炫技的意思，因为在他之后教我们将近两年的时间里，每次上课，都是同样的水平。

我从前两年对声音产生的波动开始感兴趣，我才疏学浅，没法用我即已掌握的知识把这事说清楚。不过，声音就如同气味儿一样，不仅在时过境迁之后能留下清晰的记忆，而且在当时也能产生其他的能量无法取代的某种作用。

杨老师对我们的影响，就是从他的朗读开始的。

有时候，我会幻想，如果杨老师活到今天，并且还在当老师的话，凭他的气场和声音，他完全有可能像《百家讲堂》里那几个曾经蹿红的老师一样，在那样一个温和有趣的普及常识的节目中快速成为受追捧的明星，随便把讲义印一印也能大卖个几十万册。

许多年之后，在他的追思会上，有同学找来了一段杨老师生前的录像放给大家看。那段用手机收录的影像，大概是在他过世前不到半年的时候录下的样子。

影像里，他正在给周围的人讲茶，想必他是很爱茶的吧。他讲得声情并茂意兴盎然，是我熟悉的样子。据说在他过世之前的好多年里都在"礼茶"。我用了这样一个词，希望它能更清楚地表达出我看到那段影像时的观感，他在讲对茶的认识和感受的时候，很难让人用"生意"去界定这件事。虽然说，在他最后的那几年，确实是以茶为生，以茶为生计的。可他在分享这些时候的状态，分明有一种出于自然的出世之感，他带着一种热情，然而那种热情的内核十分平静和笃定，不故意克制也不任性放纵，一如在我的记忆中，他在我们面前对学问和上课的态度。

我被那个我所熟悉的他的诵读方式和熟悉的声音拉回到二十年前我们第一次见面的课堂。除了略微中年发福的体形和口音的变化之外，他说话的声音、情绪、语调仿佛都没有太多的变化，这感觉让我一时间切实地被悲伤包围。

记忆啊，记忆有如此多的潜能，可以在不同的时间，因不同的情境变换出不同的招数。然而不论它用什么方式，最后，殊途同归，每个人在记忆面前最终唯一能得出的共识只能是俯首承认我们自己其实是多么渺小，曾经有多么自大。

记忆特别有主见地对杨老师的声音语调做了特别的储存，以至我写到这儿的时候，都似乎能清晰地感觉到那些声音又回荡在耳边。

青春期最有意思的一件事是我们很容易在一边习惯性地妄自菲薄的情况下一边又一厢情愿没根据地认定"总有一天我会有一番作为"。尽管，几乎没有一个人知道，"作为"究竟是什么意思。甚而，我们都没有太认清过自己："我"是谁？青春长什么样子？

这也是为什么我可以有这么絮絮叨叨自顾自地缅怀，因为，我们这群人，对于"我"和"青春"的探究，仿佛，是从杨老师来的那天开始的。

那是杨老师给我上的第一节课。

那天讲的是哪篇文章，我实在想不起来了。

我不知道有谁在离开中学校园二十多年之后还能记得某天听了什么课。本来想编造一个，在百度里找了半天，试了几次，觉得怎么放都不合适。

记忆很多时候都不由我们自己做决定，就像爱情，在爱上一个人的时候谁敢断言那段爱情就真的属于自己？说没就没。记忆亦然，即便是那些真正发生过的真人真事，我们自己无法最终定夺，哪些任它随风而逝，哪些安然地留在心里，以及能留到什么时候，不至于说当拿出来再把玩时，又不在保鲜期，或已然变出了难以料想的味道。

记忆没应允我记得那天具体学了哪篇文章。这倒令我无憾。课本教的常识是学校生涯最不重要的一部分，那也是事过经年后回想杨震宇的教学方式时，我猛然回想出的道理。

如果瞎编一个内容的话，我的设计台词会是："来，聊聊吧"。

也不能算设计，这确实是杨震宇在当我们的班主任和语文老师期间对我们说过的最多的话。

最初，是让我们从对那些当时没用以后也没用的"意义"，回到文章本身，回到文章和我们自己本身。

杨老师读完，对我们说："来，聊聊吧。你们对这篇文章有什么感觉？"

"对这篇文章有什么感觉？"对我们来说是一个新鲜的问题。让人有点不习惯。

在杨老师出现之前的那些岁月里，我们所有的老师跟我们直接的方式都是"直给"。我们习惯了各种老师告诉我们一篇文章、一个公式或一段历史在说什么，有什么寓意，有什么精神，有什么中心思想以及对我们有什么样的教育意义。

在我们既有的概念中课本是毋庸置疑的主体，我们只是附属品，从属在由课本构成的生活里被动的"考试员"而已。

上课对我们来说就是被动地听，被动地接受，被动地按老师的板书或是嘴角挤出来的"把这个记下来"的命令去完成笔记。继而，背下来，力争把那样东西变成自己脑子里的一个部分，最后，最好是能换取一个好分数，才能换取家长对我们的好态度，才能有吃有喝开开心心。

"感觉"是什么东西？我猜大部分人都没有想过它跟我们学习的内容之间会有什么关系。"感觉"对那个年纪的我们来说只跟吃的东西、玩儿的东西、同学之间的是非八卦有关。而在上课的过程中，我们大多会自动地忽略"感觉"的存在，因为在我们的经验当中，感觉是学习中最没有意义的一部分。它不仅无法换取分数，还有可能让你显得怪异，大有可能造成不合群的安全隐患。

因此，想必当时大多数同学的心声都是各种纳闷：

"感觉是什么劳什子？它和考试之间到底会有什么关系？"

"什么感觉？你告诉我们不就完了？"

所以下面一点反应都没有。

"一点反应都没有"是我们能选择的最正常的反应。

我们跟平时一样，在老师提问的时候或拧着眉毛假装思考，或低头抠手指刻意回避，或干脆就发呆。

等了大概一分钟的样子。

这一分钟过得很长很尴尬。

这时候钟水水举手了。

我们长大之后议论过这件事。

"我哪儿知道你们根本就没在意我啊。"钟水水笑说，那天他举手的主要原因是之前本来想以跟孙志群接吻来制造轰动，结果被杨老师的出现给打断了。他内心深处隐约觉得大家会因此小看他，所以想用在新老师面前主动回答问题这种方式挽回一下颜面。

青春的样子美得很纯粹很稚气，其中很重要的一个原因，大概就是我们不知道别人根本不像我们以为的那么在意我们吧。

杨老师不知道他进来之前差点发生两个男同学接吻的桃色事件，他终于等到有一个人愿意回答，挺高兴，示意钟水水站起来说。

钟水水用了五秒钟，身体拐了四次弯儿，晃了三晃，勉强站了起来，说："我对这篇文章的感觉嘛……就是觉得，它吧……它好啊！"

同学们一阵哄笑。

"哦？"杨老师没被同学们的哄笑左右，继续问，"你觉得好在哪儿呢？"

钟水水正不知道如何应对，这时候门口有人喊了一声："报告。"

喊得很及时，把钟水水救了。

那天下午，杨老师首先告诉我们这个世界上有"色狼"的存在。

那是我人生第一次听一个大人公然讲"色狼"，而且他讲得很系统，从"色狼"存在的大致原因，存在形式，识别"色狼"的一般方法乃至应对"色狼"的基本技能都讲了一遍。

他在讲前二十分钟的时候，我们班所有同学都表现出一种"愕然"的状态。我们对他选择公开讲这个话题和他讲的方式都相当惊讶。这也不能怪我们，在那之前，我们接受的教育是"我们的祖国是花园"，我们身边的大人都忙着为维系这个空话编织另外一些空话。我们熟悉的大人习惯用隐瞒和掩盖的方式让他们的小孩尽可能地滞后于现实。

这真奇怪，其实大人们明知哪些是丑陋的哪些是险恶的，可出于奇怪的"面子"或莫名其妙的"忌讳"，往往总是对现实中的阴暗面三缄其口。他们宁愿营造出一种生活在童话或石化世界中一样的天真样子，以此来回避需要告诉孩子真相的责任。仿佛真相是一个烫嘴烫手的热山芋，能丢多远就丢多远。

长此以往，在我们的教育里没有足够实用的防御机制，只流行掩耳盗铃。如果让大人们选择是告诉孩子世界存在哪些可能的风险还是任由他们自己跟丑恶不期而遇，大部分大人的做法都会是后一种：成人宁可用欺骗去美化现实，也不愿意负责任地给出面对之道。更诡异的是，不仅自己不担当，一旦有人先自己一步去担当了，还会遭到怨恨，似乎那个捅破了窗户纸的人坏了既定的程序和大家默认的游戏规则，又似乎只要继续演下去就可以万事大吉。

这个特色在对待"性"的态度上尤其明显。

不管关了门拉上窗回过脸私底下是哪番光景，一个被公正广泛接受的成年人似乎总是要以"无性"的姿态示人才有资格候选正人君子，那种正襟危坐的姿态和对性的话题噤若寒蝉的警惕劲儿仿佛下半身始终处于封锁状态。"性"在这种风俗中，平白地被增添了一种罪恶色彩，荒诞而可怜。

杨老师破坏了成人世界心照不宣的禁忌。

他不仅明确地告诉了我们"色狼"真实存在。为了说清楚"色狼"是怎么回事，以及如何看待和面对"色狼"这个问题的过程中，我人生首次听到"性"这个字出现在公共场合。

"你们在这个年纪，身体和心理上会有一些变化，这都是很正常的事，对这些变化，你们欣然接受就行了。就像春天会开花，秋天会结果一样。从某种意义上说，我们人就是跟水果差不多，每个季节就会有每个季节的成长变化。你们别把'性'想得太严重，既不用刻意回避，也不用刻意探索。就像你们来学校报到或是去医院看病，得填资料，有一栏写着'性别'。'性'就是指你们的特征。如果不出意外，以后你们所有人都会结婚生子，跟你们的父母一样，'性'到时候就是你们生活的内容之一，它本身没有那么神秘。这个阶段你们也不用事先了解太多，女同学到了生理期，要先问问你们的妈妈应该怎么做，都需要注意些什么。男同学也别把那点事想得多重要，真觉得有什么不明白的，怕在家问你爸会挨骂，可以来问我。"

由于这个话题出现得太突然太刺激，大家只能低着头。

杨老师接着说："你们一定要从本质上做一个区分：不要认为'性'是丑恶的，偷盗和暴力才是丑恶的。这么说吧，生活里同样存在'性'，你们的父母生了你们，谁能说那是丑恶的？这当然不丑恶，不仅不丑恶，应该多半都是美好的。可流氓和色狼就是丑恶的，因为他们获取'性'的方式是错的，是恶的。我举个例子，你们有谁认为钱是丑恶的吗？你们谁的生活离得开钱呢？这么说吧，如果没有意外，你们以后都会参加工作，你工作了就得领工资吧，工资是钱对不对？那钱是丑恶的吗？你不需要它吗？不是。对不对？可见钱本身没有问题。但你如果想不劳而获，去偷盗，去抢劫，那就是错的，是恶的。就是这么个道理。流氓和色狼，就是在'性'方面偷盗抢劫。但你们不能因为有他们的存在就认为'性'是丑恶的。要记住，你们始终要明确否定的，是不良的丑恶的行为。明白吗？"

　　以我们当时的阅历和心理承受能力，当然没全明白。杨老师没管，继续说道："我还得再郑重其事地给你们讲一个道理，我问你们，如果一个人靠劳动赚来的钱，碰上坏人，被偷了，被抢了，如果刚好让我们碰上了，我们是不是应该帮他对付小偷强盗？一样的，如果一个人遇见流氓色狼，遭遇跟被偷被抢一样，我们在旁边看见了，难道装看不见吗？不！当然应该一起对付流氓色狼！这还有什么可含糊的吗？对不对？"

　　教室里这时候终于窸窸窣窣响起几个听起来特心虚的"对"。

　　杨老师对我们微弱的回答不太满意，拿出他班主任的威严提高一个调门又问了一次："再说一次，看到不好的事情发生，我们应该帮助受害者，对不对？"

　　不知道是真的认可他的话，还是被他的大嗓门吓的，这回同学们终于给了一个比较整齐比较大声的回答："对。"

　　接着杨老师又用了那个学期最严厉的语气说了以下这番话："所

以，在我的班上，如果谁以后再欺负别的同学，谁就是流氓！我就会用对付流氓的方式对付你。再者，谁在别人被欺负之后还跟着说风凉话，这个人就跟流氓没什么两样，让我知道你就别来了！"

接着他主要针对男同学们讲了一大套"男人应该什么样"，没有太多实际的内容，都是大道理，但因为他太能说了，好多同学都被他说哭了。

前阵子看一个公知写的文章，说现在全世界范围内政治家"作秀"过度，而演讲能力强的政治人物特别容易赢得多数民众的盲目信赖。

或许吧。

我不懂政治和政治人物。不过确实在少年时候就透过杨老师乐此不疲的"演讲式"授课方式约略地领教到演讲的影响力。我也试着分析过杨老师讲的大道理跟我们在其他地方听到的另一些大人讲的大道理有什么不同，为什么，似乎在他的课上，我们比较容易感动。

我没分析出什么结果。

那天也是那样，在又听了半个多小时后，听哭了十来个女同学和三五个男同学之后，杨老师对着像信众一样已然臣服于他的我们这班少年说："这就是我今天要跟你们说的，一个人在看见别人遭遇坏人坏事的时候还袖手旁观，他就等于参与了偷盗，抢劫，他的人品立刻就和那个坏人差不多了。不管你学习成绩多好，以后能考上多厉害的大学，一个人一旦没品，其他有什么全没用！一个人活着一定要知道什么是重要的，你们给我记住，这辈子不论什么时候，最重要的是你们的正直和勇敢。听见了吗？"

听他说出"正直和勇敢"这么书面的大词，我们一边齐声回答着"听见了"，一边想当然地以为那次班会要进入尾声了。哪知他话题一转，把班会导向了那天的另一个亮点："我再说一点：你们别觉得坏人很强大，那是假象！其实坏人往往内心很脆弱，所以才故意假装一个强大的外表给自己壮胆。当一个人有缺失或被伤害的时候，他们不知道怎么保护自己，很有可能用伤害别人的方式寻求安慰——没有任何一个健康快乐的人心甘情愿做流氓或是色狼。所以你们在碰上流氓或色狼的时候首先要有底气，因为从根本上你们比他们强大。"

杨老师配合肢体动作一起讲的还有心理战术以及如何利用环境应变等。

"要了解环境，遵守规则。要了解什么时候，什么地方隐藏的危险系数较高。比如已经知道哪个地方治安特别差流氓特别多，那咱就别非赶在月黑风高的时候明知山有虎偏向虎山行，你们谁也不是武松。

"真碰上事，不要怕，突发事件有时候未见得真有那么可怕，很多时候往往我们都是被自己的恐惧给吓住了。保持冷静你就赢了第一步，还是那句话，你们不要把坏人想得太强大，否则就是从心理上先输了。

"但也不要逞强，所有的事都尽量知己知彼，虽说不要把坏人想得太强大，但也别把自己想得太强大，快速地审时度势，永远记住：寡不敌众，所以不要让自己脱离人群，及时求救不要迟疑。最后别忘了，发现坏人数量多力气大的时候，赶紧跑别犹豫，能跑多快跑多快。跑不等于你不正直不勇敢，要知道勇敢不等于莽撞，你们不是武松，你们也不是小白鼠，别拿自己当风险的实验品。"

他说的那些，其中有若干条在之后的十几年都被我默默视为行事依据。

万幸的是，时至今日我都没有遇到过任何不测，除了帮我秘书击退暴露狂那次之外，杨老师当初教的那些拳脚功夫我只实践过一次，是在我的第一次婚姻破裂之前。

我已经忘记了那次的起因，似乎那一阵我们总在吵架，任何事情都可能变成我们吵架的诱因。那天我的那位正处于壮年的前夫为了阻止我一时兴起的出国把我的护照锁在了保险柜里。为了夺取保险柜钥匙（是的，那是一个需要钥匙的保险柜），我们在房间里展开了各种围追堵截。后来我急了，冲上去跟他扭打在一起。说"扭打"并不准确，我只是被他死死攥住双手拼命"扭"了一阵子未果。就在那一刻，十几年前杨老师教的"防狼术"的某些招式忽然从我记忆深处的某个角落跳了出来，我被不明的怒火驱使，猛地用脑门磕他的鼻子，同时抬起一只脚用脚跟使劲儿踩了他的一个小脚趾。

结果我顺利地出了国。回来之后，没撑几个月，我们以离婚告终。

在离婚一年之后，有一次为了签署一个卖房合同，我们再次见面。那时候所有婚姻中喜怒哀乐的情绪都像开瓶已久的可乐一样，早就归于平静没有任何泡沫的劲道。我们不知不觉谈到那次打架，我除了感激他没有还手之外，还特地兴奋地向他求证："你觉得我身手如何？"

然后我跟他讲了杨老师为什么要教我们这些功夫的来龙去脉。

他饶有兴致地听完，其间还随着故事的发展配合大笑和咋舌等情绪反应。等全部听完，他点了根烟，冲我微笑着说："以后我要有个女儿，我希望我女儿也有这么一个老师，要不就我自己教她这些。"

我在听他说"我女儿"的时候心底颤了一下。我好像因为他说的是"我女儿"而不是"我们的女儿"才猛然意识到，这个人，虽然还不属于别人，但从形式上，他早已不再跟我有任何关系，以后也不会再有。

这真有趣，我们常常会不自觉地认为对一些人具备"拥有权"，仿佛他跟你之间在有过什么之后，就理所应当地一直保有某种"特权"。然而事实是，谁对谁都不会有特权，一切的"到来"不过都是"离开"的起点，没有谁是"你的"，我们自己也不可能真的属于任何人。

就这样吧，尽管结束婚姻的时候我多么决绝，这念头还是让我心底不自觉地泛出一阵说不清的微凉，我在猜，那或许只是我独自对"无常"的感慨。

更有意思的是，这感慨又适时地帮我激发出一种发现，一瞬间，我很感激我的前夫认同我初中时期颇受争议的班主任。我的感慨在于：当认为某个人"属于"你的时候，他所有的认同都可能被认为是应该的，而他所有的不认同则都可能成为我们之间争执的诱因。当认清每一个人本是过客的"无常感"之后，我在那一瞬间感到一阵感激的温暖。

我对他的感激，除了他原谅我曾经对他所有的粗暴跟莽撞之外，也感激他隔山跨海的"懂得"。我前夫不知道的是，事实上，那么多年以来，他似乎是唯一给予那件事正面肯定的成年人。

嗯，即使是现实中的事情，也未必会按照我们既已习惯的顺序，何况是一个没学过写作的作者。嘿嘿。这是一句玩笑。

不开玩笑地说，无常才是人生真正的正常吧。

我们的错愕或不理解也可能是因为对事情的看待拘于片面。当试着用更广角的方式旁观的时候，或许会发现，每件事的发生都有显性或隐性的联系，或许就会慨叹于在我们的人生中，有那么多的已知或未知的因果。

我们在悲喜交集的情绪中迎接杨震宇的那天并不知道他是否当

时就去意已决。我们不知道，在我们仰望他的那个时候，他自己也只是一个不到三十岁的青年，我们在实习自己青春的叛逆过程中过度理想化了他的强大，并有意无意地把他推向了一个他自己并不那么喜欢的"神坛"。

说真的我猜我们班好多人当时跟我一样都感觉到一些失望，我们以为他必然会表扬我们的冒险，说不定还会给出什么我们意料不到的表彰。

他没有。

他只是用平时给我们讲大道理的惯用腔调说了段算是对他不在的这期间我们种种"革命"行为的总结："你们给我记住啊，以后，不管发生什么事，都不许干贴'大字报'这一套！听见了吗？以不讲理对抗不讲理，除了助长不讲理，其他一点意义都没有！"

说完像想起什么似的又补了一句："也不许随便唱《国际歌》。《国际歌》是能随便唱的吗？你们知道那是什么意思吗就乱唱！不许拿'死'开玩笑。死是你们这辈子最需要严肃对待的一件事。'不知死，焉知生'？"

前两句我们听的都似懂非懂，最后这句则完全没听懂。

一众人等陷入沉默。

杨震宇的两只手撑在讲桌上，打量了一阵我们的沉默之后，轻叹一声说："我这样教你们，到底对还是不对？"

那大概是杨震宇仅有一次的在我们面前的自语，我不知道那是他问自己的问题，还是真的在问我们。当时并没有人知道，那句话是他除了语文课程之外在课堂上对我们发表的最后的感慨。

图书在版编目（CIP）数据

再见，少年 / 秋微著 . -- 长沙：湖南文艺出版社，2020.9（2023.2 重印）
ISBN 978-7-5404-9681-4

Ⅰ . ①再… Ⅱ . ①秋… Ⅲ . ①长篇小说—中国—当代 Ⅳ . ① I247.5

中国版本图书馆 CIP 数据核字（2020）第 086629 号

上架建议：畅销 · 小说

ZAIJIAN，SHAONIAN
再见，少年

作　　者：秋　微
出 版 人：陈新文
责任编辑：丁丽丹
监　　制：毛闽峰　李　娜
策划编辑：张　璐
特约编辑：孙　鹤
营销编辑：焦亚楠　刘　珣
封面设计：介末设计
版式设计：李　洁
出　　版：湖南文艺出版社
　　　　　（长沙市雨花区东二环一段 508 号　邮编：410014）
网　　址：www.hnwy.net
印　　刷：嘉业印刷（天津）有限公司
经　　销：新华书店
开　　本：875mm×1230mm　1/32
字　　数：235 千字
印　　张：11
版　　次：2020 年 9 月第 1 版
印　　次：2023 年 2 月第 5 次印刷
书　　号：ISBN 978-7-5404-9681-4
定　　价：48.00 元

若有质量问题，请致电质量监督电话：010-59096394
团购电话：010-59320018